Das Traumerbe

Von Alexander Herz

Das Traumerbe - ein Mysterythriller, der den Leser aus dem Alltag entrückt und sich mit der inspirierenden Erfahrung des Träumens, sowie der schicksalhaften Verbundenheit von Lebensläufen verschiedener Menschen beschäftigt.
Frank und Sofia Saulus gerieten unerwartet in eine scheinbar ausweglose und lebensbedrohliche Lage. Eines Abends wurden sie im eigenen Heim von einem unberechenbaren fremden Mann aufgesucht und bedroht.
Zunächst erschien dies als böser Zufall, dann offenbarte sich jedoch der schicksalhafte Zusammenhang zu einer Kette von dramatischen Ereignissen, welche die Beiden in den Monaten zuvor ereilt hatten...
Frank überwand vor kurzem eine Beziehungs- und Lebenskrise und startete einen Neuanfang mit seiner Frau Sofia, die sogar zu ihrem großen Glück ein Kind erwartete. Plötzlich traten erstaunlich reelle Träume und weitere mysteriöse Wahrnehmungen in Franks Leben. Immer wieder tauchte in ihnen eine seltsam vertraute, aber erschreckende Frauengestalt auf. Die Traumerlebnisse wurden zunehmend bedrohlicher, belasteten seine seelische Gesundheit und entwickelten sich so zu einem schweren Problem.
Er sah sich gezwungen, sich intensiv mit der Deutung seiner Träume auseinanderzusetzen und innerste Schattenseiten zu erforschen. Die Fragen waren: Welche Bedeutung haben Träume in unseren Leben? Wie offenbaren sie das Unterbewusste? Wie kann man sie deuten? Können sie unser Schicksal verändern? Uns etwa vor dramatischen Ereignissen warnen? Wie kann man sein Innerstes mit Hilfe von luzidem Träumen beeinflussen?
Doch dies reichte nicht aus. Die nächtlichen Heimsuchungen verschwanden nicht.
Dann stellte er fest: Einzelheiten der Träume weisen in ihrer Bedeutung über seine eigene Lebensbahn hinaus. Der 40-jährige dehnte daher seine Suche aus und erweiterte die eigene Perspektive auf tiefer gehende Aspekte des Lebens und spirituelle Zusammenhänge. Er stieß letztlich - wie vom Schicksal gesteuert - auf ein lange verborgenes Familiengeheimnis, das auf geheimnisvolle Weise ein Echo in seinem eigenen Leben erzeugte. Und, das ihn in naher Zukunft auf dramatische Weise einholen sollte.....

Alexander Herz, ist studierter Betriebswirt, 35 Jahre alt und lebt in Rheinhessen. Er liebt die Gestaltung durch Sprache, das Ersinnen fesselnder Geschichten und das geistige Betreten neuer Terrains. Ihn faszinierte immer schon das Geheimnis des Träumens und so begann er, auf Grundlage dessen die Geschichte *Das Traumerbe* zu kreieren. Sein erstes Werk hieß *Die Zeitenwende* und beschäftigte sich als dystopisch-utopische Zukunftsgeschichte mit den Grenzbereichen zwischen Überwachung und Freiheit in einer vollständig vernetzten Welt.

»Der Traum ist der königliche Weg zu unserer Seele.«
Sigmund Freud

Impressum

Texte: © Copyright by Alexander Herz
Umschlag: © Copyright by Alexander Herz
Hersatellung und Verlag: BoD - Books on Demand, Norderstedt

ISBN: 978-3-7431-3745-5
Printed in Germany
Bibliografische Information der Deutschen Nationalbibliothek; Die Deutsche Nationalbibliothek verzeichnet diese Publikation in der Deutschen Nationalbibliografie; detaillierte bibliografische Daten sind im Internet über http://dnb.d-nb.de abrufbar.

Prolog

Tagebuchauszug Elvira Saulus, 20. März 1971

Es war ein grauer und trister Novembertag. Nichts an ihm schien auch nur im Geringsten an Zuversicht und Leichtigkeit zu erinnern. Alles wirkte wie ein Bühnenbild, arrangiert für dieses endgültige und morbide Ereignis. Eine Gruppe dunkel gekleideter Menschen umgab das leere Grab, das in einer Ecke des Friedhofes, wenige Meter entfernt von einer herrschaftlich großen Eiche, ausgehoben wurde. Ich stand in der zweiten Reihe neben meinem Mann, der einfühlsam meine Hand hielt. Nicht allzu viele waren erschienen, um ihn auf seinem letzten Weg zu begleiten. Zumindest hätte es sich bei einem Mann, der nicht einmal 60 Jahre alt wurde, an diesem Tag anders ergeben können. Viele der wenigen Altersgenossen, deren Bekanntschaft zu pflegen ihm am Herzen lag, waren allerdings bereits zuvor verstorben. Und bei einigen der Verwandten, die nun gemeinsam mit mir und meinem Mann am Grab standen, war dies die erste Begegnung zu seiner Person seit Jahren. Da waren noch mein Bruder und seine Partnerin und auch die Familie seiner Frau, die einige Jahre älter war als er, und die bereits vor zwei Jahren innerhalb kurzer Zeit einem Krebsleiden erlag. Außerdem war ein ehemaliger Kollege erschienen, sowie noch ein paar Nachbarn. Direkt angrenzend an das geöffnete Grab stand der Pfarrer, der distanziert einige Sätze aus der heiligen Schrift ablas. Es wurden nur wenige Tränen vergossen und keine starken Emotionen bahnten sich ihren Weg. Dagegen war eher, eine etwas unterdrückte beklemmende Stimmung zu spüren. Mein Vater wurde leider nicht unbedingt auf eine zärtliche Art geliebt, die nun in ein schmerzliches Vermissen hätte münden können. Aber er wurde auch nicht gehasst. Sein Wesen konnte bereits seit vielen Jahren bitter und zurückgezogen beschrieben werden. Er verbreitete Respekt und auch einen Hauch Würde, aber keine großväterliche Wärme oder Lebensfreude. Kinder fürchteten seine Gegenwart, da er Strenge ausstrahlte.

Wenn ich an meine eigenen Gefühle zurückdenke, erinnere ich mich, dass ich nicht realisierte, was hier geschah. An diesem und den vorangegangenen Tagen forschte ich in mir nach einem tiefen Schmerz, den der Verlust meines zweiten Elternteils doch erwartungsgemäß auslösen sollte. Beim Tod meiner Mutter fühlte ich mich verlassen und um einen Teil meiner bisherigen Realität beraubt. Mit ihr verband mich eine innigere erfahrbarere Liebe. Meine Empfindungen am frisch ausgehobenen und noch offenen Grab meines Vaters standen jedoch im Kontrast zu dem, was ich vormals erlebte. Es war, als wäre er gar nicht gestorben und als hätte er vorher gar nicht richtig am Leben teilgenommen. Zumindest nicht mit mir als wichtigem Bezugspunkt. Ich fühlte mich wie betäubt.

Doch, da war doch etwas. Schuldgefühle entwickelten sich, da ich nicht die übliche und erwartungsgemäße Empfindung in mir vorfand. Die Worte des Kirchenmannes vernahm ich wie ein Hintergrundbrummeln beim Tauchen. Sie fanden jedoch keinen Weg in meinen Sinn. Dann war jener abschließende Moment gekommen und ich ging gemeinsam mit meinem Mann einige Schritte nach vorne, um eine Blume in das offene Grab zu werfen und wir verließen dann die Grabstelle.

Beim Gehen erinnerte ich mich an meine fortwährende Quelle des Trostes und der Freude, die ich unter meinem Herzen tragen durfte. Ich spürte das neue Leben in mir. In wenigen Wochen erwartete ich einen Sohn und ich bemerkte, dass mein Herz binnen kürzester Zeit stark und lebendig wurde, sobald ich mich der schon lebendigen Nähe besann, die ich zu dem Kleinen empfand. Ich fragte mich, ob er irgendwie instinktiv diese morbide Situation und meine Emotionen wahrnahm. Es war in spiritueller Hinsicht eine bemerkenswerte Erfahrung, wie dicht aufeinanderfolgend ein Lebensbuch geschlossen wurde, bevor ein ganz Neues mit vielen unbeschriebenen Seiten und Kapiteln im Öffnen begriffen war. Einer verließ uns und ein Anderer kam. Einst wurde auch mein Vater in der warmen Geborgenheit des Innersten seiner Mutter getragen. Und auch er trat unbedarft und voller Möglichkeiten in diese Welt ein. Allerdings war es eine feindliche und unfreie Welt. Diese Urerfahrung jeder Mutter wiederholt sich seit Menschen gedenken. Beim Gewahrwerden dieses Zusammenhangs fühlte ich mich tief mit meiner Großmutter verbunden und ich stellte mir an ihrer Stelle vor, ich würde meinen eigenen Vater in mir tragen. In meinem Geist manifestierte sich diese Imagination und ich legte meine Hand auf meinen eigenen nach vorne gewölbten Bauch. In dem Moment, in dem ich mir meinen Vater als schutzbedürftigen und unschuldigen Embryo ausmalte, breiteten sich Erbarmen und Wärme für ihn in mir aus. Ich blendete die rauen und distanzierten Anteile aus, die in den letzten Jahren meine Begegnungen mit ihm prägten. Stattdessen besann ich mich auf die Tatsache, dass in jedem Einzelnen auch dieses kleine Kind vorborgen war, dass von der eigenen Mutter mit bedingungsloser Liebe auf dieser Welt begrüßt wurde. Und hierdurch vermochte ich eine zarte Liebe für ihn in mir erwecken. Ich dankte meinem kleinen Sohn, dass er mir - ohne es zu wissen - bereits ein solch unvergleichliches Geschenk bereitet hatte.

Kapitel 1

Ein kalter Schauer läuft mir noch immer vom Nacken aus den Rücken hinab, wenn ich jene Bilder in mein Bewusstsein zurückkehren lasse.

Bedrohlich. Das ist das Wort, das mein Erlebnis an diesem Abend am treffendsten beschreibt. Wieder suchte mich eine Erfahrung heim, die ich mir vorher nur kaum vorstellen konnte.

Sofia und ich schauten uns gerade einen Thriller im Fernsehen an. Ein gemütlicher Abend Mitte Januar. Draußen war es klirrend kalt und es hatte in den Tagen zuvor begonnen, heftig zu schneien. Ich hatte den Kamin angefeuert. Wohlig warme Luft, ein leichtes Knistern und ein flackernder Lichtschein umgaben uns. Der Duft des brennenden Holzes war wundervoll. Romantik und Entspannung pur. Wir liebten es beide, unser Wohnzimmer damit zu erfüllen und es so in ein gemütliches Nest zu verwandeln. Wir kuschelten uns zärtlich aneinander und ich streichelte ihre Haut unter dem dicken Wollpullover, den sie an solchen Abenden gerne trug. Noch während des Films nickte sie durch das empfundene Wohlgefühl ein. Ihr Rotweinglas war noch nicht geleert. Mein Glas dagegen schon. Immer trank ich schneller, als sie. Ich wollte ein Neues. Vorsichtig löste ich mich aus Sofias Umarmung. Sie wachte dabei nicht auf. Ich sah sie noch einmal mit tiefer Zuneigung an, wie sie da lag, mit ihrem friedlichen Ausdruck. Das leichte zufriedene Lächeln hatte sie noch vor dem Wegschlummern auf den Lippen. *Ich liebe diese Frau,* dachte ich. *Für alles in der Welt würde ich sie immer wieder wärmen und ihre Nähe in mich aufnehmen.* Die kalte fremde Welt war da draußen und wir beide hier drin. Und in ihrem Bauch wuchs außerdem das Produkt dieser erfüllenden Bindung heran und machte mein Glück vollkommen. Die aufwühlenden Ereignisse der letzten Wochen und die teilweise innere Leere der Jahre zuvor, erschienen mir an diesem Abend wie weggewischt.

Ich entfernte mich also schläfrig aus dem Wohnzimmer und schlurfte durchdrungen von diesem Gefühl in Richtung der schwach beleuchteten Küche. Dort stand auf der Arbeitsfläche in der Mitte des Raumes die geöffnete Rotweinflasche, die einen samtigen und blumigen Shiraz aus Südafrika enthielt. Ein perfekter Wein im Winter. *Ich könnte vorher noch ein Glas Wasser trinken,* dachte ich. Die Tanine des Weines machten meine Zunge etwas trocken. Ich griff mir ein Glas und schritt hinüber zum Wasserhahn, der sich direkt vor dem großen Fenster befand. Draußen war die ganze Welt mit frischem weißem Schnee bedeckt, der einem Überzug mit Zuckerguss glich. Es war stockdunkel. Weiße Flocken rieselten sachte hinab und bedeckten die Straße, die Hecken und die Autos immer mehr. Schleichend und lautlos. Diese konnte ich nur deutlich in direkter Nähe der Straßenlaterne herabrieseln sehen, die einen schwachen Schein auf einen abgegrenzten Bereich des Gehwegs und der Straßen warf. *Es muss klirrend kalt und frisch draußen sein,* überlegte ich. *Gut, dass ich hier drin bin.*

Ich wollte meinen Blick schon vom Fenster abwenden, da wurde mir bewusst, dass dort draußen fast versteckt etwas Ungewöhnliches zu erkennen war. Erneut beugte ich mich über die Spüle nach vorne und konzentrierte mich auf die verschwommenen Eindrücke, die ich von außerhalb des Hauses erhaschen konnte. Und ich erblickte etwas, dass mir instinktiv bereits vorher aufgefallen sein musste.

Eine dunkle Gestalt. Eine Person. Einen Mann.

Er stand gegenüber auf der anderen Straßenseite im Halbdunklen vor der Hecke des Nachbarn. Ich erstarrte vor Neugierde und wurde augenblicklich hellwach.

Wer ist das, fragte ich mich.

Ein großgewachsener Mann. Er trug einen langen Mantel. Ich fragte mich, ob er dort auf jemanden wartete. *Vielleicht auf ein Taxi?* Er stand unserm Haus zugewandt. Die Züge seines Gesichtes waren nicht erkennbar. Das Licht der Straßenlaterne warf nur einen schwachen Schein auf ihm. Dies reichte jedoch aus, um zu mutmaßen, dass er unbeweglich genau in meine Richtung sah. *Kann er mich etwa hier oben erkennen?* Er erschien wie ein Schatten. Ich kniff meine Augen zusammen und beugte mich so weit es ging vor. Die Augen direkt am Fenster und an den Seiten durch meine flachen Hände abgedeckt, damit keinerlei Spiegelung aus dem inneren meiner Küche meinen Blick auf diese in der Kälte stehende Figur verklärte. Ich schwankte zwischen der Einschätzung, dass man sich aus der Entfernung und angesichts des unscharfen Eindrucks nicht sicher sein konnte, dass die Person mich gezielt beobachtete und dem mulmigen Eindruck, dass er genau dies absichtlich tat. *Warum sollte er das tun? Wer ist das bloß?*

In dieser Position verharrte ich eine Zeitlang. Eine Minute, drei Minuten, fünf Minuten.

Die Schattengestalt wich nicht von der Stelle.

Ich schüttelte den Gedanken wieder ab und beschloss, zurück ins Wohnzimmer zu kehren. Meine Frau war in der Zwischenzeit von der Couch aufgestanden und hatte sich ins Bett begeben. Mich selbst belächelnd prüfte ich, ob die Haustür tatsächlich abgeschlossen war. Dann setzte ich mich wieder vor den Fernseher und entschied – begleitet von einem Seufzen -

mich wieder zu entspannen. Es gelang mir auch eine Weile, bis ich dem Drang nachgab in Richtung der noch geöffneten Küchentür zu sehen, als würde der Mann direkt im von hier unsichtbaren Teil dieses Raumes stehen und in meine Richtung blicken. Das beklemmende Gefühl, dass ich verspürte, kann man sich kaum vorstellen, wenn man eine solch groteske Lage nicht am eigenen Leibe und zu einer Stunde, in der man eigentlich schläfrig und wohlig ein sicheres und beschütztes Gefühl genießen möchte, erlebt hat. Jeder will von anderen wahrgenommen werden und Interesse spüren, man möchte aber nicht anvisiert, oder auf unnatürliche und unerklärliche Weise beobachtet werden. Die Türen und Fenster waren fest verschlossen und doch fühlte es sich an, als würde man essend an einem Tisch sitzen und ständig würde jemand mit einer geladenen Waffe auf einen zielen. Man gibt permanent Acht und ist alarmiert, als müsse man auf jede noch so kleine Veränderung blitzschnell reagieren. Keine umfassende Ruhe kehrt mehr innerlich ein.

 Ich reflektierte meine Beobachtung und was sie mit mir anstellte. Dann brachte ich das Empfinden mit den aufwühlenden und belastenden Ereignissen der letzten Monate in Verbindung und schlussfolgerte, eine überzogene Empfindlichkeit in mir zu entdecken und gleichzeitig zu entschuldigen. *Ganz sicher wartet dieser Mann darauf abgeholt zu werden. Bestimmt steht er schon nicht mehr dort*, redete ich mir ein. *Vielleicht war er bei den Nachbarn zu Besuch und hatte einen über den Durst getrunken. Genau - er hatte ein Taxi gerufen und wartete nun darauf.*

 Sollte ich mal nachsehen?

 Ich verbot es mir, da ich nicht neurotisch handeln wollte und konzentrierte mich auf den Film. Es war mittlerweile bereits nach Mitternacht. Dadurch verdrängte ich das Ereignis und beruhigte mich. Nickte für eine kleine Weile ein.

Ein Knacken. Leises Quitschen.

Ich schreckte auf.

Meine Frau hatte im Obergeschoss die Schlafzimmertür geöffnet und bewegte sich verschlafen durch den Flur in Richtung Badezimmer. Dort verschwand sie.

Dumpfe Geräusche von dort.

Wechselnde Bilder auf dem Fernsehgerät.

Das Badezimmer wurde wieder geöffnet und Sofia tapste lautlos wie eine Katze über den Parkettboden. *Wohin geht sie jetzt? Sie kommt die Treppe hinab.* Ihr Ziel schien nun die Küche zu sein. Ich hielt den Atem an. Sie war bereits hinter der Eingangstür zu dem Raum verschwunden und griff sich ein Glas aus dem Schrank. Ich stellte den Ton des Fernsehgerätes leise und konzentrierte mich - den Blick auf den Boden gerichtet - auf jeden Laut. Der Wasserhahn wurde aufgedreht. Wasser lief in ein Glas. Wurde wieder abgedreht. Dann Stille. Sie trank. Weiter Stille. *Was ist nun?* Kein Geräusch ging mehr von ihr aus.

Hat sie ihn nun auch entdeckt?

Ich war sofort wieder hellwach, stand auf und begab mich zu ihr. Je näher ich der Küche kam, desto mehr konnte ich das Zimmer und seine Einrichtung überblicken. Sofia stand nicht am Fenster, sondern gegenüber an dem kleinen Tisch, an dem wir oftmals frühstückten. Den Kalender in der Hand. Ihr Blick richtete sich auf mich, sobald ich in der Tür stand. »Hey Schatz?«, sagte sie mit verschlafener Stimme. Ich schenkte ihr ein freundliches Lächeln und blickte dann verstohlen in Richtung des Fensters. Dann wieder zu ihr. Mein Glas. Ich beschloss mir das Glas mit Wasser zu füllen. *Dann kann ich meine Neugierde befriedigen, ohne, dass sie besorgt sein wir,* plante ich. Gespielt gleichmütig tastete ich mir zur Spüle vor. Griff nach dem Glas. Nun stand ich direkt vor dem Fenster.

Traute mich kaum, meinen Blick anzuheben, um nach unten zu sehen.

Drehte am Hahn.

Füllte mein Glas.

Dann gab ich mir einen Ruck und hob meinen Kopf.

Ein Stich ging mir durchs Herz.

Er stand noch immer da. Völlig unverändert. Wie eine leblose Statue.

Ich schluckte und meine Mimik musste meine tiefe Beklemmung und Unsicherheit doch verraten haben. Auf seinem Mantel war eine dünne weiße aus Schnee bestehende Schicht. Die Dunkelheit verschluckte weiterhin jedes wichtige Detail und überließ es meiner Phantasie, das Unsichtbare mit bedrückendem Resultat hinzuzudichten. Etwas Entrücktes ging von dieser konturlosen undeutlichen Erscheinung aus. *Wie viel Zeit war wohl vergangen, seit ich ihn entdeckte?*

Sofia!

Ich wollte sie nicht auch noch aufregen. Nicht nach alledem, dass sie in den letzten Monaten wegen mir durchgemacht hatte. Mich zu ihr umwendend atmete ich tief durch, wischte mir die Verkrampfung aus dem Gesicht und setzte ein Lächeln auf, nahm ihre Hand und küsste sie zärtlich auf ihre Stirn.

Danach schlenderten wir gemeinsam in Richtung des Bettes.

Eingekuschelt in der Decke lag ich auf dem Rücken und der Kopf meiner Geliebten ruhte auf meiner Brust. Sie schlief innerhalb von wenigen Augenschlägen ein und atmete tief und lange ein und aus. Sie fiel schnell ganz weit nach unten ins Tal des Schlafes, was ich ihr von Herzen gönnte. Die ersten Minuten hielt mich das Adrenalin wach, mein Herz schlug kräftig, mein Sinn war ungetrübt und meine Augen wollten trotz einer bleiernen Schwere geöffnet bleiben. Jahrelang hatte ich vergleichbare Situationen gehasst, in denen sie tief und fest schlief und ich innerlich unter Hochspannung stand. Sie hatte einen viel schnelleren Zugang zum Schlaf, als ich. Ihre Ausgeglichenheit verstärkte dann nur meinen Druck, doch auch die reinigende und heilende Wirkung einer normalen Nachtruhe dringlich zu benötigen. Aber ich hatte mich weiterentwickelt, war ich doch gezwungen mein Innerstes zu durchforsten und zu erlernen, wie man innere Bilder und Stimmen sortiert, Gefühle damit beeinflusst und das inwendige Regime korrigieren kann. In Gedanken bemühte ich mich nun - unter Anwendung dieser erlernten Techniken - um eine gesunde Interpretation meiner Beobachtung. Die krisenhafte Auseinandersetzung meines Selbst mit meiner Vergangenheit und meinem moralischen Erbe, sowie die Umbrüche in meinem Dasein, bewirkten von Zeit zu Zeit, dass mir mein inneres Wertungssystem einen Streich spielte. Die Emotionen waren dann übersteigert und daher konzentrierte ich mich nun auf harmonische Affirmationen. Der von Sofia ausgestrahlte Frieden half mir. Ich hätte aufgrund meines Gemütszustandes beim Zubettgehen keine Wetten darauf abgeschlossen und trotzdem musste auch ich nach einer erstaunlich kurzen Weile weggeschlummert sein.

Plötzlich wurde ich wach. Ich schlug die verklebten Augen auf und musste mich erstmal besinnen, wo ich war.

Im Bett liege ich.

Ich blinzelte etwas und bewegte den Kopf zur Seite. *Sofia.* Klarheit überkam mich wie ein Regenguss.

Strecken.

Wie spät es wohl ist? Das Smartphone auf meinem Nachttisch verriet mir, dass es ungefähr vier Uhr am Morgen war. Dann spürte ich den Drang, das Badezimmer zu aufzusuchen. Ein Bein nach dem anderen setzte ich behäbig auf den Boden und wuchtete meinen Körper hoch. Ich torkelte aus dem Schlafzimmer hinaus. Als ich dann später meine Hände gewaschen hatte, spritzte ich mir etwas kaltes Wasser ins Gesicht. Den Rollladen im Bad hatten wir nicht heruntergelassen. Schneeflocken fielen immer noch draußen unaufhörlich zu Boden. Dann erst erinnerte ich mich an das irritierende Erlebnis des vorangegangenen Abends. Es wirkte wie eine Ohrfeige. Mir wurde heiß. *Soll ich nachsehen? Niemals kann der Typ immer noch da draußen stehen*, redete ich mir ein. Dann zwang ich mich, einfach zurück ins Schlafzimmer zu gehen – an der Ausbildung einer Neurose hatte ich kein Interesse. Meine Neugierde war aber einfach zu stark. Ich schlurfte aus dem Bad und schlich mich in die Küche. Das Licht ließ ich abgeschaltet. Auch dort gab das Fenster den Blick in die dunkle Nacht frei.

Ich stockte.

Biss auf meine Unterlippe.

Presste die Lippen entschlossen zusammen und setzte verkrampft meine Bewegung zu Fenster hin fort. Direkt richtete ich meinen Blick in Richtung des Gehweges auf der gegenüberliegenden Seite.

Niemand.

Absolut niemand stand dort.

Mein Blick wanderte gewissenhaft über den gesamten erkennbaren Bereich. Er hatte sich in Luft aufgelöst. Erleichterung machte sich in mir breit. Ich belächelte mich, beschloss, zurück unter die warme Decke zu schlüpfen und all das zu vergessen.

Am nächsten Morgen erwachte ich durch den Duft einer frischen Tasse Kaffee, die mir Sofia unter die Nase hielt. Während meines ersten Blinzelns küsste sie zart meine Stirn und dann meinen Mund. Von draußen fielen kräftige Sonnenstrahlen durch das Fenster. Ich schloss daraus, dass uns ein herrlicher sonniger Wintertag erwartete.

Nachdem ich den herben und vollmundigen Geschmack des Kaffees genossen hatte und das Leben in mich zurückkehrte, stand ich auf und begab mich ins Badezimmer. Sofia stand im Bademantel vor dem Spiegel und legte Make-up auf.

»Entschuldige, ich wusste nicht, dass das Badezimmer besetzt ist«, flirtete ich sie mit einem charmanten Lächeln an.

»Soll ich etwa lieber abschließen?« Ihre provozierende Antwort.

Ich stellte mich direkt hinter sie und legte meine Hände um ihre wohlgeformten Hüften.

»Das wäre sicherer für dich.«

»Sicherer, bist du denn heute Morgen gefährlich?«

Sie warf mir mit angehobenen Augenbrauen einen kurzen koketten Blick zu.

»Na ja, nicht in dem Sinne gefährlich, aber vielleicht ein störendes Ärgernis.«

Dann näherte ich mich ihr an und zog ihr langes Haar mit der rechten Hand nach hinten, so dass ich ihr besser einen Kuss auf ihre Wange geben konnte.

»Hey, du störst tatsächlich«, flüsterte sie mir frech zu und wandte sich dazu um, den Kuss auf ihren Lippen in Empfang nehmen zu können.

Kurz darauf stieg ich unter die Dusche. Das heiße Wasser prasselte auf meine Schultern und ich schloss die Augen, da ich dieses morgendliche Ritual stets genoss.

Das rätselhafte Erlebnis jener Nacht begann bereits, zu verblassen, was sich in den kommenden Tagen durch die Anforderungen der puren Normalität fortsetzte. Die Erinnerung kam mir zwar hin und wieder kurz in den Sinn, aber die emotionale Färbung verschwand nach und nach. Es war so ähnlich wie das kurzweilige Gruselgefühl, mit dem man nach einem guten Horrorfilm, den man zu später Stunde ansah, zu Bett geht, während man einige Stunden später am Morgen nur noch ein hochnäsiges Lächeln für die eigene Stimmung übrig hat. Sofern man sich überhaupt an die künstlich erzeuge Verstörung erinnern kann.

Sofia und ich wurden in den kommenden Wochen durch unsere jeweilige Arbeit, das heißt in meinem Fall – als Projektmanager - durch Projekt-Meetings, Emails, Kalkulationen, Planungstermine und in ihrem Fall – als Ärztin - durch unzählige Patiententermine, Hausbesuche, Dokumentationsverpflichtungen für die Krankenkassen, Einkäufe, Schwangerschaftsgymnastik und Telefonanrufe völlig in Beschlag genommen. Es war am kommenden Freitag, an dem Sofia zu Hause geblieben war, da berichtete sie mir am Abend ganz beiläufig, dass tagsüber mehrfach das Telefon geklingelt hatte, ohne dass jemand sich auf der anderen Seite gemeldet hatte. Soweit ich mich entsinne, quittierte ich dies ausschließlich mit einem Schulterzucken. Nach dem Essen betätigte sie sich noch einige Zeit in der Küche, während ich im Büro eine Reihe von Mails durchging und beantwortete, weil ich am Tag nicht so recht dazu gekommen war.

Das Telefon klingelte, während ich mit schlechter, nach vorne gebeugter Sitzhaltung ins Lesen vertieft war.

Ich nahm das Gespräch mit dem schnurlosen Endgerät an.

»Hallo, hier ist Klaus«, meldete sich mein langjähriger Freund. Zu ihm und seiner Frau hatten wir im Gegensatz zu manch anderen auch nach unserem Umzug noch einen einigermaßen engen Kontakt gepflegt.

»Hi, mein Lieber, wie läuft es so?«, antwortete ich. Ich rieb mir genervt die Augen.

»Alles soweit gut. Und wie geht's Sofia?«

»Es geht ihr gut. Es läuft alles positiv. Sie freut sich auf das Baby.« Ich war kurz angebunden und nicht in Stimmung für ein ausgedehntes Gespräch, denn meine Gedanken waren noch bei dem Thema der letzten Email.

»Klingt gut, klingt gut Frank. Und was treibst du so?«

»Ach, ich muss hier noch etwas erledigen. Ich bin tagsüber nicht dazu gekommen.«

Es war etwas unhöflich und vor allem der Plötzlichkeit des Anrufs geschuldet, dass ich die Frage nach dem Befinden nicht erwiderte. Klaus wartete einen Moment und schien diese

Schwingung aufzufangen. Seine nächsten Worte klangen weniger beschwingt und zielgerichteter.

»Ich will dich auch gar nicht lange stören. Wollte nur checken, ob das mit unserem Wochenendbesuch übernächste Woche noch steht.«

Die Frauen hatten dies geplant. Ich selbst war kein Fan von über mehrere Tage ausgedehnten Besuchen, hatte mich aber trotzdem auf dieses Vorhaben eingelassen. Die Fahrtzeit von Klaus und Beate zu unserem Haus betrug mehr als zwei Stunden und es bot sich daher an, dass sie bei uns übernachteten, wenn man auf entspannte Art einen Abend gemeinsam verbringen wollte.

»Ja, also ich denke das steht noch Klaus, klar. Wir freuen uns.«

Meine Modulation war eher etwas aufgesetzt.

»Also, dann werde ich dich mal noch schaffen lassen«, fuhr er fort. »Mach nicht mehr zu lange!«

»Danke für den Anruf und liebe Grüße an Beate.«

Meine Wortkargheit tat mir nach dem Auflegen Leid. Für lange Zeit war mir an meinem eigenen Verhalten eine Entwicklung hin zu einer Distanziertheit aufgefallen. Ich hielt Menschen lange auf Abstand. Es war wohl meiner Tiefphase geschuldet, dass ich den Esprit, das Verständnis und die Geduld mit anderen zeitweise verloren hatte. Durch die dramatischen Ereignisse, die ich im Folgenden in allen Einzelheiten erläutern werde, hatte ich jedoch begonnen mich zu verändern und daher hatte ich aufgrund meiner abwesenden Reaktion auf den Anruf an jenem Abend ein schlechtes Gefühl. Ich starrte einige Minuten in diese Gedanken verloren auf den Bildschirm.

Klaus ist ein herzlicher und guter Kerl. Ein echter Freund, der unangenehme und ichbezogene Tendenzen in meinem Verhalten häufig einfach übersehen hatte. Und Sofia verstand sich außerordentlich gut mit Beate. Eine Konstellation, die man nicht als selbstverständlich betrachten darf. Er kann gut mit ihm. Sie mit ihr. Und Sie mit ihm jeweils auch ganz gut. Der Humor stimmte. Die Interessen passten.

Ich nahm mir vor, ihn in den kommenden Tagen mal unaufgefordert zurückzurufen. Als Geste. Aus Dankbarkeit. *Ob ich das auch realisieren werde,* fragte ich mich. Darauf hätten manche in einigen Phasen meines Lebens kein Wetten abgeschlossen.

Die Gedanken daran abschütteln. Ein Kaffee würde helfen. Ich nahm mir vor, noch eine Stunde zu arbeiten.

Ein Klingeln an der Haustür.
Wie spät ist es? 21 Uhr? So spät?
Ich drehte mein Gesicht leicht zur Seite, um anhand der nach oben hallenden Geräusche wahrzunehmen, wer das war.
Sofia geht sicherlich gerade in Richtung Tür.
Zunächst hörte ich nichts.
Sie trug allerdings zu dieser Tageszeit diese puscheligen und daher geräuschlosen Schlappen.
Ich kniff die Augen zusammen und lauschte angestrengt.
Nun vernahm ich die wenigen akustischen Fragmente des Klangs der betätigten Türklinke, die bei mir ankamen.
Hörte den Klang einer dunklen Stimme.
Dann erstmal nichts mehr.
Jemand hat nur etwas abgegeben, vielleicht?

Ich nahm mir sorglos vor, mich wieder auf meine Arbeit zu konzentrieren und las weiter an einer Mail des Leiters der Rechtsabteilung, in der er sich umfangreich und im Stile eines Rechtsgutachtens über eine Passage in einem Pachtvertrag ausließ. Diese Betätigung war kaum zu ertragen und ich begann, die meisten Sätze wiederholt zu lesen.

So durchpflügte ich die Worte noch weitere fünf Minuten, bis der Gedanke an das schwarze Getränk wieder in meinem Sinn auftauchte.

Also stand ich schwerfällig und mit Schmerzen im Bereich der Lendenwirbel auf. Ich trottete in Richtung der Treppe und fiel wie ein Sack von einer Stufe auf die nächste. Im Flur angekommen rutschte ich auf dem Parkettboden leicht weg. Es war dort auf eigenartige Weise ruhig. Aus dem Wohnzimmer sah ich das Flimmern des Fernsehers. *Sofia schaut wohl fern.*

Kaffee. In die Küche.

Als ich auf die Küchentür zukam, war ich verwundert. Meine Frau stand dem Raum zugewandt wie Falschgeld vor der Spüle. Ihre beiden Hände waren auf der Arbeitsplatte aufgestützt. Ihr Ausdruck schien angespannt. Es war im Raum nicht hell genug, diesen oberflächlichen Eindruck zu verifizieren. *Hatte Sie geweint?* Verwundert, dass sie mich gar nicht beachtete, hielt ich einen Moment inne und betrachtete sie aus dieser Entfernung. Dann schritt ich auf sie zu. Als sie mich bemerkte, riss sie ihre Augen panisch auf. Ich durchschritt die Küchentür und wollte sie gerade ansprechen, da sah ich im Augenwinkel links von mir eine Gestalt, die sich vor dem hohen Kühlschrank verborgen hatte. Zu ihr umwenden konnte ich mich nicht mehr.

Ein heftiger Schlag in die Nieren.

Sofia schrie auf.

Schmerz.

Mir blieb vor Schmerz die Luft weg.

Ich stöhnte kurz auf und sackte zusammen.

Der zweite Schlag traf heftig meinen Hinterkopf.

Mir wurde schwarz vor Augen.

Bewusstlos ging ich zu Boden.

Es war wie das Auftauchen aus dem Wasser, nachdem man von einem Sprungbrett in ein Schwimmbecken gesprungen war. Vorher ist man bei geschlossenen Augen umgeben von einem Rauschen, dass alle Einflüsse außerhalb des Wassers verschluckt und sobald man sich der Oberfläche des Nasses nähert, wird es heller und die Außenwelt dringt sukzessive wieder ins eigene Bewusstsein vor. So fühlte ich mich in den Momenten des Aufwachens aus meiner Ohnmacht. Ich brauchte eine Weile, um zu begreifen, dass ich in meiner Wohnung auf der Couch platziert wurde.

»Schatz? Schatz? Wach auf bitte…«, hörte ich Sofia flehentlich krächzen.

Ein pochender Kopfschmerz. Schlagartig erinnerte ich mich daran, dass ich die Treppe herunterkam und dann von jemandem überrascht wurde. Die Person, die zu später Stunde geklingelt hatte.

Mein Blick war noch etwas getrübt. Ich blinzelte und alles wurde immer klarer. Drehte mich zu ihr hin. Schaute ihr in die Augen, brachte aber kein Lächeln zu Stande.

Sie streichelte mir über die Wangen - sichtlich erleichtert, dass ich nun auch wieder anwesend war.

Er muss doch hier irgendwo sein, dachte ich von einem Eindringling ausgehend und bemühte mich um Konzentration und das Erlangen einer gewissen Kontrolle.

»Wer war das und wo ist er?«, fragte ich Sofia flüsternd. Darum bemüht leise zu sein, spürte ich aber, dass das Adrenalin meine Stimme erbeben ließ, was die Verwirklichung dieses Vorhaben fast unmöglich machte.

»Habe ihn noch nie vorher gesehen. In der Küche«, gab sie in einer unnatürlich hohen und zittrigen Stimmlage zurück. Tränen der Angst liefen unweigerlich über ihre Wangen.

»Was treibt er dort?«

»Keine Ahnung.«

Ich schaute mich um und wollte die Lage möglichst klar einschätzen können. *Wir sind beide nicht fixiert oder gefesselt, sondern sitzen hier ganz alleine auf der Couch. Lange bewusstlos war ich nicht. Von dem Eindringling ist nichts zu hören. Er befindet sich - laut Sofia - in der Küche, scheint aber mit nichts geräuscherzeugendem beschäftigt zu sein. Was ist nun zu tun. Sollte ich vorsichtig jemanden anrufen? Die Polizei? Oder sollten wir einfach nach draußen rennen? Es wäre sicherlich unklug, das laut mit ihr zu besprechen. Vielleicht sitzt er da nur und achtet genau darauf, was wir unternehmen. Ist das ein Spiel? Immerhin hatte er mich angegriffen. Er machte noch keine Anstalten, Wertsachen zu suchen, oder uns irgendwie zu terrorisieren. Was zum Teufel geht hier vor?*

Diese Ungewissheit und Skurrilität der Situation begann an mir zu nagen. Wir konnten nicht dauerhaft einfach nur dasitzen. Adrenalin schoss in Wellen durch meinen Körper und ich spürte das Blut in meinen Halsschlagadern pulsieren. Ich stützte mich auf der Couch so auf, dass man erkennen konnte, dass ich vorhatte aufzustehen. Sofia packte mich am Arm. In ihrem Blick war ein flehentliches *Was hast du vor?* zu erkennen. Meine Augen mussten Entschlossenheit ausgestrahlt haben. Ich fauchte fast lautlos: »Ich muss etwas unternehmen.«

Sobald ich auf den Beinen stand, wurde mir kurz schwindelig und ich musste mich zunächst sammeln. Ich atmete einmal tief durch. Verfluchte meine Schwäche. Dann setzte ich mich vorsichtig in Richtung Haustür in Bewegung. Ein Schritt nach dem Nächsten. *Keine ruckartigen Bewegungen machen,* dachte ich und schüttelte gleichzeitig über mich selbst den Kopf, denn es war der sich aufdrängende spontane Gedanke, wenn man es mit einem tollwütigen Hund zu tun gehabt hätte. An der Tür angekommen versuchte ich die Klinke leise herabzudrücken, stellte aber fest, dass sie verschlossen war. Die Schlüssel hatte der Eindringlich zusätzlich verschwinden lassen. Die Option einer schnellen unbemerkten Flucht war also offensichtlich nicht gegeben.

Ich durchdachte meine weiteren Möglichkeiten und entschloss mich, das Risiko einzugehen und die Initiative zu ergreifen.

Durch die geöffnete Tür betrat ich bedächtig mit zusammengekniffenen Augen und demütiger leicht gebeugter Haltung die unbeleuchtete Küche. Trachtprügel wollte ich nicht wieder beziehen.

Hat er sich etwa was angetan?

Ich schaltete das Licht ein.

Erstaunlicherweise entdeckte ich ihn unverzüglich. Und die Art, wie ich ihn vorfand, hatte ich absolut nicht erwartet.

Da saß ein Mann, ein paar Jahre älter als ich, angelehnt an einen Schrank auf dem Boden.

Ist er bei Bewusstsein?

Sein Blick war starr nach vorne gerichtet.

Er trug einen langen ungewaschenen Mantel, hatte ungepflegte zerzauste Haare und verbreitete einen unangenehmen Geruch. Nach Schnaps. Schweiß. Kaltem Rauch. Er machte den Eindruck, ein Landstreicher zu sein.

Ist das etwa…?

Ich ging vorsichtig einen Schritt auf ihn zu.

Keine Reaktion.

Er könnte es sein. Der Mann, der einige Tage vorher stundenlang auf dem Gehweg stand. Das gibt es doch nicht.

Die Situation war verwirrend und wirkte, als stammte sie aus einem schlechten B-Movie. Sie entsprach keinem Erwartungsmuster. Ich stand da und musterte passiv den Typ, der in meine Privatsphäre eingedrungen war und der aus einer Mischung aus stoisch und niedergeschlagen auf dem Boden saß. Meine Muskeln begannen sich zu verkrampfen, denn meine innere Stimme schlug heftig Alarm. Es war vollkommen still. Ich konnte nur meinen Atem hören. Und das leichte Surren des Kühlschrankes.

Was soll ich nur unternehmen? Ihn ansprechen?

Dann tat ich spontan etwas, dass mir aus heutiger Sicht völlig irrational erscheint.

Meine Zunge klebte vor Durst an meinem Gaumen. Vorher hatte ich das gar nicht bemerkt. So ging ich zum Wasserhahn, nahm mir ein Glas und ließ Wasser die Kehle hinab laufen. Ich verhielt mich so, als wäre er gar nicht da. Sah ihn nicht an. Trank einfach.

Danach blickte ich herüber zu ihm.

Er saß dort völlig bewegungslos – starrte vor sich in.

»Wollen Sie auch ein Glas?«, fragte ich ihn nach einem vorhergehenden Räuspern, denn meine Stimme war belegt.

Was tue ich da nur?

»Wollen Sie eins?«, fragte ich lauter und mit festerer Stimme.

Ich fixierte ihn mit meinem Blick.

Ging einen Schritt auf ihn zu.

Dann begann ich mich, wohl wegen seiner unbeteiligten Reaktion und aufgrund meiner eigenen Naivität, ein wenig zu beruhigen und ein Gefühl von Kontrolle zu gewinnen. Er kam mir vor, wie ein verirrter Hund und ich verdrängte völlig, dass er mir wenige Minuten vorher einen brutalen Hieb verpasst und mich auf die Couch gehievt hatte.

Hatte ich ihn vorhin in der Küche nur überrascht?

»Können Sie nicht reden?«, fragte ich selbstsicher.

Sein Blick war weiterhin noch vorne gerichtet.

Dann durchfuhr mich angesichts seiner nächsten Aktionen ein Schreck.

Der ungebetene Besucher sah mich auf einmal an.

Eben noch wirkte dieser wirr und geschwächt.

Aber sein Blick richtete sich nun direkt in meine Augen und wirkte fest und entschlossen. In welchem Zustand der Abwesenheit er sich gerade befunden hatte, er war ihm nun entkommen.

»Wie bitte?«

Das erste Mal hörte ich seine rauchige Stimme. Er bewegte sich, wie jemand, dessen Beine eingeschlafen waren, hob seinen rechten Arm an und ermöglichte mir so zu erkennen, dass er einen Gegenstand in der entsprechenden Hand hielt. Es war ein Brecheisen. Der Mann wollte, dass ich dies genau wahrnahm und legte es darauf hin demonstrativ auf seine Beine.

Eine Warnung!

Ich versuchte, weiterhin die Lage zu peilen und ihn mit einem neutralen Verhalten und Köpersprache zu beruhigen. Mir war allerdings klar, dass ich keinen gewöhnlichen Menschen vor mir hatte. Es war unmöglich zu kalkulieren, wie er auf welches Verhalten reagieren würde.

Soll ich mich auf ihn stürzen und ihn versuchen zu überwältigen? Da draußen ist immerhin meine im achten Monat schwangere Frau. Ist das ein Psychopath? Er könnte uns und vor allem IHR alles möglich antun.

Ich hielt mich zurück.

»Wer sind Sie und was machen Sie hier in unsere Wohnung?«, fragte ich ihn mit betont emotionsloser Stimme. Nicht aggressiv, nicht unterwürfig, ohne Vorwurf. Ganz neutral.

Die bedrohliche Figur in meiner Küche fixierte mich. Plötzlich griff er nach dem Werkzeug und stand unerwartet schnell auf. Eben wirkte er noch wie niedergeprügelt und nun stand mir binnen einer Sekunde ein großgewachsener Hüne gegenüber.

Aufrechte Körperhaltung.

Den kraftvollen Blick ohne Blinzeln genau auf mich gerichtet.

Entschlossen.

An sein Vorhaben anknüpfend.

Das Werkzeug fest umklammert.

»Sie fragen mich, wer ich bin?«

Er ging einen Schritt auf mich zu.

Ich schluckte. Antwortete nicht. Verlor fast meine Fassung. Er konnte das förmlich riechen. Das war mir bewusst.

Absolut überfordert versuchte ich das Richtige zu tun und richtete meinen Oberkörper auf, um Stärke zu demonstrieren.

Erwiderte seinen Blick.

Blinzelte aber zu oft.

Ein fester Knoten im Magen.

Ein unangenehmer Kloß bildete sich in meinem Hals.

Ohne Zweifel hat dieser Mensch die Kontrolle. Er bestimmt die Regeln – seine Regeln, nicht die allgemein gültigen. Und er folgt einen Plan oder zumindest einer Absicht. Nur welcher?

Ich dachte besorgt an Sofia.

Und dann stand sie tatsächlich neben mir in der Tür.

»Wer sind sie? Wollen Sie Geld?«, fragte sie ihn angsterfüllt und mit einer aufrichtigen Attitüde, die ich an ihr so liebte, die sie aber manchmal doch so verletzlich machte. Sie war wie ein kleines Mädchen, das vor einem Bösewicht steht und ihn ehrlich bat, dass er ihr doch nichts Böses antun mag. Dieses Bewusstsein zerriss mir das Herz. Ich musste sie einfach irgendwie beschützen und stellte mich aus diesem Grund vor sie - in der Hoffnung, dass sie dies genau so deutete.

Er begann zu grinsen.

»Wer ich bin?«

Dann gluckste er. Lachte auf. Zunächst eher wie ein Schluckauf. Dann entwickelte sich ein Kichern bis er schließlich laut und schrill auflachte, als bekäme er einen Lachkrampf.

Meine Frau und ich sahen uns kurz an. Dann wieder wie gebannt zu ihm herüber.

Das war ein Monster aus einem surrealen Albtraum.

Eine perverse Situation.

Wut und Verzweifelung machten sich in mir breit.

Vermischten sich mit meinem Beschützerinstinkt.

Ich musste doch irgendetwas unternehmen.

Er war in mein Haus eingedrungen und spielte mit uns.

Aber warum nur? Was trieb in an? Was das hier ein total unglücklicher Zufall?

Dann sah ich kurz Sofia an. Sie war offenkundig genauso verwirrt von ihm und bemühte sich um eine eigenständige Analyse. Sicherlich ging sie gerade alles im Kopf durch, dass sie während des Studiums und in ihrer beruflichen Praxis über psychopathische Persönlichkeitsstörungen gelernt hatte.

Der Druck in mir wuchs und ich fühlte, wie der Knoten aus meinem Bauch meinen Hals hinaufstieg und ich kurz davor stand, mich zu übergeben.

»Was wollen Sie hier? Was soll das? Sind sie noch ganz normal?«, schrie ich ihn plötzlich an. Zorn brach aus mir heraus.

Sofia zuckte zusammen.

Er war augenblicklich still. Scheinbar überrascht. Aber es fehlte die normale emotionale Reaktion, die eine Person zeigt, wenn sie so angegangen wird.

War sein Gesicht eben noch vom Lachen verzerrt, so erstarrte es nun. Seine Augen fixierten mich auf stechende Weise. Seine Mimik war dabei völlig ausdruckslos, wie die einer Schaufensterpuppe.

Die Sekunden danach kamen mir vor, wie eine halbe Ewigkeit.

Warum reagiert er nicht?

Die fehlende Reaktion verunsicherte mich, so dass ich auch nicht nachlegte und passiv blieb.

Werde ich meinen kleinen Ausbruch noch bereuen?

In Sekundenschnelle hob er den rechten Arm an und schlug mit voller Wucht das Brecheisen gegen die Glastür eines Schrankes.

Dann schlug er brutal in der anderen Richtung auf die Arbeitsplatte.

Sofia schrie schrill auf, während Glasscherben wild durch den Raum flogen.

Mir stockte vor Schock der Atem und das Blut gefror mir fast in den Adern.

»Hey, hey, ganz ruhig«, rief ich hilflos zu ihm herüber.

Sein Temperament kühlte auf unmenschliche Weise augenblicklich wieder ab.

Scheiße, das ist ein Soziopath. Seine Gefühle sind nicht normal. Er ist krank, dachte ich. *Das eben war eine kleine Probe seiner Kraft. Er wollte uns einschüchtern, tat dies aber ganz kontrolliert.*

»Wir gehen ins Wohnzimmer«, sagte er mir ruhiger aber sonorer Stimme. Keine Erregung, kein Zittern, kein Hass lagen darin.

Langsam trat er auf uns zu und lief an uns vorbei.

Wir wichen zunächst zurück. Ich wollte den Abstand halten, denn ich rechnete nun jeden Moment damit, dass er mit dem schweren Eisen auf uns zustürmte und es mit Wucht auf uns hinunterfahren lassen würde.

»Setzt euch auf die Couch!« Befahl er uns.

Wir gehorchten und folgten ihm.

Er zog den Couchtisch einen Meter zurück und setzte sich auf diesen direkt vor uns. In einer unangenehm nahen Entfernung. So dicht war er in der Küche vorher nicht.

Ich nahm die Hand meiner hochschwangeren Ehefrau. Unsere Aufmerksamkeit war total auf ihn gerichtet. Nichts anderes mehr drang in unser Bewusstsein vor. Er beherrschte uns, was eine außerordentlich entwürdigende und entgrenzende Erfahrung war.

»Sie wollen wissen, wer ich bin?«

Ich nickte.

»Sie haben keine Ahnung?«

Daraufhin zeigte ich keine Regung, denn ich konnte mir nicht erklären, worauf er hinaus wollte. Außerdem war ich nicht in der Stimmung Gedankenspiele vorzunehmen, sondern auf das bloße Überleben durch das Abwehren grober physischer Angriffe ausgerichtet.

Dann fiel mir etwas wieder ein.

»Vor dem Haus. Vor ein paar Tagen. Sie waren das, oder?«

Er nickte nicht, aber ich wusste, dass er mit seinen Augen meine Vermutung bestätigte.

»Wissen Sie, ich habe lange auf diesen Moment gewartet. Ich bin geradezu erregt. Endlich habe ich euch vor mir sitzen. Ich versuche, es auszukosten. Wie es sich anfühlt. Was es mit mir macht.«

»Warum haben Sie gewartet?«, fragte ich automatisch.

Hilft es, ihn in ein Gespräch zu ziehen?

Ich erwartete jederzeit ein erneutes erdbebenartiges Eskalieren der Stimmung. Es war unmöglich, eine Strategie zu entwickeln. Und im Falle eines erneuten Schlages, wären wir nun in direkter Reichweite. Wir waren beide gelähmt vor unerträglicher Angst. Bei dem Gedanken, dass er Sofia mit diesem Ding treffen konnte, wurde es mir übel. Daher plante ich, dass ich den Schlag abfangen musste, wenn er wieder Anstalten machte das Brecheisen einzusetzen.

Wer nimmt zu einem solchen Anlass ein solch grobes Werkzeug mit? Was hatte er nur geplant? Diese Fragen quälten mich.

Ich beschloss, auf seine Aussagen einzugehen und einen günstigen Moment für eine Attacke gegen ihn abzuwarten. Einen, den ich vorhin aufgrund meiner falschen Einschätzung verpasst hatte. Ich machte mir dafür Vorwürfe und hoffte, dass ich es wieder gutmachen konnte.

»Worauf ich gewartet habe? Dich zu finden. Das hier ist Schicksal. Es ist unfassbar. Es ist Schicksal.« Seine eisigen Augen fixierten mich funkelnd.

Schicksal. Wovon redet der? Der Mann ist völlig verrückt.

»Du begreifst es nicht. Frank. Oder?«, fuhr er fort.

Frank? Woher weiß er…? An der Klingel steht nur Familie Saulus.

Er beugte sich bedrohlich zu mir vor und zeigte mit dem Finger auf mich.

Erstmals konnte ich sein Gesicht genauer betrachten. Seine Augen lagen gerötet und tief in den Höhlen und seine Wangen wirkten eingefallen. Die Zähne waren dunkel und wiesen einige große Lücken auf. Dieser Mann hatte viele harte Jahre hinter sich. Drogen und Alkohol waren sicherlich seine engsten Freunde. Trotzdem trat er auf eine Art fest und entschlossen auf. Der äußerliche Gesamteindruck und sein Benehmen passten nicht zu dem eines Berufsverbrechers – so wie ich als Laie mir einen solchen dachte. Warum sollte ein Einbrecher oder Entführer sich so verhalten? Und seine Aussagen ließen auf eine persönliche Verwicklung schließen.

Er fuhr fort.

»Wir beide sind verbunden. Durch ein Schicksalsband. Und ich erkannte das mein ganzes Leben lang nicht. Bis vor kurzem. Du standest hier auf der Sonnenseite und ich auf der Schattenseite. Und nun sind wir wieder verbunden. Unsere Linien laufen zusammen, meine ich. Hier und jetzt.«

Da waren nur noch Zentimeter Abstand zwischen seinem Finger und meinem Gesicht. Und ich wollte ihm nicht aus- oder zurückweichen. Er fixierte mich unveränderlich mit seinem gesamten Gestus für eine Weile, als würde er warten, dass sich seine Worte in meinem Sinn festsetzten und ich auch begriff, wovon er da stammelte.

Und das wirkte.

Ich versuchte fieberhaft zu überlegen, was er meinen könnte, die Gedanken in meinem Kopf waberten allerdings durch die unerträgliche Lage mit der Wendigkeit eines Nilpferdes, das sich an Land bewegt.

»Ich weiß nicht, wovon Sie sprechen. Können Sie es mir erklären?«

Er lehnte sich wieder zurück. Lächelte überlegen. War überlegen.

»Sie kommen nicht drauf? Wissen Sie, ich habe in der letzten Zeit viel über die Vergangenheit erfahren. Genauer gesagt, über die Vergangenheit meiner Familie.«

In mir wuchs langsam eine Ahnung bezüglich der Bedeutung seiner Aussagen heran – noch lange keine Gewissheit.

»Was weißt du denn über deine Vergangenheit – Frank - und die deiner Vorfahren?«

Meine Vergangenheit?

Ich richtete nachdenklich meinen Blick zum Boden und schüttelte den Schock des angegriffenen Opfers ab, um klarer nachdenken zu können. Er wollte mich anscheinend tatsächlich auf eine Spur bringen und ein echtes Gespräch hierüber führen.

Plötzlich kombinierte ich. In dieser lebensbedrohlichen Situation schloss sich für mich ein Kreis. Einer, von dem ich dachte, dass er bereits vollständig und befriedigend einen Abschluss gefunden hatte. Aber das neue Kapitel, das ich in den letzten Monaten in meinem Leben hinzufügen musste, war vielleicht doch noch nicht beendet.

Führte etwa – entgegen meiner Interpretation bis dahin - alles zu DIESEM Moment hin?

Ich sah zu ihm auf und direkt in seine Augen. Es wurde ihm direkt klar, dass ich begriffen hatte, worauf seine Andeutungen mich hinlenken sollten.

Der gefährlich wirkende Mann lächelte teuflisch. Es war ihm wichtig, dass wir uns auf der Grundlage desselben Verständnisses weiter auseinandersetzten. Das gehörte wohl zu seinem Plan.

Um zu verdeutlichen, wie ich zu dieser Schlussfolgerung gelangte und wie dieser dramatische Abend sich weiter entwickelte, muss ich Sie – meine Leserin oder meinen Leser - in meiner Erzählung einige Monate weiter in die Vergangenheit zurückversetzen.

Glauben Sie an Vorahnungen und daran, dass einen auf dramatische und katastrophale Ereignisse manchmal Vorboten hinweisen? Gibt es einen großen Plan? Oder Schutzengel? Das Schicksal?

Vor einem Jahr hätte ich für mich diese Fragen belächelt. Lesen Sie selbst, was sich in meinem Leben abspielte und bilden Sie sich dann ein eigenes Urteil...

Kapitel 2

Dann beginne ich meine weiteren Erläuterungen besser mal förmlich.

Mein Name ist Frank Saulus und ich bin mittlerweile 46 Jahre alt.

Um ein Verständnis dafür zu ermöglichen, wie unerwartet und in gewisser Weise unvorbereitet meine Konfrontation mit einer sonderbaren Abfolge von Ereignissen erfolgte und welchen Wandlungsprozess ich vollziehen musste, um sie zu bewältigen, muss ich zunächst versuchen meine Person zu beschreiben. Hierbei möchte ich Sie nicht mit unnötigen Einzelheiten zu meiner Kindheit langweilen, sondern auf die im Wesentlichen tangierten Bereiche meiner Haltung und Wesensart konzentrieren.

Ich entwickelte mich in den ersten dreißig Jahren meines Daseins zu einem durchaus menschenfreundlichen, sympathischen, intelligenten, nüchternen, jedoch in gewissen Bereichen eher oberflächlichen Mann. Ich respektierte Personen, die an etwas zu glauben schienen, dass höher war als sie selbst. Vielleicht bewunderte ein Teil von mir sie auch ein wenig. Aber gleichwohl empfand ich ihnen gegenüber eher irgendetwas auf einer Bandbreite zwischen Skepsis und Hohn - je nach individueller Ausdrucksform ihrer spirituellen Tiefgründigkeit.

Sie fragen sich, ob dies alles meiner Sozialisation entstammte? Keinesfalls.

Meine Mutter war seit jeher ein gläubiger Mensch. Sie benötigte noch nie wirklich belastbare Gründe hierfür. Immer schon zog es sie in die Kirche und sie betete, denn die Existenz Gottes war in ihrem Bewusstsein eine feste selbstverständliche Größe - eine Art Naturgesetz. Mein Vater glaubte bis zu seinem Tot auch an Gott, allerdings auf eine rationellere Art. Sie fühlte eine emotionale und von außen wahrnehmbare Bindung zu Gott. Er legte Wert auf das Gemeindeleben und ließ sich durch philosophische Ansätze der kirchlichen Lehren intellektuell inspirieren. Meine Eltern waren und sind übrigens evangelisch. Es kann sein, dass es eine naive Einteilung war, aber ich vermutete, in diesen Unterschiedlichkeiten auch gewisse tendenzielle Elemente der Unterscheidung zwischen weiblicher und männlicher Natur wahrnehmen zu können. Mittlerweile bin ich mir der Vernünftigkeit dieser klaren Abgrenzung nicht mehr ganz so sicher, zumindest was ihre Übertragbarkeit auf alle Vertreter der Geschlechter angeht.

Mir wurden als Kind religiöse Inhalte - wie biblische Geschichten und deren kirchliche Interpretationen - stets vermittelt und Traditionen spielten eine wichtige Rolle in meinem Elternhaus. Ich durchlief regulär den Religionsunterricht und später auch die Prozesse der Konfirmation. Tief in mir konnte ich aber von den inhaltlichen Aussagen der Predigten nicht weiter entfernt sein, die ich in diesem Rahmen oder auch anlässlich der großen Feiertage Ostern und Weihnachten, aber auch gelegentlich beim sonntäglichen Kirchenbesuch vernahm. Sie kamen mir vor wie mittelalterliche Mythen oder Sagen, die gespickt mit Archetypen die unterbewussten Ängste und Wahrheiten und damit ein intuitives Weltbild von Generation zu Generation weitergaben. Und diesen Eindruck gewann ich schon sehr früh. Mir kam es spanisch vor, dass in alten Zeiten den Menschen häufig Engel oder sogar Gott persönlich begegnet waren, diese Kundennähe in heutiger Zeit aber von ihm und seinem immateriellen Personal abgeschafft worden war. Ich verstand, dass in anderen Entwicklungsgraden der menschlichen

Gesellschaft - besonders was den Zugang zu Informationen und Wissen anging - eine solche strukturierte Ansammlung von religiösen Erzählungen und Idealen eine wichtige Funktion einnahm. Dass meine Eltern diesen Überlegungen so gar nicht folgen konnten, verstand ich keine Sekunde. *Vielleicht eine andere Generation,* dachte ich immer wieder. Durchaus beeindruckt war ich von der historischen und gesellschaftlichen Bedeutung des Wirkens der Reformatoren im späten Mittelalter, die aufgrund ihrer religiösen Überzeugung Impulse zur fundamentalen Veränderungen des sozialen Lebens bewirkten und Freiheit sowie kulturellen Fortschritt beförderten.

Nun gibt es, wie ich im direkten Umfeld meiner Familie durchaus aufmerksam erforschte, außerhalb einer Hinwendung zu den christlichen Kirchen auch andere Formen des Zugangs zu Spiritualität, Tiefgründigkeit oder einem tieferen Sinn im Leben. Damit meine ich etwas, dass über das materielle und den täglich zu bewältigenden Alltag hinausgeht. Etwas, dass sich mit Fragen beschäftigt, auf die keine einfachen praktischen Antworten auffindbar sind; oder anders formuliert etwas, dass gewissermaßen höher ist, als man selbst.

Ich kannte zum Beispiel in der nahen Verwandtschaft persönlich Menschen, die beseelt waren von einer politischen Grundüberzeugung. Das Thema im Allgemeinen interessierte mich grundsätzlich zunächst auch sehr, allerdings verlor ich im Laufe der Jahre zunehmend das Interesse, da lokale Politik mir doch sehr wenig idealistisch vorkam, was auch ganz vernünftig war, denn es galt hier eher, Dorfplätze zu gestalten und über die Positionen in kommunalen Haushalten zu diskutieren. Und auch für die außerordentlich zeitaufwändige, mühselige und gleichzeitig oft undankbare übergreifende und ideologisch geprägte politische Tätigkeit, musste man geschaffen sein. Ich war das nicht. Und dann gab es da auch noch einige Esoteriker, für die ich in jeder Ausprägungsform einfach nur Verachtung und Lächeln übrig hatte, zugegebenermaßen ohne mich jemals wirklich mit den Inhalten oder Vertretern beschäftigt zu haben.

So kristallisierte sich bei mir im Laufe der Zeit der Agnostiker und Materialist heraus, der nichts kategorisch ausschloss, aber eben auch keinen spirituellen oder religiösen Glaubenssatz als feste Größe akzeptieren konnte. Meiner Faszination für parapsychologische Phänomene oder bestimmte religiöse Lehren beschränkte sich lediglich auf den monatlichen Horrorfilm im Kino. Eine Einschränkung muss ich hierbei machen. Da gab es eine kleine Tür, die in mir leicht geöffnet war, was mir bei dem Verständnis der Ereignisse, die ich später erzählen werde, vielleicht von essentieller Bedeutung war. Nachdem ich in meinen Zwanzigern der Kirche meiner Eltern entwachsen war, entwickelte ich später über meinen besten Freund Klaus und seine Frau Beate eine ausgeprägte Sympathie für die Lehren und geistigen Fundamente des Buddhismus und anderer fernöstlicher Religionen und ich ließ mich eine Zeitlang durch die gelegentliche Lektüre einschlägiger Publikationen und Gespräche mit ihnen von diesen sehr inspirieren. Mir gefiel der philosophische und gleichwohl logische Ansatz, aber auch die Vorstellung von einer Reinkarnation der Seelen. So rationell und nüchtern ich mit den mir so vertrauten christlichen Antworten umging und so abstrakt und unwirklich sie mir erschienen, so sehr fühlte ich mich angezogen von dieser Art zu Glauben. Irgendetwas daran empfand ich als einleuchtender. Ich gebe zu, dass dies nicht gerade völlig linear logisch ist. Aber die Welt kam mir tatsächlich hin und wieder wie eine Art Schulungsort vor, in dem alles einem ständigen Kreislauf folgt, der dazu dienen könnte, nach dem Prinzip des Karmas verschiedenste Lektionen zu lernen und an moralischer Qualität zuzunehmen. Das deckte sich - meines Erachtens nach - total mit meiner ganz persönlichen Lebenserfahrung und hatte den Klang der Wahrheit. Aber sobald es über die Grundbegriffe der lebensbezogenen Philosophie hinausging, verlor ich das Interesse, mich noch tiefer in die vielschichtigen und komplexen Lehrgebäude hineinzudenken geschweige denn, mich irgendwie einer entsprechenden Gruppierung anzuschließen. Mein Interesse an diesen Inhalten war zwar durchaus vorhanden, aber ich verlor das Thema bald fast gänzlich aus den Augen.

Da ich in diesen Jahren nämlich in das Alter kam, da mein Studium und damit das Anstreben meiner Karriere im Mittelpunkt stand, schob ich alle Themen, die keinen greifbaren Wert in meinem Leben entfalten konnten, eher von mir weg. Neben der Arbeit ließ ich als bedeutsames Thema einzig nur das tiefe Interesse am weiblichen Geschlecht zu. Und die Subjekte meines Interesses konnten auch mehrere Personen sein und wechselten sich durchaus häufiger mal ab. Mein Denken drehte sich auch zunehmend um das neueste Verkaufsmodell von BMW, Karrierechancen und Ausdrucksformen des gehobenen Lebensstils, den ich anstrebte. Mein Abschneiden im Studium war entsprechend gut und ich fand eine aussichtsreiche Trainee-Stelle bei einem renommierten Energieversorger im Rhein-Main-Gebiet. Ich arbeitete mich mit einer Menge Zeiteinsatz, Fleiß und Herzblut hinein und eine Weiterbeschäftigung im Bereich Projektmanagement war der Lohn hierfür. In meiner eleganten und mit allen technischen Gimmicks eingerichteten zweigeschossigen Wohnung in Frankfurt Sachsenhausen lebte ich zu der Zeit alleine. Mein Leben verlief arbeitsreich, aber gut. Nichts fehlte mir. Jedoch sollte ich trotzdem auf unerwartete Art nachhaltige Bereicherung finden.

An jenem Tag wollte ich nach einem ermüdenden langen Arbeitstag nur noch schnell nach Hause kommen. Ich fuhr aus der Tiefgarage meines Arbeitsgebers und brauste - so schnell die Polizei gerade so erlaubte - die Straßen entlang. Zunächst war mein Ziel der Supermarkt. Schnell durch den Laden laufen und das Abendessen besorgen – das war mein Plan. Ich trabte zum Auto und dachte nur noch daran, daheim auf die Couch zu fallen und den Fernseher anzuschalten. Eine Sekunde zu spät in den Rückspiegel schauen kann allerdings ausreichen. Ich fuhr den Einkaufswagen einer Person über den Haufen. Laut fluchend riss ich meine Tür auf und stürzte voller Adrenalin nach draußen. Brot, Butter, Flaschen, gefrorenes Gemüse lagen auf der Straße verteilt. Sie stand schockiert vor mir und setzte sofort dazu an, mich zu beschimpfen.

»Sind sie bescheuert? Sie hätten mich fast platt gefahren? Haben Sie keine Augen in der Birne?«, schrie sie mich postwendend an und bückte sich, um den Inhalt ihrer Einkäufe aufzusammeln.

Ohne es erklären zu können, stand ich wie gelähmt vor ihr. Normalerweise hätte ich mich auf trotzige und betont coole Art entschuldigt und versucht so schnell Land zu gewinnen, wie es ging. Mein Auto hatte ein paar Kratzer. Den Einkaufswagen hatte ich einfach nur nach hinten gedrückt und es gab vermutlich keinen weiteren Schaden.

»Ich… ich… es tut mir Leid«, stammelte ich.

Sofia erzählte mir später, dass ich wie ein begossener Pudel völlig überfordert vor ihr stand.

Sie erinnerte mich von ihrer ansprechenden äußeren Erscheinung her sofort an die Schauspielerin Meg Ryan.

Kurz gesagt. Sie faszinierte mich. Sie haute mich um. Ich war hin und weg.

»Haben Sie sich etwas getan?«, fragte ich sie mit brüchiger unsicherer Stimme.

»Nein, habe ich nicht!« Trotzige Worte. »Aber ihre Lampe hier ist zerbrochen. Ein kleiner Denkzettel.« Zynismus lag in ihrer Stimme.

Das wäre mir im Normalfall alles andere als Gleichgültig gewesen.

»Ich bin froh, dass es noch mal gut gegangen ist. Die Lampe ist egal. Es tut mir wirklich Leid«, sagte ich auf eine reuevolle und mitfühlende Art, die für mich als einer, der sich stets im Grenzbereich zwischen überheblich und selbstbewusst bewegte, sehr außergewöhnlich war. Sie bemerkte dies und dazu noch meine plötzliche Unsicherheit. War etwas besänftigt.

»Es ist ja nichts Schlimmes passiert.«

Ihre Stimme verriet, dass sie begonnen hatte, sich zu beruhigen und meine Reaktion auf sie aufzufangen.

Ich musste handeln. Diese Frau faszinierte mich, aber der Anlass der Begegnung war natürlich alles andere als ruhmvoll.

»Kann ich das irgendwie wieder gut machen?«, war das Einzige, dass mir einfiel.

Sie schaute mich verdutzt an.

»Bitte?«

»Na ja, es tut mir Leid und ich würde Ihnen gerne einen Kaffee ausgeben.« Stotternd.

»Was?« Sie schüttelte verdutzt den Kopf. Damit hatte sie absolut nicht gerechnet. »Ich weiß nicht. Sie sind ja vielleicht einer.«

Nun nahm sie sich einen Moment Zeit, um mich überhaupt mal genauer zu betrachten. Ganz sicher wäre ihre Antwort äußerst kühl und abweisend ausgefallen, wenn ich nicht irgendetwas gehabt hätte, dass sie auch anziehend fand – nicht zuletzt die Kühnheit, nach dieser Peinlichkeit ein solches Angebot zu unterbreiten.

Drei Tage später saßen wir tatsächlich in einem Café und unterhielten uns fantastisch. Die Wellenlänge stimmte und es begann die vertrauteste und leidenschaftlichste Beziehung zu einer Frau, die ich bis dato erlebt hatte. Der Verlauf unseres ersten Gesprächs warf bereits ein Licht darauf, mit welchem Menschen ich es zu tun bekam.

Wir trafen uns in einem Café in Wiesbaden auf dem Neroberg an einem sonnigen und angenehm warmen Frühlingstag. Dieser Ort liegt auf einer mitten im Wald gelegenen Anhöhe außerhalb der eleganten Landeshauptstadt, zu der aus der niedriger gelegenen City eine kleine Bergbahn führt. Vielen Familien oder auch Arbeitsteams aus der Gegend ist das ein Begriff, weil es da einen bekannten Kletterwald gibt. Wir reisten beide mit unseren Autos an und trafen uns auf einem nahegelegenen Parkplatz.

Sofia sah wunderschön und verführerisch aus. Sie trug ein schlichtes, schwarzes und körperbetontes Kleid, das ihre dezenten weiblichen Rundungen und ihre schlanken Beine wundervoll betonte. Die leicht gewellten blonden Haare trug sie offen. Im Mittelpunkt meiner Aufmerksamkeit standen jedoch ihre mit leichtem Make-up betonten grünblauen, großen und traumhaften Augen und ihr hübsches, makelloses Gesicht. Ihre feinen Züge. Ihr gewinnendes und liebliches Lächeln.

Die ganze Ausstrahlung war umwerfend, elegant und weiblich.

Sie betrachtete mich auch eingehend. Meine 1,85 Meter Größe, meine stämmige Figur und, dass ich mich dezent auch etwas in Schale geworfen hatte, mit meinem weißen Hemd und dem dunklen Jackett. Die Haare trug ich zu der Zeit noch etwas länger und lässig nach hinten gekämmt. Ich versuchte in solchen Situationen meine Stärken, die in der Vergangenheit positiv vom weiblichen Geschlecht quittiert wurden, zur Geltung zu bringen. Damit meine ich mein gewinnendes Lächeln und meine blauen gütigen Augen, die manch andere Frau vorgeblich an das schelmische Lachen eines kleinen Jungen erinnert hatten.

Ihr lächelnder Blick fixierte tatsächlich etwas länger als drei Sekunden direkt meine Augen, was ich stets als Zeichen des besonderen Interesses und der Sympathie interpretiert hatte.

Jedoch beeindruckte sie wohl an jenem Tag eher etwas Anderes an mir, als ich dies selbst konstatiert hätte. Diese Diskrepanz entsteht häufig, dass man in der Selbsteinschätzung nicht die Eigenschaften im Vordergrund sieht, die jemand anderen womöglich sogar eher berühren.

Wenige Minuten nach der Begrüßung und wechselseitigen Musterung saßen wir uns beide mit einem Kaffee und einem Stück Kuchen in dem gemütlichen Café gegenüber. Sonnenstrahlen schienen an diesem Apriltag durchs Fenster hinein. Draußen bot sich ein fantastischer Blick auf die am Rand einer Wiese wachsenden Maiglöckchen, mit ihren kleinen weißen Blüten in Glockenform. In Kübeln waren bereits vor einigen Monaten Tulpen- und Narzissenzwiebeln eingesetzt worden, die nun stolz ihre kräftigen Farben und eleganten Formen vor Schau stellten.

Das Café war freistehend auf einer Lichtung in gewisser Entfernung umgeben von hohen Bäumen, die ihre jungen sattgrünen Blätter der frischen Luft und den Lichtstrahlen entgegenstreckten. Die Umgebung versprach folglich zu einem unvergesslichen und romantischen Tag beizutragen.

Den Beginn des Gesprächs war sehr bezeichnend für die Art der Frau, für dich ich von jenem Tag an alles empfinden sollte.

»Also, zunächst möchte ich mich bei dir bedanken, dass du mich heute nicht überfahren wolltest«, sagte sie mit liebevollem Sarkasmus und kicherte auf meine Kosten.

Ich hatte eigentlich mein überlegen charmantes Lächeln aufgesetzt, war aber bereits mit ihrem ersten Satz geschlagen. Trotzdem mochte ich ihre humorvolle Art und musste einfach nur lachen. Eine passende Replik fiel mir erst relativ spät ein.

»Na ja, du sitzt nun hier. Ich bin froh, dass du mich trotz des fehlgeschlagenen Mordversuches noch einmal wieder sehen wolltest?«

Ihr Gesichtsaudruck war fast unverändert, aber ihre Augen lächelten. Heute weiß ich, dass dies ausdrücklich ein Lob darstellte, da ich den Federhandschuh mutig und charmant aufgenommen hatte. Meine Reaktion wirkte sicherer, als ich es innerlich war, denn dies war eine Klasselady, bei der man sich Mühe geben musste.

»Da hast du echt einen wunderschönen Ort vorgeschlagen, Respekt«, fuhr sie fort und sah sich demonstrativ um.

»Danke, ich mag es sehr, hier zu sein, denn früher als ich Kind war, haben wir hierhin ein paar Mal Ausflüge gemacht; wir sind mit der Bahn gefahren und so weiter.«

Sie lächelte bei der Vorstellung an mich als kleiner Junge, der hier über den Rasen rannte. Meine Taktik ging auf.

»Wir waren nie hier. Ich kannte das Café gar nicht, obwohl wir gar nicht so weit von hier weg wohnen.«

»Woher stammst du denn?«

»Meine Eltern leben seit Ewigkeiten in Langen in ihrem eigenen Häuschen. Wir haben uns aber länger nicht mehr gesehen.«

Das Gespräch verlief trotz kurzer Abstecher in die Flirtabteilung vorwiegend ernsthaft. Zunächst unterhielten wir uns über die Blumenpflanzen vor dem Gebäude und darüber, dass ihre Eltern immer viel Wert auf einen gepflegten Vorgarten legten und, dass sie nach der Schule dort immer von einem kleinen Dackel empfangen wurde, der mittlerweile leider nicht mehr lebte. Ich hörte ihr aufmerksam zu und fragte gezielt zurück. Diese Frau hatte es mir in kürzester Zeit angetan. Ihre Kombination an Stärke und Verletzlichkeit. Diese zarte Weiblichkeit, verbunden mit dem teilweise bissigen Humor. Sie berichtete mir schließlich davon, dass ihr Verhältnis zu ihren Eltern Gerhard und Lisa Kramer und deren Beziehung zueinander seit ihrer Kindheit angespannt war.

»Mein Vater hatte - als ich klein war - eine Affäre, was den guten Geist in unserem Hause empfindlich gestört hat. Ich habe keine Geschwister. Mit ihm kann ich kein vernünftiges Wort sprechen. Sein Interesse an mir reduziert sich auf das absolute Mindestmaß. Meine Mutter zeigt mehr Zuneigung und sogar Liebe, aber in gleichem Maße auch ständig ihre Missachtung für die meisten meiner Entscheidungen und Auffassungen. Ich fand vor ein paar Jahren heraus, dass ich nur wirklich frei und ausgeglichen sein kann, wenn ich eine beträchtliche Distanz zu ihnen beibehalte.«

»Das kann ich mir gut vorstellen.« Ich legte kurz tröstend meine Hand auf die ihre, zog sie dann vorsichtig aber wieder zurück. Sie hatte diese kleine Annäherung nicht gestört. Im Gegenteil, es hatte sie eher angenehm berührt. Dann fuhr Sofia mit ihren Erzählungen fort.

»Danke dir. Ich muss sagen, dass mir das alles über viele Jahre enorm Probleme beschert hat.«

Eine Pause. Ich geduldete mich und nahm ihr nicht das Wort. Sie dankte es mir mit größerem Vertrauen.

»Mittlerweile weiß ich, dass meine Eltern vor mir mal eine Fehlgeburt hatten und dann für lange Zeit kein Glück mehr mit dem Schwanger werden. Und ich kam dann eher unerwartet. Leider haben wir das Ganze nie offen thematisiert, aber ich denke bei mir, dass sie mich vielleicht nie richtig annehmen konnten. Vielleicht haben sie unterbewusst Schuldgefühle oder Traurigkeit wegen des vorhergehenden Wunschkindes auf mich projiziert. Jedenfalls habe ich mich nie wirklich geliebt gefühlt, sondern eher wie ein Anhängsel. Kann sein, dass ich deshalb auch einen sozialen Beruf ergriffen habe. Es tut mir – neben der intellektuellen Herausforderung – gut, mit und für Menschen zu arbeiten und diese Form von Bestätigung zu erleben.«

Übrigens ist sie eine sehr einfühlsame und vertrauenswürdige Ärztin geworden, worauf ich als Partner sehr stolz war und bin. Und mein Verhältnis zu ihren Eltern war und ist übrigens nicht besser, als das ihre. Sie hielten mich für einen oberflächlichen Bürohengst, dem die Karriere über alles geht. Zu Beginn versuchte ich krampfhaft einen Draht aufzubauen, gab es aber schließlich auf und akzeptierte es.

Zurück zum Gespräch an jenem denkwürdigen Tag. Ein betrübter Ausdruck lag wegen des jüngsten Inhaltes der Unterhaltung kurzzeitig auf ihren Augen. Das berührte mich. Bevor ich einen aufmunternden Kommentar fertig formuliert hatte, übernahm sie bereits wieder die Initiative. Sie fing sich, machte eine liebevoll hauende Geste in meine Richtung und fragte mit einem verschmitzten Lächeln:

»Mann, was ich dir alles schon erzähle. Was ist mit dir?«

Ich nahm einen Schluck von meinem Kaffee und antwortete.

»Nein, das alles interessiert mich. Wirklich. Meine Eltern wohnten gemeinsam in Neu-Isenburg. Mein Vater verließ uns, als ich schon ein junger Erwachsener war. Allerdings ist er vor ein paar Jahren an Krebs gestorben.« Ich versuchte, die Dramatik dieser Aussage mit einem möglichst neutralen Ausdruck zu überdecken. Sie nahm das allerdings nicht hin.

»Das tut mir sehr Leid. Wie war euer Verhältnis vorher?«

Nun lag auch ihre Hand auf der Meinen. Ihre zarten Finger zu spüren, erfüllte mich augenblicklich mit einem warmen Kribbeln.

»Danke. Es ist mittlerweile in Ordnung. Na ja, es gab Lebensbereiche, über die wir nicht sprachen. Es ging mehr um Geld, die Arbeit und allgemeines Zeitgeschehen. Wenn ich mich über eine Beziehung oder ähnliches unterhalten wollte, dann wandte ich mich an meine Freunde oder eher noch an meine Mutter.«

Sie erwiderte verständnisvoll: »Ich denke, dass das in vielen Familien so ist. Hast du Geschwister?«

»Ja, ich habe eine Schwester. Uta. Sie lebt mit ihrem Mann in einem eigenen Haus in Neu-Isenburg. Unser Verhältnis ist nicht allzu eng.«

Wir verabschiedeten uns, nachdem wir uns gegenseitig noch die Aufgaben und einige Vor- und Nachteile unserer Jobs erläutert hatten, mit einer ausgesprochen innigen Umarmung und verabredeten uns erneut.

Bei unserem Wiedersehen planten wir, an einem milden Abend - Anfang Mai - in Frankfurt bei einem Italiener direkt am Main essen zu gehen. Es war ein zauberhafter Abend. Wir lachten viel. Nach dem Bezahlen gingen wir noch einige Schritte spazieren. Die Abenddämmerung umgab uns. Einzelne Paare und größere Gruppen flanierten gemeinsam mit uns auf dem Weg direkt neben dem friedlich und ruhig fließenden Gewässer. Ich nahm ihre Hand. Sie für mehr als einen kurzen Moment zu berühren, erfüllte mich mit einer Wärme, die ich so intensiv vorher noch nicht erlebt hatte. Sie drückte sanft meine Hand zurück und ich konnte wahrnehmen, dass auch ihr diese Nähe ein gutes und geborgenes Gefühl vermittelte. Sie wollte mich gar nicht mehr loslassen und suchte für den Rest des Abends immer wieder diese Form des Kontaktes.

Dann blieben wir an einer Stelle stehen, an der man besonders die außergewöhnliche Atmosphäre dieses Ortes genießen konnte. Im Vordergrund der Fluss, die fahrenden Boote und am Rand liegenden sachte wippenden Schiffe, in denen teilweise beleuchtete Cafés und Bars betrieben wurden. Weiter entfernt erhob sich die beeindruckende Silhouette der Frankfurter Skyline, die in verschiedenen Farben abhängig von dem beherbergten Unternehmen beleuchtet war und in denen verstreute kleine Lichtpunkte davon zeugten, dass in einer Unmenge von einzelnen Büros noch gearbeitet wurde. Das Ensemble der unterschiedlich hohen imposanten Türme gab dem Ausblick von dieser Warte aus eine faszinierende Tiefe und die Vielfalt der verschiedenartigen Lichter bildeten das romantische Bühnenbild für die Szene, in der nur Sofia und ich die Hauptrollen spielten, egal, wie viele Personen sich in der Nähe aufhielten. Wir blieben stehen und ließen die Atmosphäre auf uns wirken. Unsere Hände waren weiterhin fest miteinander verbunden und wir rieben mit steigendem Genuss unsere Finger aneinander, da es uns beiden einen erregenden Schauer über den Rücken laufen ließ.

Ich stellte mich hinter Sofia, wobei mein Arm automatisch ihre Schultern einhüllte, da sie meine Hand nicht mehr losließ. Meinen anderen Arm legte ich dann um ihren Bauch und zog sie sachte an mich heran. Dann legte ich mein Kinn auf ihre feingliedrige Schulter, wodurch sich unsere Wangen berührten. Sie kicherte kaum merklich, da sie meine Bartstoppeln zu kitzeln schienen, drehte den Kopf zu mir und blickte mich mit ihren sanften großen Augen lieblich an. Dann rieb sie zärtlich mit ihrer Wange über meine. Ihre Haut fühlte sich weich und so gut an. Sie duftete verführerisch, nach Christina Aguilera.

Der perfekte Moment des Verliebens.

Sekunden, in denen das ganze Universum den Atem anzuhalten schien.

Wir schlossen gemeinsam die Augen.

Ich küsste sie.

Ihre roten weichen Lippen liebkosten die Meinen und ein Funke der Leidenschaft sprang über. Sie waren die süßeste Süßigkeit.

Liebe und Wärme durchströmten dabei meine Glieder. Es prickelte und prasselte durch meine Arme und Beine. Ich war wie betrunken von ihr.

Sie hatte mein Herz erobert und ich zu meinem großen Glück auch das Ihre.

Wir waren beide 28 Jahre alt. Der Zeitpunkt des Kennenlernens war für uns beide perfekt. Beruflich hatte ich nach der Ausbildungszeit eine solide Basis geschaffen und Sofia hatte gerade das finale Examen ihres Medizinstudiums hinter sich gebracht. Wir zogen und wuchsen bald immer mehr zusammen. Eine dauerhafte Beziehung fühlte sich für mich richtig und gut an und schon nach wenigen Monaten der Zweisamkeit konnte ich mir gar nicht mehr erklären, dass ich diese Form des Zusammenseins vorher zu keinem Zeitpunkt angestrebt hatte. Meine Seele fand damals insbesondere durch die Bindung zu Sofia vollendete Zufriedenheit. Es gab jahrelang keinen Grund zu wesentlicher Unausgeglichenheit und keinen Anlass im kulturellen Erkenntnisschatz tiefer zu graben, um Fragen zu beantworten, die mir gar nicht in den Sinn kamen.

Genau 12 Monate später faste ich daher spontan den Entschluss, sie nach einem Simply Red Konzert in der Frankfurter Festhalle zu fragen, ob sie nicht meine Frau werden wollte. Und, dass wir dann weitere sechs Monate später im Hamburger Hafen in der einzigen auf einem Boot gelegenen Kirche heirateten, bereue ich seither nicht.

Kapitel 3

Dieser kurze Einblick in meine geistig-moralische Findungsphase und das Kennenlernen meiner geliebten Frau sollten erläutern, dass meine Haltung zu einigen wichtigen Aspekten des Lebens im Allgemeinen und zu Spiritualität im Speziellen ähnlich war, wie die sehr vieler Menschen meiner Generation.

Die Gesellschaft – vor allem in Mitteleuropa - ist in den letzten 70 Jahren immer säkularer geworden, was besonders an der jüngeren Generation nicht spurlos vorüber ging. Außerdem glaube ich, dass die durch das Internet geprägte allgemeine Kurzatmigkeit und Flachheit der Informationswelt hierbei eine befördernde Rolle spielt. Ich war keiner, der sich selbst und die Welt auf besondere Weise reflektierte und den Dingen einen tieferen Grund zuweisen wollte. Skeptisch glaubte ich nur wenige der Informationen, die über Medien und Literatur erhältlich waren, wenn ich sie nicht nachkalkulieren oder prüfen konnte.

Als ich mein dreißigstes Lebensjahr durchschritten hatte und gewisse Aufgabenstellungen und Abläufe meines Arbeits- und Beziehungslebens sich zu wiederholen begannen und in einen Alltagszustand übergingen, empfand ich das Leben häufiger als dumpf und eintönig und es wurde nicht einfacher, Motivation und inneren Antrieb zu entwickeln, da ich mir bereits eine angesehene Position und wirtschaftliche Sicherheit erarbeitet hatte. Ich spürte im Laufe der nächsten zehn Jahre kein loderndes inneres Feuer der Motivation, bestimmte große Ziele zu erreichen, aber wohl eine langsam wachsende Unzufriedenheit. Phasenweise begannen in mir Episoden von erst tagelangen und dann wochenlangen Stimmungstiefs zu entstehen, die ich mit Ablenkungen zu verdrängen versuchte. Meine über viele Jahre harmonische und glückliche Beziehung trug dazu bei, dass hieraus keine mittelschwere Depression entwuchs. Das war aber aufgrund meiner persönlichen Eigenschaften eher eine passive Art der Unterstützung, denn ich war bezüglich Fragen, die meine innersten Empfindungen betrafen, recht verschlossen. Stets versuchte ich, eine stabile und starke Fassade aufrecht zu erhalten, denn dies betrachtete ich als Grundvoraussetzung für den Erfolg und das Durchsetzen im Beruf und einen wesentlichen Teil meiner Männlichkeit. Ich sorgte dafür, dass niemand mir zu nahe kam und beherrschte die Kunst der Distanz. Ein überdurchschnittliches Einkommen half mir, regelmäßige Reisen zu unternehmen und allerlei technische Neuerwerbungen zu tätigen. Diese, meine Beziehung und mein anspruchsvoller Job bildeten das Ensemble, das mir half meine Lebenszeit und die zunächst noch kleinere innere Leere auszufüllen. Eines, das ich noch hinzufügen muss, ist, dass ich statt mich in Unterhaltungen mit Menschen oder das Pflegen von Freundschaften zu vertiefen, zunehmend Sport oder Wanderungen in der freien Natur geliebt habe, was mir auch sehr half immer wieder eine Form des Gleichgewichts zu erlangen. Bei aller Liebe zu von Menschen geschaffenen technischen Gegenständen, fühlte ich mich doch noch mehr hingezogen zu der Vielfalt und Schönheit ursprünglicher Landschaften, wie tiefen Wäldern, Gebirgszügen oder dem Meer.

Sofias Voraussetzungen waren dagegen völlig andere, weil sie aufgrund ihres Berufes den Menschen näher war und sich aufgrund ihrer Überzeugung von ganzheitlicher Medizin, auch mit seelischen Komponenten des Lebens beschäftigte. Als gläubig oder spirituell würde ich sie nicht beschreiben, aber sie fand, durch das Ausüben ihrer Berufung Menschen zu helfen, mehr Erfüllung als ich. Sie war auch eher als ich fähig und geübt, über Empfindungen zu sprechen, wobei Unterhaltungen mit mir über dieses Thema Einschränkungen unterworfen waren. Außerdem beobachtete ich, dass sie fortlaufend mit ihren eigenen Dämonen kämpfte, welche meistens mit dem kritischen Verhältnis zu ihren Eltern zu tun hatten. Da ihr Beruf sie zeitlich sehr vereinnahmte, hatte auch sie nicht viel Kontakt zu Bekannten oder Freunden außerhalb der Arbeit, was dann wieder ganz gut mit meinem Stil harmonierte.

Die von mir angesprochenen Phasen einer gewissen Leere meinerseits, Sofias neu erweckte mütterliche Seite, das Fehlen gewisser kompensierender Merkmale in der Beziehung und einfach der bloße schöne Gedanke an sich, ließ uns eines Tages die Entscheidung treffen, nicht mehr zu verhüten. Wir wollten ein Baby. Die Erwartung, dass dies in einer absehbaren Zeit den gewünschten Effekt haben würde, hat sich allerdings nicht erfüllt. Wir begannen nach einer zweijährigen Phase des Geduldens bereits, uns damit abzufinden, dass wir das Leben weiterhin nur zu zweit verbringen sollten. Vieles hatten wir versucht, um den lange gehegten Traum in die Tat umzusetzen, endlich eine vollendete Familie zu werden. Aber nichts hatte funktioniert. Streit, Versöhnung, Frustration, Hoffnung und Enttäuschungen wechselten sich ab, bis wir gemeinsam erkannten, dass es scheinbar nicht sein sollte und losließen. Damit verbunden war auch erstmals eine sich abzeichnende Entfremdung in der Beziehung. Wir wichen einander aus. Jeder verbrachte möglichst viel Zeit im Job und wir planten zunehmend separat den Rest der Zeit. Ich hatte das Gefühl, dass in dieser Phase meistens eine Art gereizte Grundstimmung, ein Vorwurf oder auch ein gegenseitiges Gefühl des Misserfolges oder besser gesagt Unvermögens im

Raum lag, wenn wir zusammen waren. Als noch alles etwas besser und näher war, stritten wir uns dann wenigstens und es fand eine emotional reinigende Entladung statt. Dramatischer wurde es erst, als hierfür gar keine Energie, kein Glaube und keine Ebene mehr existierte. Alles kam schleichend, wenn auch durchaus nicht überraschend über uns. Und doch blieb die Krise lange unausgesprochen. Unsere Ehe wurde damals vor eine fundamentale Herausforderung gestellt, die unsere Schwächen als Individuen und als Paar schonungslos offenbarte.

Dann besprachen wir uns eines Tages diesbezüglich und beschlossen, dass wir uns nicht verlieren wollten. Unser Leben sollte sich verändern und wir planten, statt dem Misserfolg beim Kinderzeugen weiter nachzuhängen, neue berufliche Ziele anzustreben. Immer wieder erhielt ich Angebote von Headhuntern, die für überregionale Unternehmen nach Führungskräften mit meinem speziellen Erfahrungshintergrund suchten. Als Ingenieur hatte ich mich auf verantwortliche Tätigkeiten bei öffentlichen Infrastrukturprojekten spezialisiert. Vor allem auf solche, die in besonders kritischem Fokus standen. Meine Frau hatte früh beschlossen, aus ihrem Idealismus heraus auf lange Sicht als Allgemeinmedizinerin im ländlichen Raum zu arbeiten. Mein Beruf ist selbstredend deutlich lukrativer. Gleichwohl nahm ich weiterhin wahr, dass er dabei auch viel mehr Kraft kostete, als er befriedigende Erfahrungen zurückgab. Bei ihr war dies gänzlich anders. Nachdem ich bei einem Energieversorger in der Nähe von Baden-Baden in Verbindung mit einem Infrastrukturprojekt einsteigen konnte, suchte sie sich eine Praxis, die in Zeiten des absoluten Ärztemangels von einem älteren Kollegen an sie übergeben werden konnte. Ein schwieriges Problem war letzteres nicht. Als wir beide nun neue berufliche Aufgaben gefunden hatten, starteten wir sogleich die Suche nach einem neuen Haus. Wir wurden in einer sehr ruhigen idyllischen Lage in einem Ort namens Seebach fündig. Von dort kann man auf kurzem Weg rasch in den tiefsten Schwarzwald eintauchen.

Zunächst gab uns der Umzug und die vielen neuen Eindrücke und Herausforderungen nicht nur Aufgaben auf, sondern auch neue Kraft und Energie.

Hatte unser Umzug unser gemeinsames Leben auch wie eine kleine Windhose das gefallene Lauf im Herbst aufgewirbelt, so fielen eben jene sprichwörtlichen Blätter nun wieder zu Boden und wir fielen zurück in einen alltäglichen Trott. Man nimmt eben doch ungelöste Probleme überall hin mit. Tief in mir drin liebte ich Sofia, aber meine Gedanken über sie wurden zunehmend wieder von einem Mix aus Gewohnheit, unbewussten Vorwürfen, Schuldgefühlen, Verdruss, Frustration und eigener Schwächen vergiftet, wie es manchmal in längeren Beziehungen tragischer Weise geschieht und man zuweilen erst weiß, was man verloren hat, wenn durch zerstörerische Handlungen zu viel Porzellan zerbrochen ist. Ich arbeitete meistens lange und ging durch Spaziergänge mit unserem Hund oder auch das Betrachten des Fernsehprogramms oder das Surfen im Internet Gesprächen mit ihr aus dem Weg, wenn ich danach nach Hause kam. Die Anschaffung des Hundes hatte übrigens eine Menge mit dem nicht erfüllten Kinderwunsch zu tun. Ihr Idealismus hielt etwas länger, aber mit der Zeit begann sie, auf meinen negativen Wandel zu reagieren. Wenn sie mich ansprach, beschränkte es sich dann oft auf Worte der Kritik und Provokationen, mit denen sie mich wohl - aus heutiger Sicht betrachtet – irgendwie aus meinem Schneckenhaus locken wollte. Die

Unzufriedenheit, war ihr zunehmend anzusehen. Ohne zum Alkoholiker zu werden trank ich jeden Abend, häufig auch ein oder zwei Gläser mehr, als es eigentlich gut war. Sofia sprach über ihre kleineren und größeren Probleme wohl eher mit Kolleginnen oder gar Kollegen und ich fühlte mit der Zeit, dass sie mich gezwungenermaßen ausschloss. Auch in einem der fragilsten Bereiche jeder Beziehung - womit ich das Ehebett meine - konnte man diagnostizieren, dass wir aus einer schwierigen Phase wieder in eine handfeste Krise übergingen. Gerade beim Sex hatten wir immer fantastisch harmoniert und konnten unser Bedürfnis nach Nähe, Phantasie und Leidenschaft gegenseitig wundervoll befriedigen. Nun begannen wir damit, dass unsere Küsse nur noch rasch und kurz passierten und die körperliche Nähe immer seltener zu Stande kam. Dies blieb nicht ohne Folgen, insbesondere was meine Ausgeglichenheit anging. Das gelegentliche Ansehen erotisch anregender Abbildungen stellte mich bald kaum noch zufrieden und es breitete sich in meinem Kopf eine Vorstellung davon aus, wie es wäre, mit einer fremden Frau in einer völlig ungezwungenen Weise im Auto oder in einem Hotelzimmer meinen Bedürfnissen nachzugehen.

Gleichzeitig zogen wir beide uns noch weiter von vielen Bekannten und Freunden zurück, wozu natürlich die weite Entfernung einen guten Anlass bot. Aus den Augen – aus dem Sinn. Und neue Kontakte zu knüpfen, war nicht leicht, galt es doch ausreichend Zeit zu investieren, sich in die neuen Jobs einzuarbeiten. Das einzige Paar, zu dem wir einen regelmäßigen - wenngleich auch alles andere als idealtypisch offenen - Kontakt beibehalten hatten, waren Klaus und Beate. Und Klaus war es auch, der rascher als ich selbst bemerkte, dass ich immer häufiger von einer jungen brünetten Kollegin berichtete, die als Teamassistentin in meiner Abteilung angefangen hatte und deren Attraktivität, Humor und Leichtigkeit mir - mehr als es gesund war - imponierten. Der Kontakt zu ihr überwand an einem bestimmten Tag die Grenze des rein beruflich professionellen und wir unterhielten uns über unsere Geburtsorte, unsere Vorlieben was Restaurants anging, unsere bevorzugten Kinofilme, unser Verhältnis zu den eigenen Eltern und Konflikten, die eben tagtäglich so auf der Arbeit geschahen. Schleichend wurde sie zu einer Person, an die ich zu verschiedensten Tageszeiten dachte. Sie wollte meine private Handynummer, was ich mit einem Schmunzeln ablehnte, da ich sicherlich nicht offen vorhatte, klare Grenzen zu überschreiten. Stets ging ich davon aus, die Kontrolle zu behalten, muss aber heute ehrlicherweise einräumen, dass ich die Grenzen des Vernünftigen wohl bis zum Äußersten ausreizte. Meine geliebte Frau konnte von alledem nichts bemerken.

Dann kam die Periode des Ausbruchs, das heißt der offenen und heftigen Streitereien, denen wir lange aus dem Weg gegangen waren, da das uns beide jedes Mal bis ins Mark verletzte. Vielleicht war es damals die Zeit, in der wir in Wirklichkeit mit einem langwierigen Reinigungs- und Lösungsprozess begannen, aber es war ein Ritt auf der Rasierklinge. Eskalation und verletzende Worte wurden uns zur Gewohnheit. Eines Tages brach alles heraus und wir thematisierten den wundesten Punkt aller Punkte, nämlich, dass wir keine Kinder bekommen hatten. Es begann – wie meistens – mit einem völlig lapidaren Thema, an das ich mich gar nicht mehr genau erinnern kann. Vielleicht hatte ich einen benutzten Teller nicht in die Spüle gestellt oder ich bemerkte, dass das Abendessen etwas zu stark gesalzen war. Es brauchte nur einige spitze oder sarkastische Bemerkungen und wir begannen, uns gegenseitig anzuschreien. Dann warfen wir uns abwechselnd vor, was wir angeblich aneinander hassten. Ich schrie Worte wie: »Ich weiß, dass du mich für einen impotenten lahmen Hund hältst.« Dadurch beleidigte ich perverser Weise nicht einmal mich selbst, sondern eher ihre Person. Und sie erwiderte etwas Ironisches wie: »So oft, wie wir miteinander schlafen, müssten wir ja eigentlich hundert Kinder haben.« Nach einem gewissen Schlagabtausch gingen wir uns dann beide wie zwei verletzte Hunde, die sich gegenseitig Bisse zugefügt hatten, aus dem Weg, ohne, dass es noch zu einem klärenden Gespräch oder irgendwelchen Entschuldigungen gekommen wäre. An diesem besagten Tag jedoch kam sie später, während ich vor dem Fernseher saß, um Nachrichten zu sehen, auf mich zu und sprach mich mit ruhiger Stimme an.

»Ich werde mich krank melden und ein paar Tage zu einer Freundin fahren.«

Diese Worte trafen mich, da wir es noch nie vorher soweit eskalieren ließen. In mir war jedoch keine Stimme, die mich veranlasste sie zurückzuhalten. Sie teilte mir noch mit, dass ihre Freundin Claudia, die sie aus Studienzeiten kannte und, die ich nur wenige Male auf Geburtstagsfeiern getroffen hatte, ihr für einige Tage Unterschlupf gewähren wollte. Ich wusste nicht, dass sie mit dieser Frau gerade eine so enge und vertrauensvolle Beziehung unterhielt. Nachdem sie später die Haustür hinter sich schloss, ohne sich richtig von mir zu verabschieden, erfüllte mich eine lähmende Traurigkeit. Ich spürte, dass mein Leben gerade auf dem völlig falschen Gleis unterwegs war, aber mir fehlten die Instrumente und Rezepte, um diese Irrfahrt aufzuhalten. In dieser Nacht schlief ich erst nach dem Konsum von zu viel Alkohol ein und die kommenden Tage streifte ich wie ein Zombie durch meinen Alltag.

Nach drei Tagen faste ich mir ein Herz und rief sie an. Ihre mir fast fremde Freundin nahm ab und gab das Telefon schnell an Sofia weiter. Vorsichtig begann ich die Unterhaltung, denn wir waren nicht mehr als zwei geschundene Soldaten eines privaten Krieges – gekränkt, verschreckt, ängstlich und traurig.

»Sofia hier.«

»Ich bin´s.«

»Hallo Frank«, antwortete sie reserviert.

»Wie, wie geht es dir?«

»Naja, wie soll es mir gehen.«

Bedrückter Klang in der Stimme.

»Schatz, ich möchte mich für das was ich gesagt habe entschuldigen.«

Pause.

»Okay... Danke dir dafür.«

Pause von mir. Sie fuhr fort.

»Es tut mir auch Leid... Wir können so nicht weitermachen.«

»Ich weiß.«

»Ich komme bald wieder nach Hause.«

»Das ist schön. Wenn du noch Zeit brauchst, dann...«

»Nein, ich musste nur mal durchatmen. Ich bin bald wieder da. Wie geht's dem kleinen Jackie?« Unser Hund.

»Dem geht's super. Obwohl er etwas durcheinander ist.«

»Wegen mir?«

»Na klar wegen dir. So wie auch ich.«

Ein zurückhaltendes Lächeln kann man auch durch den Höher wahrnehmen.

»Du fehlst mir, Sofia. Ich habe nachgedacht und möchte gerne noch mal mir dir in aller Ruhe sprechen - über alles. Ich liebe dich doch.«

Wir verabschiedeten uns kurz darauf, ohne weiteres ausführliches Unterhalten.

Sie kam am nächsten Tag wieder heim.

Wir küssten uns direkt nachdem ich ihr die Tür geöffnet hatte und Innigkeit überwältigte uns.

Ich nahm sie auf den Arm und trug sie direkt ins Schlafzimmer.

Setzte sie auf das Bett.

Küsste sie erneut.

Ich öffnete den Reißverschluss des Kleides, das sie trug und es glitt dadurch fast von alleine über ihre Schultern nach unten. Dann streichelte ich ihre Arme und genoss die Wärme ihrer Haut. Sie blickte mich voller Gefühl und Rührung an. Trotz all der Probleme, die uns entzweit hatten, konnte eine kurze Phase der Trennung bewirken, dass eine unbeschreibliche Sehnsucht nacheinander entstanden war.

Meine Lippen liebkosten ihren Hals und arbeiteten sich langsam und zärtlich hinab zu ihren Brüsten. Sie genoss dies und gab sich mir gerne hin.

Leidenschaft wallte auf und wir vergaßen alles, um uns gegenseitig mit Berührungen zu verwöhnen.

Den darauffolgenden Sex zogen wir in die Länge und wir holten lange ersehntes nach.

Tatsächlich schafften wir es durch diese Warnschusserfahrung, ein paar Gespräche und das bewusste Nehmen von Zeit füreinander, dass unsere Beziehung wieder harmonischer wurde. Den Kontakt zu meiner jungen Kollegin beschränkte ich von da an auf das absolut nötigste, da niemand und nichts diese neue Chance gefährden sollte und ich wusste, wo ich hingehörte.

Circa sechs Wochen später kam ich pünktlich von der Arbeit nach Hause. Sie hatte mich angerufen und mir mitgeteilt, dass sie gerne essen gehen würde und einen Tisch reserviert hatte. Nachdem ich zur Tür hereinkam und durch den Flur ins Wohnzimmer lief, fand ich sie lächelnd auf der Couch sitzend vor. Sie strahlte.

Ich stand vor ihr und fühlte mich durch ihre Ausstrahlung angesteckt.

»Ist alles okay? Du bist so guter Laune?«

Sie führte ihre Hand wie ein verschämtes Kind zum Mund und grinste. Mich verwirrte das und ich rätselte, worum es wohl ging.

»Ich bin....« *Sind das Freudentränen?* dachte ich. *Moment!*

Überglücklich nahm ich sie in den Arm. Unser lange gehegter Wunsch sollte sich nun wohl doch erfüllen. Wir würde eine kleine Familie werden.

Der neu eingeschlagene Kurs der Besserung wurde durch diese Nachricht mit Schwung versorgt. Er führte zu einer gewissen Stabilität und alles fühlte sich dann wieder an, wie ein abgeschlossenes und ganz erfolgreiches Lebensmodell. Jedenfalls war es so, bis zum Eintreten der Ereignisse, die kurz danach mein Leben auf eine unfassbare Weise berührten und veränderten. Ich brauchte die Jahre seitdem, um all das innerlich zu verarbeiten und in meine seelische Welt zu integrieren, was sich abspielte.

Im Grunde habe ich immer schon geahnt, dass eine eindimensionale und im Wesentlichen materialistische bzw.

wissenschaftsgläubige Weltsicht teilweise eine den Geist einengende Illusion ist, die einem nur helfen soll mit der unendlichen Unzahl an Ungewissheiten und Rätseln, die das Leben verbirgt, klar zu kommen. Wir lehnen die historisch überlieferten und teilweise offensichtlich naiven Ideologien der großen Religionen ab, machen aber teilweise den Fehler, uns gleichzeitig der Möglichkeit zu verschließen, dass hinter der Tür des Offensichtlichen andere, noch größere Wahrheiten verborgen sein könnten. Wir konzentrieren uns den ganzen Tag auf Dinge, die wir direkt vor uns sehen, wobei auch die Technologien und ökonomischen Zusammenhänge, die Menschen erschaffen haben, bereits eine Reihe von scheinbaren Wundern und Mysterien enthalten, die teilweise nur wenige nachvollziehen können. Dabei verlieren wir den Blick für die eigentlichen Wunder des Lebens, wie unter anderem, dass wir auf diesem Planeten durch die Schwerkraft kleben und ein perfektes Gasgemisch einatmen, dessen Fehlen uns innerhalb kürzester Zeit alle töten würde. Nichts an unserer Existenz ist selbstverständlich. Sie kann so flüchtig sein, wie eine frische feuchte Fußspur direkt am Sandstrand, die mit einer kleinen schwachen Welle bereits ins unendliche Nichts aufgelöst wird. Wir sind umgeben von Wundern und Geheimnissen, die Wissenschafter nur in Ansätzen verstehen. Wenn man jung, einigermaßen angepasst, sowie im Frieden und Wohlstand aufgewachsen ist, dann gibt es kaum Anlässe, solchen Fragen nachzugehen und man leistet sich zuweilen eine überhebliche und – wie ich heute beschreiben würde – dümmliche Arroganz in der Betrachtung dieser Themenfelder.

Aber wenn man im alltäglichen Allerlei der Verrichtungen und Aktivitäten zu versinken droht und die Flamme des

Staunens in einem selbst fast verloschen ist, da geschieht zuweilen etwas, das neue Inspiration schenken kann. Dies kann zwar auch die Geburt eines Kindes sein, aber es sind selten angenehme Ereignisse, sondern eher Krisen. Nur wer durch ein Tief unbeschadet hindurch geht, erlangt innere Tiefe, habe ich mal gelesen. Da man aber an seine klare und nachvollziehbare innere Schubladenordnung gewohnt ist, neigt man meist dazu, das Geschehene entweder als solches zu übersehen oder es wird einen außerordentlich verwirren. Bei mir geschah es genau in dieser Reihenfolge. Denn genau eine solche unerwartete Kette von Geschehnissen passierte in meinem Leben. Die Skalen meines inneren Ichs erweiterten sich gezwungenermaßen und die Koordinaten meines Lebenskurses verschoben sich.

Ich empfinde einen beklemmenden Schauder, da ich mich nun an mein Vorhaben begebe, mich selbst zeitlich zurückzuversetzen und durch das genaue Aufschreiben der Ereignisse die Bilder und damit verbundenen Regungen wieder in mir zu beleben. Keiner darf hierbei erwarten, dass sich bei meiner Geschichte nicht mehr Fragen eröffnen, als ich Antworten fand. Ich glaube das Beantworten aller Fragen ist tatsächlich im Leben nicht das Entscheidende. Das Erhebende und Demütigende ist es überhaupt Fragen zu stellen und zu erkennen, dass so vieles dauerhaft im Nebel der Ungewissheit bleibt. Wird hierdurch nicht alles viel kostbarer und unsere Existenz zu einem erhebenden faszinierenden Wunder? Wie steht es in der Bibel? »Die Furcht Gottes ist der Weisheit Anfang.« Und Göthe sagte einst: »Das Höchste, wozu der Mensch gelangen kann, ist das Erstaunen.«

Nun nehme ich Sie mit auf einer Reise in die jüngere Vergangenheit meines Lebens. Bilden Sie sich ihr eigenes Urteil…

Kapitel 4

Ein herrlicher Tag im Mai des Jahres 2011. Auf dem Waldweg standen hohe Nadel- und Laubbäume Spalier, deren Blätter ein buntes Allerlei an kräftigen Grüntonen, Formen und Mustern bildeten. Heruntergefallene Nadeln und Blätter tummelten sich auf dem weichen Waldweg. In gewisser Entfernung war das halb verschluckte Rauschen eines Baches zu hören. Bäume knarrten. Die Luft schmeckte kühl und feucht. Mit jedem Atemzug nahm ich die Frische und Ursprünglichkeit dieses Naturabschnittes in mich auf und füllte die Energiespeicher meiner Seele wieder auf. Mich zog es in letzter Zeit regelmäßig an diesen Ort, den ich eines Tages entdeckt hatte, als ich einfach mal mit dem Auto die Gegend abfuhr, in die es uns verschlagen hatte. Wenn die alltäglichen Belastungen meine innere Kraft und Geduld aufbrauchten und mir nur die Einsamkeit und Nähe zur Natur wieder Frieden schenken konnten, verschlug es mich nach hier draußen. Ein hämmerndes Geräusch ließ mich kurz innehalten, um nach dem Specht Ausschau zu halten, den ich dahinter vermutete. Ich teilte die Begeisterung für diesen Ort mit dem kleinen Jack-Russel-Mischling, der den einfallsreichen Namen Jackie trug. Sofia hatte ihn vor nicht allzu langer Zeit über eine aus meiner Sicht etwas zweifelhafte Vermittlungsagentur aus einem spanischen Tierheim gerettet, wo anscheinend der sichere Tot auf ihn wartete. Den Grund hatte ich bereits angedeutet. Jackie und ich wurden nach meiner anfänglichen Skepsis sehr gute Freunde und wir genossen unter anderem diese kleinen gemeinschaftlichen Wanderausflüge.

Vieles hatte sich in den letzten Monaten in unserem Leben geändert. Ich hatte meinen vierzigsten Geburtstag gefeiert. Wir hatten eine handfeste Krise erlebt, der neue Job, der mehr

Verantwortung mit sich brachte und der dadurch bedingte Umzug. Darüber hinaus ist zusätzlich diese unfassbar schöne Nachricht zu nennen, die ich von meiner Frau erhielt und die eine positive Wendung in meine Lebensumstände gebracht hatte.

Eigentlich zog es mich ganz besonders an Gewässer – insbesondere ans Meer - aber als ich das erste Mal diesen so ursprünglichen, rustikalen und dichten Wald besucht habe, war ich sofort von seinem besonderen Charakter eingenommen. Die wenigsten, die im Ausland einen Black-Forest-Cake bestellen, wissen um die Verbindung zu dieser außergewöhnlichen Region, zu der man eine fast magische und instinktive Beziehung entwickeln kann. Es ist eine für das deutsche Mittelgebirge so typische hügelige und dicht bewaldete Region. Ein eleganter Wechsel zwischen weiten grünen Wiesen auf den Hochflächen, die vereinzelt gepflegte und moderne Wohnhäuser oder Bauernhöfe preisgeben, dicht bewaldeten flachen Hügeln und tief eingeschnittenen Tälern. Hie und da begegnet man auch an Hanglagen ausgedehnten Weinbergen. Und bewegt man sich fernab von den Städtchen, an deren Rändern Industrie- und Gewerbegebiete Zeugen ökonomischer Prosperität sind, kann man die typischen vollständig mit alterndem Holz gebauten Schwarzwaldhäuser antreffen. Mit ihren an den Seiten weit herabgezogenen Walmdächern, die von Firstsäulen getragen werden und die aussehen, als hätte man an einem kalten Tag seine Mütze zum Schutz weit über die Ohren gezogen. Des weitern sind diese unzähligen entlegenen Ecken zu erwähnen, bei denen scheinbar die Zeit einige hundert Jahre lang stehen geblieben ist und bei denen ich mich zurückversetzt fühle zu den Momenten, in denen meiner Mutter mir als Kind mit viel Herz und gefühlvoller Betonung alte deutsche Sagen und Märchen erzählte.

Das erste Mal, als ich einmal tief hinein in eines der Waldgebiete gefahren und dann gewandert bin, ließ ich mich voll auf die liebliche und erhebende Atmosphäre ein, indem ich nur noch die Klänge des Waldes, das Rauschen der Bäche und des Windes, das Singen der Waldvögel und das sanfte Brummen der Armeen von Insekten wahrnahm. Eine eigentümliche paradiesische Welt. Und das außerordentlichste war die frische Luft, die so rein und klar war, dass ich sie durch meine Nase genoss, wie sonst auf meinem Gaumen einen guten Schluck Wein. Dieses parfümierte Gasgemisch, das Gott der Erde schenkte, komponiert von tausenden Blüten, dem Duft der Hölzer und des fruchtbaren lebenspendenden Bodens. Es ist diese Konzentration auf diese wunderbaren Eindrücke und Wahrnehmungen, die pure Erholung für mich bedeutete, aber auch meine kindlichsten Phantasien wachrief und mich dadurch augenblicklich in meinem Herzen verjüngte. Gab es nicht in alten Zeiten in Sagen die Vorstellung von Waldgeistern, Kobolden und Hexen, die sich hier vor der Zivilisation verbargen? Verband man die Dunkelheit und das unendliche Dickicht des nächtlichen Waldes nicht archetypisch mit der Furcht vor finsteren, sich verstecken den Gestalten und dem hoffnungslosen Verirren? Vor allem von den Kelten weiß ich, dass sie mit dem Wald einen engen Kontakt pflegten und ihn sogar für heilig hielten. Sie sahen Gottes Kraft in jedem Baum, jeder Pflanze, jedem Stein und in allen Tieren. Die für das körperliche und geistige Wohlergehen des Volkes verantwortlichen Druiden lebten sogar in diesen Wäldern und sie ließen sich vom Geist des Waldes inspirieren.

Solch intensive spirituelle Erfahrungen sind heute nur noch die Ausnahme und trotzdem erinnerte ich mich manchmal an dieses Erbe unserer Vorfahren, wenn ich durch dieses grüne Allerlei spazierte und mich davon berühren ließ.

Jenes Tages nun war ich mit dem kleinen Jackie auf der Suche nach einem ansprechenden Stück Weg, als ich auf diesen idyllischen Pfad stieß, den wir seitdem regelmäßig ablaufen. Und genau dort nun durchlebte ich erstmals eine ungewöhnliche Situation, die erst im Kontext mit weiteren Ereignissen für mich die Bedeutung erhielt, der Beginn einer Reihe von Rätselhaftigkeiten und Mysterien gewesen zu sein.

Es begann nach einer Zeit des entspannten Wanderns langsam düster zu werden, denn wir hatten uns recht spät auf den Weg gemacht. Ich war - wie immer - auf demselben klar definierten und auch zuweilen von Forstfahrzeugen befahrenen Weg geblieben. Daher ging ich fest davon aus, dass es kein Problem werden würde, bei unserer Umkehr sicher zum Parkplatz zurück zu finden. Nun kam es jedoch anders. Jackie schien, irgendeine interessante Spur aufgenommen zu haben und erhöhte das Tempo in die aus meiner Sicht falsche Richtung, wollte ich doch eigentlich gleich zum Rückzug ansetzen. Es wurde schließlich bald dunkel. Er spurtete nicht, sondern nahm ein zügiges Tempo auf, das mich zwang, etwas schneller als sonst laufen, um ihm folgen zu können. Ich rief ihn mehrmals und mit ansteigender Strenge. Wer diese Hunderasse kennt, der weiß, dass direktes parieren nicht zu deren Vorzügen gehört. Er setzte seinen Bewegungsdrang unvermindert fort, die Schnauze so nahe am Boden, dass er das volle Aroma der Rückstände eines anderen Tieres erschnuppern und jedes seiner vergangenen Bewegungen nachverfolgen konnte. Und dann tat er – voll auf sein Ziel ausgerichtet – etwas Ungünstiges. Er nahm eine scharfe Rechtskurve, verließ den Waldweg, lief mitten durch die Farne und Sträucher in das Dickicht und verschwand binnen Sekunden aus meinem Blickfeld. Ich rief am Wegesrand stehend nun noch schärfer nach ihm. Brüllte. Bald vernahm ich von dem Vierbeiner nur noch ein Rascheln. Da war keine Chance auf Einsicht seinerseits. Ich musste hinterher und zwar rasch. Nachdem ich einen Fluch ausstieß, verließ ich den sicheren Pfad genau an der gleichen Stelle, aber nicht in seinem Tempo. Ich schützte mein Gesicht vor schmalen Zweigen, die mir ohne Vorwarnung Streiche versetzen konnten, arbeitete mich durch den höheren Bewuchs und stakste dabei über den unebenen, viel weicheren Boden. Abgefallene vertrocknete Zweige knacksten unter meinen Schuhen und umgefallene Bäume, sowie Baumstümpfe bildeten Hindernisse, die auf einem häufig benutzten Waldweg nicht so häufig auftraten. Jackie würde durch seine tierischen Fähigkeiten ohne Probleme einen nennenswerten Vorsprung erlauben können und ich begann daran zu Zweifeln, ihn jemals wieder zu finden. Ich schrie immer wieder und in alle Himmelsrichtungen seinen Namen und das nun mit merklich wachsender Verzweifelung. Tatsächlich schien er mir nicht vollständig entkommen zu wollen, denn ich hörte immer mal wieder einige Meter vor mir raschelnde Laute, die scheinbar von ihm stammten. Und manches Mal blitze auch sein borstiges geflecktes helles Kurzfell auf. *Er kann hier angesichts der Vielfalt von kreuzenden Tieren nicht so zielsicher einer bestimmen Fährte folgen,* dachte ich mir hoffnungsvoll.

Ein Schritt nach dem Anderen kämpfte ich mich weiter, während die Helligkeit immer mehr von den hohen und dicht belaubten Bäumen verschluckt wurde. Ich trat ungünstig auf einen umgestürzten Stamm und knickte leicht um. Instinktiv ließ ich mich auf die Knie herab und stützte mich mit den Händen am Boden ab, um festzustellen, ob ich mich schwerwiegender verletzt hatte. »Scheiße«, stieß ich hervor. Nun waren meine Hände feucht und dreckig. Ich rieb sie an meiner Jacke ab.

Das Rascheln ist weg. Ist er stehen geblieben?

Ich petzte meine Augenlider zusammen und versuchte rundherum irgendetwas von ihm zu erkennen. Dann schaute ich zurück und mir wurde bewusst, dass ich nicht einmal mehr sicher war, dass in dieser Richtung der Weg war. Selbstironisch versuchte ich, mich selbst durch ein Lächeln zu besänftigen. *Was für eine bescheuerte Situation. Das Smartphone.* Suchte meine Taschen ab. Ich hatte es im Auto gelassen.

Je düsterer es wurde, desto lauter schien das Knattern, Knacken, Flattern und Rauschen zu werden, das in einem tiefen Wald aus einer unendlichen Vielzahl an Quellen und Entfernungen erzeugt wurde. Die im Normalfall erholsam wirkenden Geräusche und Eindrücke begannen, mir langsam aber sicher bedrohlich vorzukommen. Die Umgebung umzingelte und dominierte mich. Völlig einsam drohte ich hier verschlungen zu werden und jede Bewegung in eine der unendlichen Richtungen konnte bedeuten, dass ich mich unüberwindlich verlief. Ich beschloss, weiter in die vorher eingeschlagene Richtung zu gehen - in der Hoffnung, alles würde sich zum Guten wenden, indem ich auf einmal wieder zum Ausgangsort zurückfand. Der Hund konnte mich einfacher wittern und stand möglicherweise gleich völlig unschuldig und schwanzwedelnd vor mir.

Da vernahm ich rund zehn Meter östlich von mir ein Geräusch in einem Gebüsch. Es war ein Knacken. Mein Blick schnellte hinüber. Das war kein auffliegender Vogel oder gar der Hund. Der Laut ließ mich vermuten, dass etwas Schwereres und Größeres auf einen Ast getreten sein musste. *Oder doch nicht?* Keine weitere Bewegung war in der Folge zu erkennen. Ich hielt es für wahrscheinlich, dass mein extremer Zustand Eindrücke verstärkte und in meinem Bewusstsein bedrohlicher erscheinen ließ.

»Hallo, ist da jemand?«, rief ich vorsichtig. Stille. Mein Herz schlug und ich schluckte.

Das war kein Tier, dachte ich. *Was war es dann? Jetzt ganz ruhig.*

Ich beschloss schließlich, meine Konzentration wegzuwenden und weiter geradeaus zu gehen. Einmal tief durchatmend ging ich umsichtig weiter. »Jackie«, wiederholte ich nun mit einem Hauch Verzweiflung in der Stimme. Beklemmung und Respekt vor der Lage überwanden in mir jegliche Kühnheit.

Ein Keuchen.

Wieder aus derselben Richtung. Jetzt mehr südöstlich. Es war klar eine Art Keuchen, stellte ich fest.

Mein Blick schnellte hinüber, ich konnte aber nur noch eine Mischung aus dunklen Braun-, Grüntönen und schattenhaften Konturen erkennen, obwohl sich meine Augen langsam an das nachlassende Licht gewöhnten.

»Wer ist denn da?«, fuhr aus mir heraus.

Hier spielte mir doch keiner um diese Zeit einen Streich.

War das der Hund? Untypischer Laut für ihn.

Ich beschloss, mich in die Richtung, aus der das ungewöhnliche Geräusch gekommen war, zu bewegen, da es eventuell doch Lebenszeichen des unartigen Terriers waren. Absolut nichts und niemand konnte ich allerdings dort vorfinden.

Ich ging trotzdem weiter. Stehen bleiben war keine Alternative. Der Knöchel schmerzte. *Eine leichte Verstauchung,* vermutete ich. Die Büsche und heranwachsenden Ableger der Bäume drangen immer mehr zu mir vor, umschlangen mich förmlich und ich bemerkte, dass ich auf diese Art immer tiefer ins Ungewisse lief. Ein letztes Mal stieß ich nun mit einer Mischung aus Verzweifelung und Wut den Namen meines Haustiers aus, das mich in diese ungute Lage brachte. *Es war meine Schuld,* beschwichtigte ich mich. *Er darf nicht so frei laufen, denn er ist ein Jäger.*

Erschöpfung machte sich langsam in mir breit. Ich musste kurz mal durchatmen. Die Oberschenkel und Füße schmerzten. Der Boden war so uneben, dass ich ständig darauf achten musste, nicht in eine Kuhle zu treten und umzuknicken. Hierbei nahm ich auch beide Arme zur Hilfe, indem ich einerseits das Gestrüpp in nächster Nähe erfühlte, es wegdrückte und auch zu dem Zweck, mich jederzeit im Falle des Stolperns abfangen zu können. Es drang nun kaum noch Helligkeit durch die Vegetation zu mir durch.

Da vernahm ich erneut etwas Ungewöhnliches in meiner Nähe.

Ein Tippeln und rascheln, dass eindeutig von einem kleinen schnuppernden Tier stammte.

Ich kippte – ähnlich wie ein Gehörloser - das Gesicht nach vorne und schloss die Augen, um besser zuordnen zu können woher die Töne kamen. *Etwas nordwestlich von hier.* Sofort bewegte ich mich in die identifizierte Richtung.

»Jackie, sofort hierher«, brüllte ich schneidend. Kurz schien der Gerufene zu stocken. Dann lief er unbeeindruckt weiter.

Er muss noch mal in die Hundeschule. Gleich nächste Woche, verwünschte ich Ihn in Gedanken verärgert. Auf einmal stand ich vor einer dichten dschungelgleichen Wand von grünen Zweigen und Blättern. Ich schob sie beiseite und kämpfte mich nun rascher als vorher durch.

Ein Ast schlug mir durch meine hektische Unachtsamkeit wie ein schmerzhafter Peitschenhieb ins Gesicht. Die getroffene Stelle auf meiner Haut brannte. Ich fluchte, tauchte aber direkt weiter durch das Gewimmel. Was hätte ich für eine Taschenlampe oder eine Machete gegeben.

Daraufhin lichtete sich der Bewuchs von einem auf den anderen Moment massiv.

Eine gerodete und weniger bewachsene Lichtung tat sich vor mir auf. Meine Augen stellten erleichtert fest, dass ihnen hier noch etwas Licht geschenkt wurde.

Am Rand der freien Fläche entdeckte ich eine Struktur.

»Ist das eine Holzwand?«, murmelte ich.

Beim näheren Hinsehen konnte ich eine verwitterte hölzerne Wand und die Ecke eines Daches erkennen. Ich war offensichtlich auf eine Waldhütte gestoßen. Vielleicht ein alter Unterstand oder die Gerätehütte von Waldarbeitern oder Jägern. Den Hund hatte hier vermutlich irgendetwas hingezogen.

Stille umgab mich.

Ich vernahm kaum noch Geräusche – auch nicht aus weiterer Entfernung -, als würden sie verschluckt.

Von Jackie war weit und breit nichts zu sehen, aber ich muss gestehen, dass ich ihn für einige Augenblicke völlig vergaß, da mir ein überraschender Gedanke in den Sinn kam.

Ich kenne diese Stelle.

Diese Gewissheit drang klar in mein Bewusstsein.

Es fühlte sich so an, wie wenn man nach vielen Jahren einen Urlaubsort wieder besucht und an einen öffentlichen Platz in einer Stadt oder an einen besonderen Strandabschnitt zurückkehrt. Alles wirkt vertraut, auch wenn sich Nuancen vielleicht weiterentwickelt haben und man für längere Zeit nicht mehr an diese Stelle gedacht hatte. Man weiß einfach, dass man eines Tages dort bereits gewesen war und findet sich intuitiv wieder zu Recht. Im Gehirn scheint eine Art Kopie aller Eindrücke erstellt worden zu sein, die nun direkt durch Assoziation wieder aktiviert wird.

Nun trat ich näher und beobachtet eingehender die Hütte, die teilweise von langen Zweigen des Waldes - einem Laken gleich - bedeckt wurde. Die Maserung und Färbung des Holzes, die morschen Stellen im Dach, das aussah, wie ein löchriger Käse, der schmale niedergetrampelte Pfad, der zu einer noch nicht erkennbaren Tür führen musste, das kleine Fenster an der Seite, dessen Glas eingeschlagen wurde. Es kam mir auf äußerst verwirrende Weise vertraut vor. Ich hatte schon oftmals Dejavús erlebt, aber diese Situation war irgendwie andersartig. Da war nicht der Gedanke, dass ich ein vergleichbares Gebäude aus einem Film oder von anderswo her kannte, sondern ich erinnerte mich an die Einzelheiten dessen, was ich sah, wie an jedes Grübchen in Sofias Gesicht und jedes Muttermal auf ihrem zauberhaften Rücken.

Soll ich einige Schritte weitergehen, vielleicht hineinsehen?
Etwas in mir hielt mich zurück und warnte mich.
Fremdartige Emotionen färbten mein Bewusstsein.
Da war plötzlich eine unerklärliche Furcht in mir, die nicht von der aktuellen Situation genährt wurde, in der ich mich gerade befand. Bilder erschienen kurz und blitzartig in meinem Gedächtnis. Die Stelle, an der ich gerade stand, bedeutete etwas. Ich näherte mich langsam der Seitenwand des Gebäudes, die sich mir als erstes präsentierte. *Auf der anderen Seite sind eine Tür und noch ein Fenster,* dachte ich – nein, wusste ich.
Ohne Zweifel.
Ein Gedächtnisbild von der Tür schoss mir in den Sinn.
Von einer geraden eiserne Klinke.
Einem rostigen Schlüssel.
Aber da war noch etwas mehr. Ich konnte mir darüber keine Klarheit verschaffen. Ein mulmiges Gefühl entstand in meiner Magengegend.
In der Hütte hält sich jemand auf, erinnerte ich mich. Ich konnte von meinem Standpunkt aus weder eine Person erkennen, noch etwas hören. Auch kein Licht von innerlab des Bauwerkes. Aber eine Stimme in mir warnte mich und vermittelte mir die feste Gewissheit, dass sich dort drinnen jemand aufhielt. Als witterte ich instinktiv eine Gefahr.
Vorsicht!
Adrenalin schoss mir durch die Blutbahnen, mein Geist wurde wacher und ich ballte automatisch die Fäuste.
Was soll ich nun unternehmen?
Es war schon fast komplett dunkel. Ich rang um Konzentration und Kontrolle über meine Wahrnehmungen.

Ist es diese ungewohnte Lage, in der ich mich hier so einsam befinde, die Orientierungslosigkeit, die Unsicherheit und die Verwirrung, die meinen Geist durchdrehen lässt? Sofia macht sich sicherlich bereits Sorgen um uns.

Ich belächelte mich krampfhaft zu meiner Beruhigung selbst, aber suchte gleichzeitig intuitiv nach einem auf dem Boden liegenden Gegenstand, den ich als Verteidigungswaffe verwenden konnte. Dort lag ein Steinbrocken, der ungefähr die doppelte Größe meiner Faust hatte. Ich nahm ihn auf. Besser als nichts. Dann ging ich Schritt für Schritt weiter in Richtung der Waldhütte, denn Jackie konnte irgendwo hier sitzen oder schnuppern und es gab keinen rationellen Grund, von einer echten Bedrohung auszugehen. Schweißperlen traten auf meine Stirn und mein Herz schlug kraftvoll. Meine Muskeln verkrampften. Ich versuchte beim Laufen nur wenige Geräusche zu erzeugen.

Dann trat ich auf einen Ast.

Ein Knacken.

Mist.

Mittlerweile war ich um die erste Ecke des Gebäudes herumgegangen und verharrte auf mittlerer Höhe der angrenzenden Wand, ich konnte jetzt die freie Rasenfläche davor einsehen in deren Mitte ein Pfad von der einstmaligen Nutzung des Gebäudes zeugte.

Ich hielt inne und lauschte. Da war zunächst nichts zu hören.

Dann ein Geräusch.

Ich schreckte zusammen und meine Atmung stockte.

Eine Eule hatte sich von seinem Ast erhoben. Sie flog rufend und laut flatternd gen Himmel. Ich seufzte erleichtert und strich mir den Schweiß von der Stirn. Eigentlich war es mittlerweile recht kühl geworden.

Noch wenige Meter trennten mich von der erhofften Gewissheit, ob hier mein Hund zu finden war und einer von einem Teil meines Unterbewusstseins befürchteten Begegnung mit einer unbekannten Person, die aus dem Inneren der Hütte herauskommen konnte. Ich entschloss mich, Schwung zu holen und durch einige schnelle Sätze Gewissheit zu erhalten.

Ich lief mit gesteigertem Tempo die nächsten Meter weiter und trat um die nächste Ecke des Gebäudes herum.

Nichts.

Diese Seite war von unten mit buschigen Farnen, Hasel- und Holundersträuchern und hohen Gräsern zugewachsen, während die Bäume ihre langen belaubten Zweige nach den Holzbalken ausstreckten, als wollten sie diese umarmen. Daher konnte ich nicht die ganze Front überblicken. Ein Teil davon lag völlig im Finsteren.

Ich ging weiter.

Atmete schwergängig.

Wartete. Rief nach meinem Hund.

Dann ging es schnell.

Zweige bewegten sich in der Stelle an der Hütte, die durch starken Bewuchs komplett finster war.

Ein Rascheln.

Etwas kam auf mich zu.

Ich riss die Augen auf.

Hob die Hand, die den Stein festhielt hoch.

Ein Schatten rannte auf mich zu.

Aber es war kein Mann.

Im letzten Moment hielt ich mich davor zurück, den Stein niedergehen zu lassen.

Es war Jackie.

Verzweifelt überschlug sich meine Stimme.

»Jackie, was machst du denn da?«

Der Hund lief schwanzwedelnd auf mich zu.

Ich atmete erleichtert auf.

Jetzt erstmal die Leine anlegen, dachte ich handlungsschnell. Verhindern, dass er direkt wieder ausreißt.

Ich kniete zu dem Kleinen herunter.

Glücklich drückte sich der Vierbeiner an mich und ich streichelte seinen kleinen Kopf. »Du hast mich auf Trapp gehalten, du frecher Kerl«, schimpfte ich halbherzig, da ich gleichzeitig erleichtert war. Direkt leinte ich ihn an.

Die Hütte.

Es war jetzt fast stockdunkel.

Ich wollte nur noch eines prüfen. Aus Neugierde.

Mit dem Hund ging ich, eigenartigerweise trotz seiner überschaubaren Größe etwas mutiger, ein paar Schritte nach vorne.

Da war keine Tür.

Ich hatte sie dort fest erwartet. Warum auch immer.

Der Eingang zu Hütte schien an der Außenwand eingebaut zu sein, vor der ich noch nicht stand und wo der Bewuchs am stärksten war.

Die hat schon lange keiner mehr betreten. Da ist auch kein Licht.

Ich schüttelte meinen Kopf über mich selbst und beschuldigte mich, dass die ungewohnte Atmosphäre und die bedrohliche Lage gewisslich meinem Verstand einen Streich gespielt hatten.

Dann befand ich, dass es nun vorrangig war, einen Weg aus dem Wald heraus in Richtung Zivilisation zu finden. Ungern wollte ich hier die Nacht verbringen.

Meine Vermutung war, dass der Pfad, der von der Hütte wegführte wahrscheinlich zu einem größeren Waldweg führte, damit das Häuschen einst mit Hilfe von Nutzfahrzeugen oder Pferden erreicht werden konnte.

Während ich die uns beide verbindende Leine krampfhaft und konzentriert festhielt, bahnten wir uns vorsichtig einen Weg von dem geheimnisvollen Holzgebilde weg. Es bereitete mir Unbehagen diesem Relikt aus früheren Tagen den Rücken zuzukehren, hatte ich doch fast durchgängig das Empfinden der Gegenwart einer andern Person verspürt. Ich drehte mich einige Male um, konnte die Struktur der Wände aber nach dem Zurücklegen einer kurzen Strecke schon nur noch schemenhaft erkennen. Ich blieb vor einer Kurve, die die Sicht darauf unwiederbringlich unmöglich machte, kurz stehen und wandte mich ein letztes Mal um.

Und meine Augen erhaschten dort etwas.

Plötzlich erschauderte ich und mir stellten sich die Nackenhaare auf. Vor Schreck atmete ich laut und tief ein und alles krampfte sich in mir zusammen.

»Das kann nicht wahr sein«, flüsterte ich, da ich dort eine schattenhafte Silhouette wahrnam, die von der Stelle aus, an der ich soeben meinen Hund wiederfand, wie ein Geist die Seitenwand des Gebäudes entlanglief und in unsere Richtung blickend stehen blieb.

Jackie wand sich auch um und knurrte in die Richtung, der ich zugewandt stand.

Wie erstarrt blieb ich auf der Stelle stehen und rieb mir die Augen, denn ich zweifelte an meiner Wahrnehmung. Fest davon ausgehend, dass mir die einhüllende Dunkelheit und mein Gehirn einen Streich gespielt hatten, zwang ich mich weiterzugehen.

Ich musste den Weg zum Auto finden. Der Hund zog mich nach einigen Metern regelrecht nach vorne, als würde er genau wissen, wo wir entlang gehen mussten.

Ich lag glücklicherweise mit meiner vorherigen Vermutung richtig. Wir stießen auf den breiten Waldweg, der mir auf einmal besonders komfortabel vorkam.

Nur 20 Minuten später saßen wir im Auto. Meine erste Aktion war es, die Türen zu verschließen. Dann atmete ich mehrfach durch und verweilte noch einige Minuten. Die Aktion meines kleinen Hundes und die darauffolgende abenteuerliche Suche hatten mir einen gehörigen Schrecken versetzt. Der Schmerz des verstauchten Fußes brach sich Bahn in mein Bewusstsein.

Wir fuhren dann nach Hause.

Erwartungsgemäß empfing Sofia uns bereits mit sorgenvollem Ausdruck an der Haustür.

»Wo zum Teufel habt ihr beiden denn gesteckt? Es ist schon stockdunkel!«

»Unser kleiner Freund hier meinte, ausreißen zu müssen. Und ich lief durch den halben Schwarzwald, um ihn wieder zu finden«, erwiderte ich mit erhobener Stimme, was den Terrier nicht im Geringsten beeindruckte, während er blitzschnell an Sofia vorbei in die Küche lief, um seinen Durst zu stillen. Dann kehrte er wieder zu uns zurück.

Sie kniete sich zu Jackie herunter, der sie völlig ohne Schuldbewusstsein und mit wedelndem Schwanz anschmachtete.

»Du frecher kleiner Kerl, du…«.

»Ich brauche erstmal ein Glas Wein.«

Ich ging zum Wohnzimmerschrank und versorgte mich mit einem Glas Cabernet Sauvignon. Dann ließ ich mich auf der Couch nieder und schloss erstmal meine Augen.

Direkt hatte ich nur ein einziges Bild vor Augen.

Die finsteren Umrisse einer brüchigen hölzernen Waldhütte, aus meiner Perspektive kreisrund eingeschlossen von schattenhaften Zweigen der Bäume und kaum erkennbar eine geisterhafte Gestalt, die in meiner Richtung stand. Und ich versuchte mich an dieses starke unheilvolle Gefühl zu erinnern, dass mich dort ergriffen hatte. Ein Erlebnis, dass ich niemals zuvor auch nur in vergleichbarer Weise durchlebt hatte.

Ich öffnete die Augen wieder in der Hoffnung, das Bild würde im Laufe des Abends aus meiner Phantasie verschwinden.

Am nächsten Morgen wachte ich um halb sieben auf, das heißt eine Stunde früher, als es normalerweise meine Gewohnheit war.

Hatte ich geträumt? Ich konnte mich nicht erinnern.

Noch im Halbschlaf und eingehüllt in meine sichere warme Decke erinnerte ich mich an die Bildfetzen, die mir gestern im

Wald in den Sinn getreten waren. Ich hatte das Gefühl, dass ich sie für einen Moment länger vor meinem geistigen Auge festhalten konnte, als in meiner nervösen Verfassung am Vortag. Dann beschloss ich, aufzustehen und etwas zu tun, das ich aus einem Film kannte. Ich wollte versuchen eine Art Phantomzeichnung anzufertigen, solange mein Gedächtnis noch Licht auf die Details warf.

In einer Schublade im Büro fand ich einige Blätter Papier und einen weichen Bleistift. Dann begann ich zu zeichnen.

Zunächst das Gebäude.

Alles, was mir spontan einfiel, ohne es vorher abzuwägen.

Nachdem ich fertig war, musste ich erstaunt feststellen, dass dies nicht unbedingt die Hütte war, die ich gestern sah.

Danach zeichnete ich weiter. Es floss aus mir heraus und tat richtig gut. Eine ganz neue Erfahrung. Ich konnte dies nicht sonderlich gut, wusste aber noch aus der Schule, wie man den dreidimensionalen Effekt erzeugt und Schattierungen darstellt.

Ein langer gebogener Schlüssel mit einer rostigen Reite.

Die alte schwergängige Türklinke.

Das Fenster, das ein hölzernes Kreuz enthielt und in dem oberen rechten Quadranten ein spinnenwebenartiges Einschlagloch hatte.

Ein Tisch. Ich sah einen Tisch, oder war es eine Werkbank? Das Bild war unklar.

All das skizzierte ich mit dem Kohlestift.

Waren das kreative Einfälle, die meiner Phantasie entstammten? Oder bildete ich bloß etwas ab, das ich zuvor irgendwo und irgendwann real gesehen, aber die Umstände dessen vergessen hatte.

Dann begann ich, mit einem mulmigen Gefühl das beängstigende letzte Bild zu zeichnen, dass mir nicht aus dem Kopf verschwand. Auf meinem Blatt entstand eine Art dunkle Höhle aus Bäumen und gebogenen Zweigen. In ihrer Mitte war eine hellere Stelle, auf der ich schemenhaft mit einigen Linien die hölzerne Struktur der Seitenwand andeutete. Und zuletzt platzierte ich im Zentrum eine schwarze schattenhafte Figur, ohne Augen, ohne Gesicht. Meine Hände zitterten und ein kalter Schauer durchströmte mich, während ich die letzten Striche auftrug.

Ich kratzte mich nachdenklich an der Stirn und fragte mich, was dieses Bild über mich aussagen könnte.

Dann tat ich die Frage schmunzelnd ab und dachte, dass ich wohl in letzter Zeit zu viele Horrorfilme gesehen hatte.

Nach einer Weile der Reflektion hängte ich die Bilder an einer Pinwand im Büro auf.

»Was treibst du denn da?«

Ich zuckte zusammen. Sofia stand plötzlich im Bademantel in der Tür. Daraufhin sah ich sie erstmal kurz an und schmunzelte.

»Oh, ich habe anscheinend eine neue künstlerische Ader in mir entdeckt.«

»Was stellt das dar?«

Zögerlich antwortete ich, dass ich gestern bei unserem ungewollten Exkurs im Wald auf eine Hütte gestoßen war und mich das wohl irgendwie inspiriert hatte. Ihr ungläubiges Lächeln daraufhin verriet, dass sie mich bei einer für mich sehr ungewöhnlichen Verrichtung entdeckt hatte.

In den kommenden Tagen warf ich den Zeichnungen immer wieder mal einen verstohlenen Blick zu und zeitweise ging mir diese neue Erfahrung durch den Kopf. In mir arbeitete die Frage, woher dieser klare Erinnerungseindruck stammen konnte, aber ich vermochte sie einfach nicht zu beantworten. Meine Ehefrau sprach mich hierauf nicht mehr an, da sie das alles offensichtlich nicht sonderlich ernst nahm.

Rund zwei Wochen später ging ich nach einem stressigen Arbeitstag recht früh zu Bett – es war ungefähr 21 Uhr – und schlief rasch ein. Wie es bei mir in solchen Fällen typisch war, wachte ich daraufhin am nächsten Morgen bereits um halb fünf auf. Ich wollte etwas Wasser trinken und beschloss, in die Küche zu gehen. Dann fiel mir ein, dass ich am Abend zuvor eine Flasche im Büro platziert hatte. Daher konnte ich mir den Gang die Treppe hinab sparen und bog stattdessen ins Büro ab, griff nach der Plastikflasche und trank einen ordentlichen Schluck. Meine Augen wanderten zu den selbst angefertigten Abbildungen. Da ich gerade erst aufgewacht und dadurch noch etwas schläfrig war, wirkten sie auf mich intensiver, als zu den Gelegenheiten, da ich sie bei Tageslicht betrachtet hatte. Ich verweilte einen Augenblick versunken in die dunkle Figur, die am Ende einer schwarzen Höhle stand und mich geradewegs zu fixieren schien. Daraufhin zog es mich zurück ins warme Bett, denn mit etwas Glück bestand die Möglichkeit, dass ich noch ein paar Stunden Schlaf fand.

Nach einer Zeit tauchte ich in der Tat wieder in den Schlaf ab, während die letzten visuellen Eindrücke meiner Zeichnungen wie ein Diavortrag abwechselnd vor meinem geistigen Auge auftauchten.

Kapitel 5

Aus dem finsteren Tal des Schlafes drangen Bilder in mein Bewusstsein. Ich stand an einem schmalen Fluss. Das Wasser bewegte sich unscharf und surreal, wie in Zeitlupe. Manchmal schien es fast zu stocken - wie ein Film, der Hänger hatte und nicht flüssig lief. Ein Plätschern war vom Gewässer her wahrzunehmen. Die Eindrücke der Umgebung erschienen schemenhaft und zusammenhanglos. Ich sah mich unfreiwillig um. Das Gewässer schlängelte sich durch eine Talsenke. Alles wirkte gelblich oder rötlich gefärbt und dadurch irgendwie hitzig, als fände dies an einem heißen Sommertag statt. Dieser Ort fühlte sich einerseits vertraut an, andererseits war er mir völlig fremd. Er wirkte wie ein wichtiger Teil von mir, ohne dass ich mir das erklären konnte. Mein Blick wanderte die Büsche, Gräser, Felsbrocken und einen Trampelpfad entlang den Abhang hinauf. Weit dort oben thronte regelrecht eine riesige imposante Trauerweide. Sie wirkte überwältigend und schien mir im Traumgeschehen, während ich sie betrachtete näher zu kommen. Da entdeckte ich unter den hinabhängenden Blättern die Silhouette einer jungen Frau. Sie stand aufrecht und unbeweglich, nur wenige Meter entfernt vom Baumstamm. Ich konnte zunächst lediglich ihre Umrisse erkennen. Sie blickte unbeweglich geradeaus - von mir aus betrachtet in nordwestliche Richtung. Ihre langen dunklen Haare wallten durch eine schwache Brise - aber auf eine unnatürliche Art, wie in Zeitlupe. Ich starrte sie wie gebannt an. Alle anderen Eindrücke um mich herum verschwammen und traten völlig in den Hintergrund. Der Anblick dieser schattenhaften Person war zutiefst bedeutsam, das spürte ich. Ich fragte mich, wer sie wohl sei. Sie wirkte so vertraut auf mich. Innige Gefühle der Zuneigung und des Erbarmens für sie stiegen in mir auf. Jetzt senkte sich ihr Blick nach unten und sie ließ ihre Schultern absinken. Sie trug ein langes weißes Kleid, das leicht im Wind flatterte. Ihre eben noch aufrechte Körperhaltung drückte nun das Tragen einer schweren Bürde oder eine Art von Traurigkeit aus. Ich wollte sie unbedingt genauer erkennen und versuchte, mich in ihre Richtung zu bewegen, aber nichts tat sich. Meine Beine folgten nicht dem Befehl meines Willens. Sie schienen wie am Boden festgeschraubt. Nun geschah etwas. Sie drehte ihren Kopf langsam zur Seite, als hätte sie meine Gegenwart bemerkt. Diese Geste löste aus einem mir unklaren Grund ein leichtes Unbehagen in mir aus. Immer noch lag ein Schatten auf ihrem Gesicht. Nun drehte sie ihren ganzen Körper um die eigene Achse sachte um. Sie machte nicht einen Schritt oder verdrehte ihren Rumpf, sondern es war als würde sie schweben. Ich hoffte daraufhin, gleich ihr Gesicht erkennen zu können. Aber ich erfasste weiterhin nur Umrisse, wie von einer Gestalt in einem Schattentheater. Schließlich war ihr Körper mir zugewandt. Ich spürte intuitiv, dass ihre Aufmerksamkeit auch auf mich gerichtet war.

Sie hob plötzlich rasch ihren Arm an und streckte ihn nach vorne.

Ich erschrak.

Keine ihrer vorherigen Bewegungen war so blitzartig.

Was tut sie nun, fragte ich mich.

Ihren Zeigefinger richtete sie dann auf mich.

Den Brustkorb hatte sie jetzt wieder stolz aufgerichtet. Diese Geste fühlte sich anklagend oder warnend an.

Unbehagen und Furcht ergriffen mein Herz und verdrängten meine Neugierde. Wer ist sie nur? Warnt sie mich? Nun setzte sie langsam und mechanisch einen Fuß vor den andern und marschierte in meine Richtung - weiterhin den

Finger auf mich richtend. Noch war sie recht weit entfernt. Ihre gesamte Körperhaltung symbolisierte etwas Bedrohliches.

Ich überlegte nur noch, wie ich ausweichen könnte. Ihre Bewegungen waren unnatürlich abgehackt und glichen eher denen eines Geistes, als denen einer leibhaftigen Frau. Ich entwickelte nun eine Furcht davor, dass mir ihr Gesicht erschien. Aber es blieb im Dunkeln und sie kam näher und näher. Sie beschleunigte bis hin zu einem Laufschritt. Ich riss panisch die Augen auf und versuchte verzweifelt, Arme und Beine zu bewegen. Jedoch war ich starr und unbeweglich. Es war als würden meine Füße von unten durch unsichtbare kraftvolle Klauen gehalten. Ich wollte die Angst vor der Bedrohung herausschreien. Mehr als ein hohles Krächzen kam nicht aus meinem Rachen. Sie wurde immer schneller und schien auf einmal fast zu fliegen. Und das direkt auf mich zu. Panik ergriff mich.

Gleich werde ich ihr Gesicht erkennen, dachte ich. Sie will mich erwischen. Sie will mir schaden. Sich vielleicht rächen. Ich muss hier weg, schoss mir in den Sinn. Nun brachte ich endlich eine Stimme heraus.

Ich schreit laut, warf den Kopf hin und her und ruderte mit den Armen. Von der Lautstärke des eigenen panischen Brüllens wachte ich auf. Emotionen der Angst und ein Schauder durchfluteten mich.

Es dauerte länger als sonst, bis ich vollständig in die Wirklichkeit zurückkehrte. Mein Kissen und die Laken waren triefend nass vom eigenen panischen Schweiß. Ich richtete mich zitternd im Bett auf. Es war stockdunkel im Raum. Jeder Atemzug war eine Last, denn mein Herz und mein Brustkorb waren noch beschwert von dem tiefen Schrecken, den diese eindrucksvolle Traumszene bei mir hinterlassen hatte. Ich ließ meinen Blick durch den Raum wandern.

Da erkannte ich direkt hinter dem Bettende etwas Ungewöhnliches. Es bildeten sich nebulös die schwarzen Umrisse einer Silhouette.

Das kann doch nicht wahr sein. Das ist sie, dachte ich.

Sie stand plötzlich am Ende meines Bettes. In Form einer schwarzen Schattengestalt.

Mein Atem stockte und ich erschrak erneut fürchterlich. Langsam hob die Gestalt den Arm und zeigte wie im Traum auf mich. Ich fuhr hoch und nahm eine aufrechte Position ein. Panik machte sich in mir Breit. Adrenalin schoss wieder durch meine Adern.

Ich schrie sie an und fuchtelte nach ihr: »Nein, nein, nein. Hau ab.«

Ihr Bild löste sich schließlich wie eine platzende Seifenblase auf und alles um mich herum wurde vollends finster und still.

Dann lag ich zugedeckt auf meiner Seite im Bett.

Ich wachte nun wirklich auf und blinzelte. Ein Traum in einem Traum, das hatte ich noch nie zuvor erlebt. Ich zwang meinen Geist vollends zur nüchternden Wirklichkeit durchzudringen. Durch den hinuntergelassenen Rollladen kroch etwas Licht von draußen in den Raum. Stochernd tastete ich nach dem Lichtschalter der Lampe neben mir auf dem Nachttisch. Ich entdeckte ihn und schaltete sie mit einem Klick an. Das Licht erleuchtete das Schlafzimmer und ließ mich noch etwas mehr zur Ruhe kommen. Alles stand am gewohnten Platz und war völlig real. Die gespenstische Erscheinung verlor wie vom Licht vertrieben ihre Macht auf mein Gemüt.

Alle rötlich gefärbten Bilder und Szenen aus dem gerade durchlebten Traum waren mir aber noch präsent. Er fühlte sich so völlig anders an, als ich es von bisherigen Träumen gewohnt war, eher so real wie eine Kindheitserinnerung.

Wenige Stunden später saß ich im Auto auf dem Weg ins Büro. Ein trüber Tag. Nieselregen. Meine Augen waren gerötet und verquollen. Ich war aufgekratzt. Wie ein Roboter hatte ich mich aus dem Bett geschleppt und mich für den kommenden Arbeitstag vorbereitet. Dabei vergaß ich die eigentlich nötige Rasur. Einige Einzelheiten des Traumablaufs hatten sich schon wieder aus meiner Erinnerung verflüchtigt. Wie ein Nachhallen zurück geblieben war die zu Beginn so angenehme und zum Ende eher bedrohliche Rolle dieser Frau und das Gefühl, dass dies nicht die gewöhnliche nächtliche Aktivität meines Gehirns zur Verarbeitung des alltäglichen Geschehens war. Alles wirkte mehr wie eine Offenbarung oder eine Botschaft aus einem lange verschütteten Teil meines Gedächtnisses. Träume waren für mich bisher manchmal angenehm und hin und wieder auch aufwühlend. Aber für gewöhnlich konnte ich sie gelassen akzeptieren und deutelte manchmal sogar locker einen eventuellen Sinn in die gesehenen Symbole hinein. Die Nachwirkung dieses nächtlichen Erlebnisses in meinen tatsächlichen Tag war gänzlich andersartig. Ich starrte an einer Ampel stehend vergeistigt vor mich hin und versank in den Versuch, das alles einzuordnen.

Diese Frau. Sie wirkte so echt. Es fühlte sich zu Beginn an, als sah mich eine gute verflossene Freundin an. Dieses starke und alles überschwemmende Gefühl. Auf eine Art war es, als erinnerte ich mich an einem eisigen Dezembertag schwelgend an den vergangenen Sommerurlaub.

Die Scheibenwischer verrichteten monoton und treu ihren Dienst. Das Glas war zu trocken. Das Gummi glitt daher nicht lautlos über seine Oberfläche.

Lautes Hupen. Einmal. Zweimal.

Ich kehrte durch diese mir zugedachten Laute zurück in die Realität. Die Ampel war grün. *Peinlich. Gang rein und Gas geben.*

Im Verlauf des zähen Arbeitstages erwischte ich mich immer wieder dabei, wie ich aus einer gewöhnlichen Verrichtung heraus in einen Zustand der Unkonzentriertheit überging, währenddessen sich die rötliche Hitze der Traummomente, dass Rauschen dieses Flusses und das Unbehagen ob der Angst erzeugenden Frauengestalt in mein Bewusstsein schlich. Ein solcher Moment war es, als ich ungewohnt weit mit meinem Bürostuhl vom Tisch entfernt und leger nach hinten gelehnt dasaß; meinen Daumen und Zeigefinger in Denkerpose um mein Kinn gelegt. Plötzlich öffnete mein Kollege Fred mit einem frechen Grinsen meine Bürotür.

»Sag mal Frank, weißt du wer da Kaffee laufen lässt, ohne, dass eine Tasse darunter steht?«

Ich fühlte mich direkt ertappt. Meine leere Tasse stand direkt vor mir. Aber ich war auch gerade an der Maschine. Ohne es zuzugeben, zuckte ich mit den Schultern und grinste unangenehm berührt zurück. Das Missgeschick war mir selbst passiert. Zum ersten Mal.

Erst als der Feierabend sich näherte und ich mich gezwungen hatte einige Telefonate zu führen und Details eines Schemaplans zu studieren, verblasste die Erfahrung langsam und löste ihren Griff nach mir.

Noch tagelang beschäftigten mich trotzdem die Erinnerungen an dieses besondere Erlebnis und die damit verbundenen Emotionen. Zwischenzeitlich interpretierte ich, dass das Zeichnen, Aufhängen und regelmäßige Betrachten der Bilder aus dem Wald eventuell mein Unterbewusstsein aktiviert hatte und der Traum hierdurch entstanden war. Diese Erklärung befriedigte meinen Intellekt, allerdings mein Herz nicht ganz. Ich beschloss in einer meiner Pausen mit Hilfe des Internets weitere Denkanstöße zu finden. Diese Suche führte mich auf Seiten, die ich bis zu diesem Zeitpunkt keinesfalls aufgesucht hätte. *Traumdeutung. Traumsymbole. Was bedeutet ein Baum, oder eine Frau oder ein Fluss als Symbol.* Die Antworten waren stilistisch ähnlich verfasst und meiner Beurteilung nach genauso unseriös, wie die klassischen Kurzweisheiten eines Horoskops: Allgemeingültig und für den geneigten und kreativen Leser durchaus mit dem Potential, jeweils auf jegliches eigenes Leben anwendbar zu sein. *Wenn ich doch mit jemandem darüber diskutieren könnte*, überlegte ich. Ich wollte aus Scham definitiv mit niemandem, der mir nahestand, über die Thematik sprechen, daher landete ich in einem Forum, dessen Titelbild ein Auge war und das sich mit Traumdeutungen und Spiritualität im Allgemeinen beschäftigte. Schließlich eröffnete ich einen thread, in dem ich inkognito mein nächtliches Erlebnis schilderte.

Nach wenigen Minuten bereits antwortete ein User. Es war eine Frau mit dem Nickname *Lilith123*, die mir nach einigem gegenseitigen Schreiben persönlicher Nachrichten anbot, sie anzurufen. Es wäre zu schwierig eine Einschätzung schriftlich und ohne persönlichen Gesprächskontakt vorzunehmen, meinte sie. Normalerweise hätte ich nie mit irgendeiner fremden Person aus dem Netz telefoniert und mir kam das alles doch recht dubios vor. Aber meine Neugierde wuchs gleichzeitig exponentiell. Sie gab mir ihre Nummer und ich rief spontan an, ohne die Meine preiszugeben.

»Hallo mein Name ist Frank….«

»Guten Tag, mein Name ist Laura.«

Ich stockte, da ich mir etwas blöd vorkam.

»Und Sie kennen sich mit Träumen aus?« Die Worte kosteten Anstrengung und kamen daher etwas gezwungen, aber trotzdem höflich über meine Lippen.

»Ja, ich beschäftige mich seit langem mit übersinnlichen Phänomenen, dem Kartenlegen und der Deutung von Träumen«, antwortet sie mit klarer und angenehmer Stimmlage.

Na super, dachte ich abfällig. Auf den Rat solcher Personen gab ich bis dahin nicht viel.

»Ah, interessant«, reagierte ich bewusst neutral.

»Ich weiß, dass Sie sehr skeptisch mir und dem Thema gegenüber sind, aber sie sind auch sehr verstört aufgrund ihres besonderen Traumes, nicht wahr?«

Woher wusste sie das? Na ja, sie konnte das auf Basis meiner Eintragung in dem Forum irgendwie schlussfolgern, vor allem wenn sie in ihrem Metier – wie ich vermute – *von einem intuitiven Gefühl für Menschen mehr profitierte, als von tatsächlichen übersinnlichen Eingebungen.* Trotzdem erwischte ich mich dabei, ein wenig beeindruckt zu sein. Zeigen wollte ich ihr dies jedoch nicht. Ich antwortete salopp.

»Allerdings, woher wissen Sie, dass mich das so irritiert.« Mein Text in dem Forum konzentrierte sich nur auf eine grobe Schilderung der erlebten Symbole und verzichtete auf die wertende Nennung emotionaler Folgen.

»Ach, ich habe ihnen die Karten gelegt, bevor sie anriefen.«

»Ach so, und da haben sie das gesehen?«

»Ich spüre, Sie halten nicht viel hiervon. Ist nicht schlimm. Ungeachtet dessen beschäftigt sie doch ihr Erlebnis und wir telefonieren immerhin. Ich schlage vor, wir reden einfach mal über ihren Traum.« *Sie hat Recht.*

»Eine Kommilitonin in meiner Studienzeit hatte sich auch mit Tarotkarten beschäftigt. Daher weiß ich ungefähr, wie das legen und interpretieren funktioniert. Sie denken an mich als Person, legen die Karten und dann hängt die Auslegung davon ab, wo welche Karten liegen und in welcher Position zueinander. Und es gibt noch die speziellen Bedeutungen von gewissen Kombinationen. Aber ich gebe Ihnen Recht. Das ist in der Regel nicht so mein Ding.«

Da sie auf ihre Art recht ausgeglichen und angenehm wirkte, erzählte ich ihr tatsächlich erneut ausführlich dieses doch recht intime nächtliche Erlebnis und überwand hierbei meinen inneren Widerstand, auch in dem Vertrauen in die Gewissheit, dass ich dieser Person niemals persönlich begegnen werde. Sie hörte geduldig zu, ohne mich zu unterbrechen.

»…was meinen Sie dazu? Was soll dieses Erlebnis mir verraten?«

»Und der Traum war außergewöhnlich realistisch, sagen Sie?«

»Ja, ansonsten würde ich mich nicht so für eine eventuelle Interpretation interessieren.«

Sie überlegte kurz.

»Sie erleben gerade Umbrüche in Ihrem Leben, oder? Ich sehe in der jüngeren Vergangenheit eine wesentliche berufliche Veränderung?«

Ich stutze, blieb aber reserviert.

»Ja, da ist etwas dran. Ist aber auch nicht ungewöhnlich.«

Ich verzichtete bewusst darauf, Sie noch mehr zu bestätigen oder direkt mehr zu erzählen, da ich schon immer vermutete, dass solche Gespräche mit einer Mischung aus Vortasten, Intuition, gezieltem Raten und Eingehen auf das Gegenüber funktionierten.

»Und was sehen sie noch? Was könnte dieser Traum mir sagen? Was meinen Sie?«

»Ich versuche mir nur einen Eindruck von Ihnen zu machen, sowie mich in Ihre Lage einzufühlen. Traumdeutung ist wahnsinnig komplex, wissen Sie. Und sie ist immer individuell. Träume - zumindest wenn sie Tiefenträume sind - enthalten in der Regel Botschaften aus den tieferen Bereichen der Seele. Also die Bilder, die Sie gesehen haben, haben eine Bedeutung. Allerdings ist es fahrlässig, ein Symbol herauszugreifen und eine einfache Deutung daraus zu basteln. Ich möchte Ihnen genau das in erster Linie auf den Weg geben. Niemand kann Ihnen seriös eine schlichte Interpretation bereitstellen. Um dem Sinn auf den Grund zu gehen, müssen Sie in sich hineinhören. Was haben Sie in der letzten Zeit erlebt? Wie ist ihre Lebenssituation? Welche Gedanken und Gefühle beschäftigen Sie? Welche Empfindungen hatten Sie während des Traumes und danach. Und was assoziieren Sie mit den Sequenzen Ihres Traumerlebnisses? Symboldeutungen können als Anregungen dienen. Eine absolute Sicherheit gibt es nicht. Aber ich rate Ihnen, dieses Geschehnis ernst zu nehmen. Ihr Traum hat Sie sehr beschäftigt und das hat auch einen Grund. Sie müssen versuchen hierauf eine Antwort zu finden.«

Ihre Stimme hatte tatsächlich etwas Vertrauenerweckendes. Sie zeugte von tiefer Klarheit und Festigkeit. Ich blickte etwas milder auf die Menschen, die mit ihr sprachen, um Impulse für das eigene Leben zu erbitten. Sie fuhr fort.

»Ich könnte ihnen jetzt Aspekte Ihres Lebens nennen und so tun, als hätte ich klare Deutungen. Aber das ist mir zu oberflächlich und nicht meine Art. Ich bin überzeugt von dem, was ich hier tue. Ja, ich habe dem Telefonat zugestimmt, weil meine innere Stimme das vehement verlangt hatte. Sie sind ohne es zu Ahnen in einer außergewöhnlichen Situation und massive Brüche und Herausforderungen Ihres Lebens stehen noch vor Ihnen. Sie sind mehr, wie eine Art Abgrund zu werten und weniger als einfache Weggabelung. Da ist ein neuer Weg vor Ihnen. Ein innerer Weg. Eine neue Ebene des Bewusstseins. Vielleicht eine Art Offenbarung. Suchen Sie nicht nach einfachen Bedeutungen für Symbole, sondern öffnen Sie sich für eine veränderte Perspektive. Sie haben jetzt mit mir telefoniert, was bereits ein erster mutiger Schritt war. Dies ist aber nur der Anfang. Genaueres kann ich Ihnen leider nicht sagen. Falls Sie dies möchten, können wir aber zu einem späteren Zeitpunkt gerne erneut miteinander sprechen.«

Einigermaßen verwirrt und für meinen Geschmack zu positiv überrascht von ihren Worten, brach ich das Gespräch kurz danach ab. Die Formulierungen brannten sich in meinem Sinn ein, auch wenn sie mich zu der Zeit noch überforderten, da der Boden in mir noch nicht ausreichend bereitet dafür war. Ich bewegte mich auf einem zu ungewohnten Terrain. Dann schüttelte ich über mich selbst den Kopf und schlug den Laptop zu. Meine gewollte Schlussfolgerung - im Sinne meines inneren Friedens - war, dass ich einem Hirngespinst nachging, das ich möglichst rasch aus meinem Kopf vertreiben sollte. Dies war nicht meine Welt. Das war nicht ich.

Noch am selben Abend schloss ich mich einer Gruppe Kollegen an, die zu einem Feierabendbier aufbrachen. Mein klares Ziel war es, mit einer ausreichenden Anzahl an Bierchen und flachen Witzen auf andere Gedanken zu kommen. Es funktionierte sogar erstaunlich gut. Für mehrere Wochen gelang es mir, diesen Irrweg und das dubiose Gespräch mit *lilith123* vollkommen aus meinen Gedanken zu verdrängen. Die alltäglichen Ereignissen, Pflichten und Verrichtungen sowie, durch die Konzentration auf das herannahende Glücksereignis - der Geburt unseres ersten Kindes – boten sich mir unzählige Quellen der Ablenkung. Sofia erzählte ich natürlich von alledem ohnehin nichts. Ich musste beunruhigende Ereignisse immer zunächst für mich selbst einordnen, bevor ich mich auf meist recht zusammenfassende Art an sie wandte. Mit einem unbedeutenden undefinierbaren inneren Ereignis in meiner eigenen Psyche wollte ich sie im Moment auf keinen Fall beschäftigt wissen. Diese Art meines Umgangs mit alledem entsprach mir und meinem Wesen. Ich fand zu mir zurück und pendelte mich ein. Es hatte mich nicht verändert oder aus dem Gleichgewicht gebracht. Wie ein kleiner seelischer Schluckauf. Das konnte passieren. Hauptsache man fand wieder zurück. Die Worte der fremden Frau aus dem Internet hinterließen zunächst keinen bleibenden Eindruck. Und nichts veranlasste mich, diese Strategie anzuzweifeln. Zumindest fürs Erste. Aber später dachte ich des Öfteren an ihren Rat zurück und er wurde mir fast zu einer heimlichen Richtschnur. Er war wie ein kleiner Samenkorn gepflanzt auf dem Boden meines Herzens, der immer weiter bewässert wurde und zu einem späteren Zeitpunkt erst so richtig aufgehen würde.

Kapitel 6

In einer Nacht wenige Wochen später von Freitag auf Samstag war ich recht früh vor dem Fernseher eingenickt und hatte mich dann direkt erschöpft ins Bett begeben, in dem Sofia schon lag und tief und fest schlummerte.

Ich kuschelte mich ein und musste binnen Sekunden auch fest eingeschlafen sein.

Ich erkannte sofort wieder, wo ich mich befand. Die hitzige rot-gelbe Farbe, in die alles getaucht war. Dann das Gewässer. Ich saß diesmal an dessen Böschung. Das Wasser war auch hellrot und bewegte sich geräuschlos. Der Fluss war einige Meter breit. Ich saß an einer abschüssigen Stelle, die Beine schienen fast zu baumeln. Mein Blick war nach vorne gerichtet. Meine Gefühlslage entspannt. Nicht bedrückend. Fast würde ich sagen, dass dieser Ort beglückend auf mich wirkte. Unerklärlich weshalb. Diese Klarheit hatte ich einfach.

Ich bin nicht alleine hier.

Mein Blick richtete sich auf die Seite links von mir.

Da saß sie. Sie war es.

Dasselbe strahlend weiße Kleid. Ihr Gesicht. Ich wollte ungedingt ihr Gesicht sehen. Sie blickte lächelnd geradeaus. Ließ die Beine über dem Wasser baumeln. Zumindest ihr Profil war erkennbar. Ich beugte mich ein wenig nach vorne, um sie besser betrachten zu können. Diese Frau hatte ich noch nie zuvor gesehen und doch wirkte sie erneut vertraut auf mich, so wie eine Schwester. Sie hatte feine, sehr hübsche slawische Züge, hohe Wangenknochen und große Augen, die durch lange Wimpern verziert wurden. Sie war jung - vielleicht um die 20 Jahre alt. Ihr Haar war lang, dunkel und sehr gepflegt. Dieses wunderschöne Antlitz würde ich wieder erkennen, beziehungsweise, wenn ich sie vorher getroffen hätte, dann wüsste ich das jetzt - so dachte ich.

Ihre Schultern ließ sie dann wieder mutlos hängen und ihr Kopf war gesenkt. Ihr Gesicht war auf einmal von Traurigkeit gezeichnet. Man sah es in den Augen und am vorgeschobenen Kinn. Tränen schienen über ihre Wangen zu laufen und ein Schluchzen von ihr auszugehen.

Trösten. Nur noch trösten wollte ich sie.

Sie tat mir unglaublich Leid, obwohl ich doch nichts von dem, was ich an ihr beobachtete, irgendwie begreifen konnte. Oder doch? Ein Teil von mir signalisierte, dass ich den Grund ihrer Gemütslage sehr gut kannte. Und, dass sie in irgendeiner Beziehung zu mir stand. War ich vielleicht sogar der Auslöser ihrer Niedergeschlagenheit? Ich hob meinen linken Arm an, um sie zärtlich zu berühren. Langsam streckte ich ihn ihr entgegen. Gleich berühre ich sie erstmals an den Schultern, plante ich. Ich konnte ihre Haut an den Fingern spüren.

Schreck.

Sie riss infolge meiner Berührung ihre Augen auf und starrte mich wütend an.

Es entsetzte mich.

Mein Blut gefror in der Folge in meinen Adern, denn ihr Gesicht verzerrte sich unerwartet zu einer hässlichen, faltigen und dämonischen Fratze. Ihre Augen wurden zu schwarzen toten Höhlen, so dass sie schließlich aussah wie eine Leiche.

Sie öffnete ihren Mund und eine donnernde nicht menschliche Stimme schreite ein langgezogenes NEEEEEEIN.

Ich zog, wie von einem Stromschlag getroffen, meine Hand zurück.

Wollte aufstehen und fliehen.

Konnte mich aber nicht rühren.

Sie hob blitzschnell ihren rechten Arm und schlug ihn wie einen Prügel von hinten mit großer Wucht gegen meinen Rücken. Ich verlor direkt das Gleichgewicht und fiel hinab Richtung Wasser.

Etwas zu lang flog ich schwerelos nach unten, bis ich schließlich auf der Oberfläche auftraf.

Im Wasser eingetaucht, ruderte ich heftig mit den Armen, konnte mich aber nicht über der Oberfläche halten. Dadurch sank ich schnell tiefer und tiefer. Es wurde alles immer schwärzer.

Dann stieg augenblicklich panische Angst vor dem Ertrinken in mir auf und ich setzte zu einem Schrei an.

Ich wachte schweißgebadet auf und röhrte heiser: »Nein, nein, nein...«

Sofia wurde direkt wach und wandte sich mir zu.

»Schatz, Schatz wach auf.« Langsam wurde mir bewusst, dass ich wieder in die Wirklichkeit zurückkehrte.

»Du hattest nur einen Albtraum, Frank.«

Die erlebte Bestürzung steckte noch einige Stunden in meinen Gliedern fest. Immer wieder überkamen mich plötzlich eine angstvolle Beklemmung und ein Schauer, als wenn tausende kleine Nadeln mich am ganzen Körper stechen würden. Sobald ich meine Augen schloss, um wieder etwas zur Ruhe zu kommen, sah ich diese hässliche dämonische Fratze auf mich zuschnellen, die erschreckender war, als jede kunstvolle Maske, die sich jemand in Hollywood ausdenken könnte, denn sie entsprang meiner eigenen Phantasie. Ich fand keinen dauerhaften Schlaf mehr in dieser Nacht.

Sofia bemerkte am nächsten Morgen, dass mich das nächtliche Erlebnis ungewöhnlich aufwühlte. Am Frühstückstisch sprach sie mich darauf an.

»Schatz, du siehst ja furchtbar aus. Konntest du nicht mehr schlafen?«

»Nein, ich hatte keine gute Nacht«, reagierte ich wortkarg und stoffelig.

»Wegen deines Albtraums oder belastet dich etwas anderes?«

Ich legte mir innerlich meine nächsten Worte genau zurecht. Bei dieser Gelegenheit wollte ich aber immer noch nicht offenbaren, dass dies keine singuläre Erfahrung gewesen war.

»Ja, ich hatte einen außergewöhnlichen Traum. Irgendwie fand ich danach keine Ruhe mehr. Heute Nacht werde ich sicher wieder besser schlafen. Ich hatte glaube ich ein zu schweres Abendessen…«

Noch hielt ich sie auf Distanz und sie gab sich mit dieser Antwort zufrieden, da sie aus Gewohnheit wusste, dass nicht mehr aus mir herauszubekommen war.

Ich zog mich den ganzen Tag in mich selbst zurück, da die schützende Kruste, die ich auf Basis meiner bisher geübten Strategie erfolgreich um meine Seele gebildet hatte, durch den Rückkehr des Traumes aufgebrochen war. Ursache und Bedeutung beschäftigen mich erneut. Die beängstigende Wirkung des Traumes war noch intensiver. Ich fürchtete mich vor der nächsten Nacht und einer Wiederholung und

Verstärkung des Erlebten. Sofia hatte meinen Ausbruch am letzten Abend bereits vergessen und bevor wir ins Bett gingen, trank ich noch einen tiefen Schluck Wein, um ausreichend schläfrig zu werden. Ich schlief in dieser Nacht zu meiner Beruhigung tief, fest und friedlich. Sollte ich etwas geträumt haben, so konnte ich mich zumindest nicht daran entsinnen.

Allerdings ließ mich die erneute beängstigende Begegnung mit dieser Traumfigur trotzdem für eine Reihe von Tagen nicht mehr los und ich ging jedes Mal mit einem mulmigen Gefühl ins Bett. Meine Seele konnte die negativen Empfindungen nicht gut abschütteln. Ich fühlte mich verunsichert. Mein Kopf war während der Arbeit nicht so recht bei der Sache und es war als würde Honig mein Gehirn verkleben und verlangsamen. Etwas geschah mit mir, dass ich nicht kontrollieren oder beeinflussen konnte. Und das war nachhaltig und kein vorübergehender Schnupfen der Seele.

An einem der kommenden Tage war ich unterwegs, um einfache Lebensmitteleinkäufe zu erledigen. Ich stand mit einem vollen Wagen in der Schlange an der Kasse. Mit einem Mal überkam mich ein starkes Gefühl des Unwohlseins und mir wurde schwindelig. Die Gegenwart der vielen anderen Menschen belastete mich und eine Art Panik baute sich in mir auf. Es schnürte meinen Hals zu. Nie zuvor hatte ich etwas Vergleichbares erlebt. Viel Kraft kostete es mich, zu vermeiden, dass irgendwer meinen Zustand wahrnahm und als ich im Auto saß beschloss ich, vor der Heimkehr in den Wald zu fahren, um mich ein paar Minuten an der frischen Luft zu bewegen. Nur langsam erholte ich mich dort von der akuten Belastung und fand zu einem gewissen Gleichgewicht zurück.

Nachträglich beurteilt fing ich in der Zeit an, mich wie von einem höheren innern Plan der Seele gesteuert, schleichend zu wandeln. Es veränderten sich in homöopathischen Dosen gewisse Verhaltensmuster. Ich wurde ernsthafter und nachdenklicher. Da verschob sich etwas. Aus meinem Inneren heraus bewirkten alleine die Gefühle, die diese Träume auslösten, eine Veränderung meines Bewusstseins für mich selbst und meine Schwächen. Ich fühlte mich anderen Menschen näher. Da war ein Pflänzchen in mich gepflanzt worden, dass begleitet von einer Mischung aus Schwermut, Melancholie und Tiefe heranwuchs. Dies geschah so sachte, dass es zunächst niemand bemerkte, noch nicht mal ich selbst. Von außen betrachtet, hätte man davon ausgehen können, dass ich eine stressige Phase erlebte oder, dass die herannahende Geburt unseres Kindes und die damit verbundene Verantwortung einen Einfluss auf mein Wesen nahmen. Diese Schlüsse wären ja auch nicht ganz so falsch gewesen. Mich beschäftigten aber vordergründig ganz andere Themen. Ich begann an den Paradigmen zu zweifeln, die mein Denken bisher beherrscht hatten. Was ich im Allgemeinen wusste und was ja letztlich auch von der Frau aus dem Netz, mit der ich mich kurz unterhalten hatte, bestätigt wurde war, dass Träume Signale aus dem Unterbewusstsein enthielten. Da ich kein naiver Mensch war, stellte ich mich selbst auf eine unaufhaltsame Art in Frage, denn ich hatte starke Signale erhalten, die ich nicht einordnen konnte.

Ich hörte meinen Arbeitskollegen intensiver zu und fragte zurück, wenn sie von zu Hause erzählten. Ich dachte auch mehr über andere nach, begann sie in Schutz zu nehmen oder zu entschuldigen, wo ich vorher schnell verurteilte. Eines Tages lief ich durch die Stadt, um Erledigungen zu tätigen und da beobachtete ich mich selbst, wie ich in eine Buchhandlung ging und plötzlich vor dem Regalbereich stand, den ich vorher konsequent – zuweilen auch von einer sarkastischen Bemerkung ergänzt - gemieden hatte. Mir fiel ein Buch über den Begriff Achtsamkeit auf, dass ich tatsächlich sogar kaufte. So viele Jahre meines Lebens konnte ich mit diesem Begriff nichts anfangen. Nun saugte ich Passagen auf, die erklärten, dass es von enormen Wert wäre, die Bilder, Gedanken, Gefühle, Wertungen, Reaktionen, Abneigungen, Antriebe usw. die im eigenen Inneren auftraten zu beobachten und zu untersuchen. Und was mich selbst am meisten verwunderte war, dass es mir tatsächlich gut tat, in das Buch hineinzulesen und, mir die Überlegungen durch den Sinn gehen zu lassen.

Sofia konnte es in der ersten Zeit nicht bemerken. Schließlich waren ihre Tage auch vollständig angefüllt mit komplexen Aufgaben, alltäglichen Verpflichtungen und ihr Herz war beseelt von der Ausprägung einer neuen Lebensrolle, der Wichtigsten, die sich eine junge Frau vorstellen könnte. Es war nicht so, dass sie nicht trotzdem noch sensibel auf mich achtete und eine liebevolle Frau war, aber sie hatte eben ein gewisses Bild von meinem Charakter. Manches war an mir liebenswert und anderes konnte man bis dato eher nicht von mir erhoffen. Sollte sie phasenweise letzteres vermisst haben, so konnte sie nur dadurch bei mir geblieben sein, indem sie diese meine Schwachstellen irgendwie akzeptiert hatte. Ich war ein intellektueller Pragmatiker, der zwar über eine gewisse Empathie und eine vielseitige Bildung verfügte, dessen Seele aber den Tiefgang eines Kneipbeckens hatte.

Eines Abends saß ich gedankenverloren an meinem Laptop, nachdem ich noch ein Protokoll zur Kenntnis genommen hatte, das mir ein Kollege am Tage hatte zukommen lassen. Ich dachte über mich selbst nach und darüber, dass ich Zeiten größerer freundschaftlicher Nähe mit mehreren Menschen erlebt hatte.

Was war nur genau mit mir geschehen? Lag es an der Unzufriedenheit bezüglich der Kinderproblematik und der auch dadurch ausgelösten Disharmonie in der Ehe? Meine Karriere, die mich zeitweise bis an die Grenzen der Erschöpfung in Anspruch genommen hatte? Oder war der Umzug auch ein Grund? Dies fragte ich mich selbst immer und immer wieder.

Solche Einflussfaktoren waren nachvollziehbar, aber ich begann mich selbst dafür anzuklagen, dass meine Bindungen so unbemerkt erodiert waren. Ich versuchte Gesichter durchzugehen und die jeweilige Kontaktentwicklungen, Aktionen und Reaktionen, Gesagtes und Verstandenes – oder besser gesagt Missverstandenes – zu erinnern und zu analysieren. *Wer löste sich jeweils von wem? Gab es Versuche, klärende Gespräche zu führen? Ich bin dem meistens aus dem Weg gegangen und habe mich kaum um diese Menschen bemüht,* musste ich mir tendenziell leider eingestehen. Dann kam mir eine Idee und ich klappte den Laptop noch einmal auf, öffnete mein Emailprogramm und klickte auf den Ordner *Freunde und Familie*. Die letzten Mails waren mindestens ein Jahr alt. Das überraschte mich negativ. Ich ging eine Reihe von Namen durch. Klaus und Beate tauchten mehrfach auf, wobei sie in den letzten Monaten eher mit Sofia Kontakt hielten, um in gewissen Intervallen Treffen und Unternehmungen zu planen. Mit manchen hatte ich vor Jahren sogar mal ausführlichere Nachrichten ausgetauscht. Ehemalige Studien-

und Arbeitskollegen. Nachbarn. Bekanntschaften vom Lauftreff.

Dann beschloss ich eine Liste zu erstellen, wem ich gerne mal wieder eine Nachricht schreiben würde. *Nach welchen Kriterien soll ich hierbei nur vorgehen?* Schnell stellte ich fest, dass sich mein Koordinatensystem auch in Bezug auf Fragen rund um Freundschaft und Bekanntschaft verschoben hatte. Da waren Einzelne dabei, die ich vor vier, fünf Jahren eher auf Abstand gehalten hatte, deren Wiedersehen aber jetzt reizvoll wäre, da ich wusste, dass sie zu ernsthaften tiefer gehenden Unterhaltungen fähig waren. Und in dem Zusammenhang traten auch Menschen in meinem Gedächtnis auf, denen ich aus dem Weg gegangen bin, was ich nun bedaure. Das waren eher introvertierte Typen, die durch ihr Verhalten aber zeigten, dass sie sich ihre eigenen Gedanken machten und aus der Masse herausragten.

Dabei dachte ich unter anderem an eine ehemalige Kollegin, von der ich vor Jahren erfahren hatte, dass ihr Mann an einer schwerwiegenden chronischen Krankheit litt. Wir unterhielten uns damals einige Male und ich hatte ihr meine Bewunderung dafür ausgedrückt, dass sie trotz dieser Belastung als eine sehr positive und ausgeglichene Person wahrzunehmen war. Ich überlegte, wie Sie noch gleich hieß. Stade. Angelika Stade. Genau. Sie arbeitete im Rechnungswesen und ich hatte damals auch Sofia davon erzählt, dass sie in ihrem Glauben die Kraft gefunden hatte, mit der ganzen Lage zu Recht zu kommen. Ich sollte sie mal ausfindig machen. Der Name war schnell in Facebook eingegeben und tatsächlich fand ich sie dort. *Soll ich sie anklicken? Ja, das werde ich.* Falls sie mich bestätigte, würde ich darauf hin erfragen, wie es ihr heute so ergeht.

Nach einiger Zeit hatte ich mehrere Mails an diverse Personen geschickt, in denen ich zum Ausdruck brachte, dass ich mich lange nicht gemeldet hatte, mich aber interessierte, wie es ihm oder ihr geht und was es so an Neuigkeiten gibt. Auf eine Antwort hin würde ich erläutern, dass wir uns gut eingelebt hatten und, dass ich bald Vater werden würde. Es war ein gutes Gefühl, das unternommen zu haben und ich war gespannt auf die Reaktionen.

Sofia und ich verließen wenige Tage danach gemeinsam mit dem Hund das Haus. Es war ein Sonntagnachmittag. Sonnig, aber recht frisch. Wir trugen beide Übergangsjacken. Sie hatte die Haare zusammengebunden, so wie es mir zuweilen sehr gut gefiel, da es ihre weibliche Kopfform und ihre feinen Gesichtszüge betonte. Der kleine Terrier sprang vor Begeisterung und war außerhalb der Wohnung fast nicht zu bändigen, was teilweise ein Merkmal dieser äußerst erlebnisfreudigen Rasse ist. Wir liefen in Richtung eines etwas hügeligen Weges entlang einer weitläufigen Kuhweide, den man von unserem Haus aus in wenigen Minuten zu Fuß erreichen konnte. Auch an diesem Tag verspürte ich über das bisherige hinaus das Bedürfnis zu erfahren, was in meiner Frau vorging und worüber sie sich Gedanken machte.

»Wie es wohl sein wird später mit dem Kinderwagen?« Mit einem schelmischen Zwinkern eröffnete ich die Unterhaltung, was sie mit einem Lächeln erwiderte. »Wie fühlst du dich heute so, meine Schöne? Wie ist denn das so im Allgemeinen jetzt? Mit dem Baby im Bauch, als werdende Mama. Ich glaube, dass ich dich das noch nie gefragt habe.« Sie war übrigens im vierten Monat.

»Oh, wie charmant«, antwortete sie gebauchpinselt.

»Es ist ganz besonders schön«, erwiderte sie und vermittelte mir voller Stolz einen Einblick. »Es ist in Teilen eine Achterbahnfahrt. Mein Bauch ist aufgedunsen und meine Brüste spannen – wie du weißt - und ich fühle mich häufig müde und antriebslos. Manchmal geht es mir morgens übel und ich fühle mich so seltsam unsicher, sowie verletzbar. Und gleichzeitig bin ich so glücklich und da ist dieses unbeschreibliche Gefühl von Fürsorge und Verbundenheit. Wenn ich Lust darauf hab verrückte Dinge zu essen, dann ist das einfach so in mir, ich kann es gar nicht erklären.«

Ich beobachtete derweil genau den Ausdruck in ihren Augen. Sie strahlte bei diesen Worte etwas aus, dass ich die Jahre vorher an ihr nicht bemerkt hatte. Ihre Weiblichkeit wurde vervollkommned. Es waren diese Kleinigkeiten, für die sich meine Rezeptoren erweitert hatten und dir mir noch vor Kurzem nicht zwingend aufgefallen waren.

»Wie ist es denn für dich? Du wirst doch auch Vater?«

Sie nahm meine Hand. Mit der andern hielt sie die Hundeleine fest, die der Kleine abwechselnd nach rechts und nach links bewegte, während er wie ein Staubsauger mit der Schnauze nur Zentimeter über den Boden streifte, um interessante Fährten aufzunehmen.

»Es ist auch ganz besonders schön. Aber ich glaube, dass es für mich noch Mal eine andere Dimension sein wird, wenn der oder die Kleine (wir wollten das Geschlecht nicht vorher erfahren) denn dann in meinen Armen liegt. Ich liebe euch beide sehr und das immer mehr. Und ich bemerke – und das liegt womöglich auch daran, dass ein neuer Lebensabschnitt beginnt -, dass in mir ein Veränderungsprozess in Gang gekommen ist. Meine Sicht auf die Welt wandelt sich irgendwie.«

»Ich hoffe doch zum Besseren?« Eine liebevolle Spitze.
»Ja, ich denke schon.«
»Nein, ernsthaft. Ich habe auch kleine Veränderungen an dir bemerkt. Du bist irgendwie besonnener und offener geworden.«
»Offener?«
»Ja, du interessierst dich mehr – bist aufmerksamer. Vorher warst du oberflächlicher und deine Aufmerksamkeit begrenzt, wenn man dir etwas erzählte. Wobei das keine Kritik sein soll. Wir alle entwickeln uns. Aber ich spüre, dass du mehr Anteil nimmst und mit mehr Herz zuhörst.« Sie wandte sich mir zu und legte die Hand zärtlich um meinen Nacken. »Ich liebe diese neue Seite an dir.« Dann zog sie mich zu sich und signalisierte so, dass sie mich küssen wollte, wogegen ich nichts einzuwenden hatte.

Ihre Worte taten mir wohl und ich begann immer mehr, mich selbst in einer Phase der Reifung zu sehen und anzunehmen. Eventuell war dies meine Art von Midlife-Krise. Oder es hing mit meiner neuen Rolle als Vater zusammen, die in mir verborgene Fähigkeiten und Qualitäten geweckt hatte.

Meine Gedanken kreisten auch vermehrt um meine eigenen Wurzeln und damit im Zusammenhang, um die Trennung meiner Eltern und meine Schwester. Schließlich fühlte ich das Bedürfnis, meine Mutter und Uta zu kontaktieren. Und das nicht, um - wie in der Vergangenheit häufig praktiziert - kurz eine praktische Frage zu klären oder mich mal gemeldet zu haben, sondern, um zu erfragen, wie es ihnen im Moment so erging. Letztlich ging es mir darum, in allen meinen wichtigen Beziehungen einen bisher unterentwickelten Aspekt herauszubilden. Immer mehr entwickelte ich das Gefühl, bisher etwas verpasst oder zumindest vernachlässigt zu haben.

Kapitel 7

Sofias Babybauch wuchs sichtlich und meine eigene Aufregung und Vorfreude ebenso. An diesem Samstagmorgen Mitte November fuhren wir zu einer Hochzeit in Bad-Vilbel, Sofia sah wunderschön aus. Meine Frau kleidete sich gerne modisch und besonders an solchen Tagen belohnte sie sich und mich mit einem neuen eleganten Kleid. Ich war stolz auf sie und spürte, dass ich immer noch in sie verliebt war. Und nun, da sie auch noch erkennbar unser gemeinsames Kind in sich trug, hatte ich ein nicht mehr enden wollendes Lächeln auf meinem Gesicht. Diese leidenschaftlichen und zärtlichen Gefühle für sie wurden noch intensiviert und unsere Bindung wuchs auf eine Weise, die ich mir vorher nicht vorstellen konnte.

Eine ehemalige Arbeitskollegin und Freundin von Sofia heiratete. Nach der standesamtlichen Trauung war eine gepflegte Feier auf einem für solche Anlässe umgebauten ländlichen Hofgut geplant. Es sollte ein rustikales Gebäude sein. Ich freute mich auf die Location und das sicher sorgsam geplante festliche Event. Und darüber hinaus erwartete ich einige Bekannte von uns dort, mit denen ich mir für den Verlauf der Feier kurzweilige Konversationen erhoffte. Sicherlich ließ sich ausgiebig und herrlich oberflächlich über die aktuelle Entwicklung der Bundesliga, die herannahende Herbstmeisterschaft des FC Bayern und die neuesten Trends auf dem Automobilmarkt diskutieren.

Ich fuhr gemütlich die Straßen entlang. Das blendende Wetter tat zur guten Stimmung sein übriges, ich genoss den eleganten femininen Duft, den meine Frau aufgelegt hatte. Ich schaltete und nutzte die Gelegenheit, um meine Hand in Richtung Beifahrersitz zu bewegen. Den Blick nach vorne richtend streichelte ich über Sofias rechtes Knie. Ihr Rock war recht kurz und so konnte ich den samtigen Hauch der hautfarbenen Strumpfhose über ihrer Haut spüren. Sie zuckte leicht zur Seite, da ich sie scheinbar ein wenige gekitzelt hatte. Dann legte sie sanft ihre Hand auf meine, ohne Anstalten zu machen, diese von dort wegzuschieben. Ein Kribbeln durchströmte mich, als wäre es unsere erste Berührung gewesen. Ich begehrte sie. Ich liebte sie. Sie erfüllte mich. Es war einer dieser wortlosen Momente des Glücks, in denen man das Leben einatmet und in denen es sich anfühlt, wie der Duft einer erwachten Blüte. *Das eigene Herz ist wie eine Antenne, die instinktiv die positiven Schwingungen des Universums aufnimmt und dem Bewusstsein signalisiert, dass man genau an der richtigen Stelle zur richtigen Zeit lebt und es keines Wortes bedarf,* ging mir durch den Sinn. Alles war perfekt.

Diese ganz speziellen Momente halten natürlich nur für ein paar Herzschläge an, dann gilt es wieder zurückzukehren zu den profanen Handlungen, Aktivitäten und Gesprächen. Das Navigationsgerät holte mich in dem Sinne zurück in diese Wirklichkeit, denn es galt, das Standesamt zu finden und den von dort aus geplanten Ereignissen beizuwohnen.

Ungefähr zwei Stunden später hatten wir den Sektempfang im Vorraum des Standesamtes, die Trauung und das erste Beglückwünschen, die ersten Freudentränen und das erste Glucksen und Auflachen angesichts des freudigen Ereignisses erlebt und fuhren als Teil einer Kette von Fahrzeugen durch die kleine Stadt in ländliche Richtung. Sofia liebte solche Tage und genoss es, all die gut gekleideten Menschen zu erleben und die vielen wohl geplanten Details zu beobachten und zu kommentieren, welche man zu Ehren der Vermählung zelebrierte. Kam uns ein Auto auf der Landstraße entgegen, konnte ich zu meinem eigenen Vergnügen als Teil der Meute zwei, drei Mal auf die Hupe drücken. Mittlerweile sehnte ich die erste Tasse Kaffee und ein gutes kalorienreiches Stück Kuchen herbei. Trotz der Sonnenstrahlen war es kühl an dem Tag und der Gedanke an eine Aufwärmung von Innen war verlockend. Wir bogen in Richtung einer schmucken Gemeinde ab und kurvten wie ein überlanger Wurm auf einer Allee, welche von Weideland umgeben war.

Wir parkten auf einem ausgewiesenen Parkplatz und gingen einige Meter zu Fuß in Richtung eines am Ortsrand gelegenen rustikalen aus Fachwerkgebäuden bestehenden Reiterhofgutes, das nun als Gasthaus und Café genutzt wurde und das - sicher dank seines Flairs - für die Anmietung Zwecks vergleichbarer Feiern äußerst beliebt war.

»Es ist total schön hier. Ich habe vorher schon Bilder von der Location gesehen«, schwärmte Sofia.

Sie nahm meine Hand und zog mich in Richtung des Eingangsbereiches. In den Hof führte ein großes Tor, durch das nun Pärchen und Familien guter Dinge hineinspazierten. Im gepflasterten Innenbereich standen dekorativ eine alte Pferdekutsche und winterharte Kübelpflanzen.

Das Fest nahm seinen Lauf. Es wurde vorzüglich gespeist. Kuchen. Kaffee. Dann ein Buffet. Wir unterhielten uns, amüsierten uns, tanzten und beobachteten einige kurzweilige und putzige Präsentationen und Darbietungen. Dann begann der lebhaftere Teil des Abends. Die Tanzfläche begann sich zu füllen. Schlager, Popmusik, Klassiker, alles war dabei. Lust an der Musik erfüllte uns. Wir tanzten immer schon gerne. Also schlossen wir uns an und begannen zunächst verhalten und dann immer ausgelassener die Arme passend zum gespielten Stück hin und her zu werfen, kreisen zu lassen, sie nach oben zu strecken, mit den Fingern zu schnipsen und von einem Bein aufs andere zu hüpfen. Immer mehr Anwesende fühlten sich angespornt, sich dabei anzuschließen. Als dann die ersten Takte von Bon Jovis *Bed of Roses* anklangen, sahen wir uns gegenseitig mit einem verliebten Lächeln in die Augen. Ich zog Sofia an mich heran und tanzte mir ihr zu diesem romantischen Song eng aneinander gebunden. Sie genoss dieses sichtlich. Wir ließen uns zum lauten Klang der Melodie fallen, spürten unsere gegenseitige Berührung und die harmonischen zum Rhythmus passenden Bewegungen, küssten uns, fielen in einen Rausch und vergaßen fast die vielen Menschen um uns herum durch die schwache Beleuchtung. Hin und wieder ließ ich für Augenblicke meinen Blick zu den anderen tanzenden Paaren und Einzelpersonen abschweifen und nahm auch all jene wahr, die mit einem Glas in der Hand am Rand standen lächelnd das bunte Treiben beobachteten oder in kurzweilige Gespräche vertieft schienen. Dann wandte ich mich jeweils wieder ganzherzig meiner geliebten Frau zu. Das Lied erschien wie im Flug vorbeizurauschen. Wir lösten unsere Berührung auch beim nächsten flotteren Song nicht, sondern fielen in einen Diskofox Tanzschritt, der hervorragend dem Takt anzupassen war. Hiernach streute der DJ wieder ein langsameres Lied an. *Forever Love* von Gary Barlow. Und das wirkte noch romantischer auf uns. Wir tanzten eng umschlungen und unsere Wangen berührten sich. Ich schloss meine Augen. Öffnete sie. Was ich dann sah, konnte ich zunächst nicht glauben. Da standen duzende mir unbekannte Menschen in meinem Blickfeld und inmitten der Gruppe stand eine Person mir zugewandt, die ich zu erkennen glaubte. Wir bewegten uns so langsam, dass meine durch die Ablenkung bedingte Schwerfälligkeit nicht von meiner Frau bemerkt wurde. Nach der nächsten Umdrehung blickte ich erneut hinüber, um meine erste Beobachtung zu konkretisieren.

Das ist unmöglich, schoss mir augenblicklich wie eine Ohrfeige in den Sinn. Ich blieb stehen und starrte in ihre Richtung.

Meine Stimmung schlug sofort um. Ein unwirkliches Gefühl machte sich breit und meine Kehle war augenblicklich wie zugeschnürt.

Das Kleid, die langen Haare und die Art wie sie dastand. Ihr Kopf war gesenkt. Wie der eines geprügelten Kindes. Sie stand dort, mitten in der Gruppe der Hochzeitsgäste.

Ich war mir sicher, dass das genau die Person war, die ich in meinen Träumen gesehen hatte. Ich schaute von ihr weg und wieder hin. Sie war immer noch da. Im Hintergrund lief die Musik weiter, erreichte dabei aber mein Herz nicht mehr.

Diese Wahrnehmung traf mich in einem Moment der Sorglosigkeit wie ein Stromschlag.

Sofia entfernte sich etwas und sah mich überrascht an.

»Was hast du Schatz?«

Ich erwiderte ihren Blick, fand aber keine Worte.

Ihre geschockte Mimik verriet mir, dass ich leichenblass geworden sein musste. Kalter Schweiß bildete sich auf meiner Stirn.

Ein Schwindelgefühl kam in mir auf.

»Mir ist nicht gut. Ich muss mal an die frische Luft«, stieß ich etwas grob heraus.

Ich ließ Sofia stehen und torkelte in die Richtung, in der ich vor wenigen Momenten die Frau gesehen hatte.

Sie stand nicht mehr dort. *Wo ist sie hin?*

Mit starrem und schockiertem Ausdruck marschierte ich durch die Personengruppen hindurch. Keine Ahnung, ob irgendjemand sonst meine Wandlung bemerkt hatte.

Wohin ist sie nur gegangen?

Sie war einfach nicht aufzufinden, obwohl ich hektisch meinen Blick über die Menge schweifen ließ.

Das gibt es doch nicht.

Mir wurde übel.

Ich begann, an meinem Verstand zu zweifeln.

Lief durch den Festsaal, in das Foyer, untersuchte die Garderobe. Nirgends konnte ich sie finden.

Vielleicht ist sie draußen?

Es war kalt, als ich nur mit meinem etwas verschwitzten Hemd bekleidet nachsah.

Noch mehr Zweifel an meiner Wahrnehmung stiegen in mir auf.

Aber was ich sah erschien so real und eindringlich gewesen. Mein Magen schmerzte. Es trieb mir noch mehr kalten Schweiß auf die Stirn. Mein Herz begann heftig zu schlagen. Ich bekam nicht richtig Luft, löste meine Krawatte und versuchte, einige tiefe Atemzüge zu nehmen und mich zu beruhigen. Dann lehnte ich mich gegen das kalte Gemäuer und schlug mit der Faust verzweifelt dagegen. Es schmerzte.

Eine Hand lag mit einem Mal auf meiner Schulter.

Ich erschrak. Drehte mich unverzüglich um.

»Schatz? Was ist den los mir dir?«

Sofia.

Sie war ehrlich besorgt um mich.

Ich antwortete lakonisch.

»Mir wurde irgendwie schlecht«, stammelte ich eine Ausrede und wich ihrem Blick aus.

»Du holst dir hier draußen doch den Tot. Komm lass uns reingehen und trinke mal ein Glas Wasser.«

Den Vorschlag quittierte ich mit einem Nicken. Sie hakte sich bei mir unter, um mich zu stützen. Beim Wiederbetreten der warmen Räumlichkeiten warf ich noch einen Blick nach draußen, konnte aber in der Abenddämmerung immer noch nichts erkennen.

Für den Rest des Abends war meine Stimmung dahin, obwohl ich es schaffte, mich zu fangen, da ich mir meine tiefe Verunsicherung nicht anmerken lassen wollte. Sofia spielte aus Liebe mit. Zunächst trank ich einen doppelten Schnaps. Das half etwas. Ich malte mir nur aus, dass meine liebe Frau spätestens, sobald später die Fahrer- und Beifahrertür unseres Autos geschlossen wäre, die Frage stellen würde, was genau vorgefallen war.

Sie bestand, als wir darangingen zu gehen, darauf, selbst zu fahren.

Die Heimfahrt verlief unerwartet wortlos.

Offensichtlich ging sie davon aus, dass ich mir eine Erkältung oder eine Magen-Darm-Grippe eingefangen hätte.

Ich nickte im Laufe der langen Fahrt aus Erschöpfung für eine Weile ein.

Dann wachte ich wieder auf, da wir über eine Unebenheit gefahren waren.

Schaute noch etwas schläfrig nach vorne. Musik lief im Radio.

Eine Kurve nach der anderen.

Es war nebelig. Die Scheinwerfer warfen einen hellen Schein auf den weißen Dunst, durch den wir uns an den Pfosten orientiert vorsichtig bewegen. Aus dem Nichts tauchten am Straßenrand Bäume und Sträucher auf und verschwanden wieder. Sofia fuhr vorsichtig und konzentriert.

Eine langgezogene Rechtskurve.

Erschöpft lag ich schwer auf meinem leicht nach hinten geneigten Sitz. Die Augen zeitweise geschlossen. Dann wieder geöffnet.

Dann eine langgezogene Gerade.

Wir fuhren in ein Waldstück.

Mein Gott. Was ist das?
Entsetzen ließ mich hochfahren.
Ich riss die Augen weit auf und brüllte schrill.
»Achtung! Stopp!«
Sie ist es.
Vor uns auf der Straße. Eine Frau. In einem langen Kleid.
Nur Sekunden Zeit.

Sofia bremste voll.

Das ABS schlug an und das typische Ruckeln schüttelte uns durch.

Trotzdem rutschte das Auto kurz und brach hinten nach links aus, da auf der Straße feuchtes Laub lag.

Kam quer auf der Fahrbahn liegend zum Stehen.

»Was ist denn los?«, stieß Sofia panisch heraus?

»Wir müssen sie überfahren haben«, krächzte ich völlig außer mir.

Ich öffnete die Tür, stolperte aus dem Wagen und rutschte aus. Rappelte mich auf und rannte zurück. Es war nach wenigen Metern hinter dem Auto stockdunkel. Auch Sofie stieg aus und rief verzweifelt nach mir.

»Was ist den mir dir? Da war doch niemand?«

Ihre total verängstigten Worte drangen nicht zu mir vor. Die Silhouette der Frau auf der Straße war noch deutlich in meiner Erinnerung. *Wie ist sie nur so schnell hierhergekommen?*

Verzweifelt sah ich mich um und ging einige Meter dem Nebel entgegen in die Dunkelheit.

»Komm zurück, dass ist doch gefährlich! Was ist mir dir«, befahl mir Sofia flehentlich.

Ich hatte Schwierigkeiten, mich zu sammeln.

Langsam bemerkte ich, dass ich fror und mitten in einem Waldgebiet direkt hinter einer Kurve auf einer vom Nebel bedeckten Straße stand. Meine Knie wurden weich. Ich wankte. Sank zusammen und stützte mich mit einer Hand auf der Straße ab.

Eine Hand griff nach mir.

Ich zuckte zusammen und fuhr zurück.

Es ist wieder nur Sofia. Gott sei Dank.

»Du brauchst Hilfe, Frank. Du brauchst Hilfe!«

Tränen traten aus ihren Augen, während sie diese verzweifelten eindringlichen Worte formte, ohne in vollem Umfang abzusehen, was mich alles beschäftigte. Sie war bestürzt über mein Verhalten. Niemand, dessen Partner solche Anwandlungen zeigt, kann damit ohne starke Verunsicherung und Angstgefühle umgehen. Man kann es nicht greifen und einschätzen.

»Ich weiß…«, antwortete ich, nachdem ich mich wieder gefangen hatte.

»Ich, ich kann nicht mehr. Ich habe sie gesehen. Sie stand auf der Straße.«

»Wer denn? Wer stand da?« Auch diese Aussage musste sie aufs tiefste verschreckt haben, da ich mit meinen Erlebnissen der letzten Monate nicht offen umgegangen war.

Ich brach unter Tränen zusammen und sie umarmte mich. Da war keine Kraft mehr, eine Fassade aufrecht zu erhalten. Nach wie vor standen wir auf dem Asphalt und hatten Glück, dass in diesen Minuten kein Auto um die Kurve kam, sonst wäre eventuell noch eine schlimmere Katastrophe passiert.

Kurz darauf saßen wir im Auto und setzten die Fahrt wortlos fort. Ich bemerkte voller Schuldgefühle trotz meiner Indisponiertheit, dass meine Frau schwer atmete und sich mit der rechten Hand den Bauch hielt. Vermutliche hatte sie Schmerzen. Kein Wunder angesichts des Schocks, den sie wenige Augenblicke vorher erlebt hatte.

Von diesem Tag an erlebte ich erneut ungefähr zwei Wochen lang eine noch tiefgreifendere Phase der inneren Verwirrung und Verunsicherung, die überwunden zu haben ich eigentlich gehofft hatte. Immer wieder wurde ich in alltäglichen Situationen von unerklärlichen Angstattacken und Panikgefühlen heimgesucht. Ich vermied richtiggehend größere Menschengruppen. Schwermütigkeit und Selbstzweifel ergriffen Besitz von mir. Und das Schlimmste war, dass ich mir diesen Prozess weiterhin nicht herleiten konnte. Meine Konzentration auf der Arbeit ließ massiv nach und ich verabschiedete mich mehrfach vorzeitig mit dem Verweis auf mein Unwohlsein. Zunehmend konnte ich meine Problematik nicht mehr verbergen. Meine innere Kraft wich aus mir heraus. Sukzessive bereitete mir nichts mehr Freude.

Meine Frau ließ mich die ersten Tage in Ruhe, ohne groß Fragen zu stellen. Auch sie musste die Ereignisse an diesem Abend erstmal verarbeiten. Eines Tages versuchte sie, mich darauf anzusprechen, aber ich vertröstete sie. Etwas hielt mich davon ab, zu reden – ich konnte es irgendwie (noch) nicht. Zu sehr hielt ich an meinem gewohnten Muster fest, nur wenig über eine eigene Schwäche zu sprechen und mein Innerstes auszubreiten. Bevor ich das konnte, musste ich noch mehr leiden. So sehr, dass ich es nicht mehr anders ging.

Sofia realisierte schließlich trotzdem, dass mit mir etwas überhaupt nicht stimmte, dass ich dies nicht mehr alleine bewältigen konnte und übernahm die Initiative. Kritischen Herausforderungen ausgesetzt, reagierte sie bewundernswert zielgerichtet, strukturiert und lösungsorientiert. Sie kompensiert auf diese Art ihr eigene Sorge. Ich war schließlich mit einer Medizinerin verheiratet und zwar mit einer Guten. Nachdem sie an einem besonders üblen Tag sichergestellt hatte, dass meine Körperfunktionen im Lot waren, ich im Bett lag, ein Beruhigungsmittel eingenommen hatte und die Augen geschlossen hatte, begab sie sich in unser Arbeitszimmer und begann zu telefonieren. Ihr Netzwerk aus Studien- und Facharztausbildungszeiten war in der Frankfurter Ecke groß und sie suchte nach der Empfehlung eines guten Spezialisten in unserer Gegend, bei dem ich therapeutische Unterstützung finden sollte. Sie hatte schon des Öfteren geäußert, dass man besonders im Bereich der Psychologie genau darauf achten sollte, wem man sich anvertraute. Nach einigen Stunden hatte sie eine Liste mit vielversprechenden Namen erstellt, die sie am nächsten Tag kontaktieren würde.

Kapitel 8

Am nächsten Morgen sprach Sofia mich mit einem ernsten und ruhigen Tonfall an.

»Frank, ich denke, dass du eine mittelschwere Depression hast. Du hast dich verändert und leidest unter einem extremen Stimmungstief und ungewöhnlichen Wahrnehmungen. Ich weiß, dass dir das alles nicht leicht fällt, aber du brauchst Hilfe. Ein Kollege wird dich erstmal zwei Wochen krank schreiben und ich möchte, dass er dich an einen Psychotherapeuten überweist. Du solltest das angehen, damit es nicht noch schlimmer wird. Und ich werde für dich da sein.«

Ich konnte weder widersprechen noch irgendeine starke Regung zeigen. Sie hatte absolut Recht. Daher nickte ich zustimmend und bedankte mich mit schwacher Stimme. Es war mir unbeschreiblich unangenehm, da ich es gewohnt war nach außen hin unverletzlich und dauerstark aufzutreten. Aber das konnte ich jetzt nicht mehr. Ehrlich gesagt, war ich zutiefst verängstigt und der Boden unter mir wankte.

Mir schnürte es die Kehle zu, wenn ich meine Augen schloss und an diese Gestalt dachte, die ich vor dem Auto auf der Straße stehend gesehen hatte. Ich hielt es für wahrscheinlich, dass ich kurz eingenickt war, diese Szene geträumt und nach dem Aufwachen einen riesigen Schreck bekommen hatte. Aber das Bild dieser Person war deutlich und detailliert vor meinen Augen. Das dunkle lange Haar. Sie trug keine Schuhe. Der Kopf war seitlich nach unten geneigt. Sie wirkte wie ein Gespenst und tauchte nicht nur in meinen Träumen, sondern vor dem Auto auf der Straße auf. Das Erlebnis erinnerte mich an eine Szene aus dem Film *Gothika*. Und dann war ja auch noch das noch Schlimmere, dass ich sie nämlich auf dem Fest zu sehen geglaubt hatte. Das vor dem Hintergrund der Träume, die auf dieselbe Symbolik hinwiesen und tiefe Spuren in meiner Psyche hinterlassen hatten. *Was hat das alles zu bedeuten? Was geht nur in mir vor? Bin ich psychisch krank? Waren das Wahnvorstellungen? Halluzinierte ich? Oder waren es Anzeichen einer emotionalen Überforderung und Signale der Seele?* Ich begriff langsam immer mehr, dass ich Unterstützung brauchte und mit jemandem offen über all das sprechen musste, der sich auskannte.

Sofia saß bei mir am Bett und blickte mich liebevoll an.
»Ich habe schon bei deiner Arbeit angerufen.«
Ich nickte zustimmend.
»Schatz, ich mache mir so große Sorgen.« Ihre Augen wurden feucht, sie unterdrückte ihre starken Gefühle, um mich nicht noch zusätzlich zu belasten. Sie nahm meine Hand und drückte sie fest.
»Wir werden das zusammen schaffen. Ich hatte nicht bemerkt, dass es dir schlecht geht, da ich mit mir selbst beschäftigt war. Das tut mir Leid. Ich möchte es gerne verstehen. Das ist echt schwierig - das weiß ich - aber bitte erzähle mir, was in dir vorgeht und warum.
Ihre Liebe und Sorge berührten mich. Wir hatten uns einmal zeitweise verloren, aber das tiefe Band zwischen uns war nicht zerrissen. Es fühlte sich bestärkend an, dass sie da war. Innerlich fühlte ich mich aufgekratzt, als hätte man mich unter Strom gesetzt, und gleichzeitig geschwächt. Kaum Selbstvertrauen war mehr in mir. Wenn Bedrohungen und Angriffe von Außen kommen ist es eine Sache, aber wenn man sich auf die eigenen Sinnesorgane und innere Stabilität nicht mehr verlassen kann und das innere Pendel sich nicht mehr

einschwingt, zieht einem das den Boden unter den Füßen weg. Für unveränderlich gesund und ausgeglichen hielt ich mich immer und wurde nun eines besseren belehrt.

Ich öffnete mich meiner Frau und berichtete ihr unter Tränen alles, was ich mit meinem aktuellen Zustand in Verbindung brachte und, dass ich sie aufgrund ihrer Schwangerschaft schonen wollte. Ohne sie als Verbündete würde ich das alles ohnehin nicht überstehen.

Wenige Tage später brachte sie mich zu einer Psychotherapeutin. Sie hatte den Termin arrangiert und es handelte sich wohl um eine sehr erfahrene renommierte Fachfrau. Ihr Name war Dr. Sibylle Braumann. Sie wirkte, mit ihren recht kurzen, aber sorgfältig zurechtgemachten hellblonden Haaren, sowie in der weißen Bluse, dem schwarzen Rock und den High-Heels an den Füßen, äußerst elegant. Mir fiel auch die große modische Brille mit einem schwarzen Rahmen auf, deren dunkles Band an ihren Wangen herunterhing. Meine erste Begegnung mit ihr weckte direkt Vertrauen in mir, denn sie war gleichzeitig freundlich, distanziert und einfühlsam. Zunächst wurde eine körperliche Ursache für mein Befinden ausgeschlossen. Großes Blutbild. CT. Usw. Die Spezialistin schloss eine noch ernsthaftere psychische Erkrankung zunächst aus und diagnostiziert eine mittelschwere Depression, deren Ursache sie in meinem eigenen psychischen System und gewissen Umbrüchen in meinem Leben vermutete. Sie ließ mich ellenlang erzählen und schob meinen Redefluss durch geschickte Fragen immer wieder mal an, wenn ich den Schwung verlor. Wir begannen bei den aktuellen Ereignissen anlässlich der Hochzeit und fuhren fort mit meinen Träumen. Ich dachte vor und während der Gespräche intensiv nach und begriff vollständig, dass in mir eine Wandlung stattfand. In den ersten Wochen hatte ich jeweils drei Termine und ich erhielt auch Medikamente, die meine Stimmung aufhellen und so die Behandlung unterstützen sollten. Beate, Klaus, Uta und meine Mutter erkundigten sich mehrfach nach mir, ich bat aber darum zunächst mal bis zu einem Grad, selbst damit klarkommen zu wollen. Sie akzeptierten dies.

Dr. Braumann redete relativ wenig während der Sitzungen sondern steuerte geschickt meine Selbstreflexion durch offene Fragen. Von Zeit zu Zeit zog sie ein Fazit und gab mir wertvolle Denkanstöße. Ich verstand nach und nach, dass ich in meinem Familiensystem nicht wirklich gelernt hatte, über Gefühle und innere Konflikte zu kommunizieren. Die Trennung meiner Eltern und der Umgang mit den vorangegangenen Streitigkeiten hatte mich wohl mehr geprägt, als ich dachte. Wir sprachen über die Veränderungen in meiner Ehe, die Belastungen durch den zunächst nicht erfüllten Kinderwunsch und das Wegbrechen des sozialen Umfeldes. Relativ schnell stellte sich eine Besserung ein und meine tiefe und trübe Periode der Schwermut hellte sich zunehmend auf.

Sofia traf sich zwischenzeitlich - wie sie mir später berichtete - mit Beate. Sie unternahmen einen Spaziergang durch Baden-Baden und hatten eine anschließende gemeinsame Tasse Kaffee geplant. Während sie nun durch die Straßen schlenderten bemerkte Beate die Besorgnis und Zerknirschtheit ihrer Freundin.

Die Frau meines besten Freundes war und ist eine natürliche, starke und humorvolle Person, die auf manchen vielleicht im ersten Moment etwas derb wirken konnte, aber die zuweilen erstaunliches Einfühlungsvermögen verriet. Ihre Haare sind seit ich sie kenne kurz geschnitten und ich könnte ihrer Frisur keinen Namen geben. Sie konnte notfalls auch mal recht schroff wirken, was ich teilweise mit einem Schmunzeln beobachten konnte, wenn wir gemeinsam unterwegs waren. Allerdings sah man ihn ihren Augen und ihrem Lächeln eine berührende Wärme und sie wäre bestimmt eine fantastische Mutter geworden. Letzteres war den beiden - aus welchen Gründen auch immer - nicht vergönnt geblieben.

»Du bist heute sehr in Gedanken, oder?«, fragte sie mitfühlend und ehrlich auf eine Antwort hoffend.

»Ja Beate, ich bin voller Sorgen und es belastet mich, dass mein Mann aus scheinbar heiterem Himmel eine solche Krise durchmacht. Es ist kein gutes Gefühl in dieser Zeit, in der ich mich gerne mit ganzer Kraft auf meine weit fortgeschrittene Schwangerschaft konzentrieren würde, stattdessen mit solchen Problemen belasten muss. Ich liebe ihn von ganzem Herzen und zweifele meine Treue zu ihm nicht grundsätzlich an, aber ich habe gleichwohl nun eine Phase erreicht, in der ich öfters daran denke, einfach wegzulaufen. Meine starke Rückhalt bietende Fassung weicht langsam einer ansteigenden Verzweifelung.«

Tränen rannen über ihre Wangen. Normalerweise sprach sie über interne Beziehungsprobleme nicht gerne mit Dritten, aber nun musste sie einfach mal eine Ausnahme machen und die Gelegenheit nutzen, um ihr Herz auszuschütten.

»Ich habe doch meine eigenen Dämonen«, brach es aus ihr heraus und sie verbarg das nun tränenüberströmte Gesicht in ihren Händen. Beate legte den Arm mitfühlend um sie und streichelte über ihren Kopf.

Wenn Sofia von ihren Dämonen sprach, dann erinnere ich mich stets an Berichte über ein kleines Mädchen, dass es ihrem Vater niemals recht machten konnte, woran auch die im Familiensystem wenig machtvolle Mutter nichts änderte, und, das in den Teenagerjahren wohl aus jahrelanger mangelnder Wertschätzung auf besonders extreme Weise rebellierte. Irgendwie hatte sie das Glück damals nicht an die total Falschen zu geraten und bekam die Kurve, da sie auch schon früh in sich den Wunsch entdeckt hatte, Medizinerin werden zu wollen. Ungeachtet dessen wusste ich, dass sie die in jener Zeit mental hinterlegte Programmierung nicht komplett ablegen konnte, was manchmal in einem schwachen Selbstwertgefühl mündete. Dieses konnte man ihr aber wirklich nur anmerken, wenn man sie besser kannte. Und ich beobachtete diese Zusammenhänge deutlich ausgeprägter als andere, da ich dann in der Folge unterstützend auf sie einging – zumindest auf meine Art. Sie wiederrum war vielleicht nur noch mit mir zusammen, weil sie eine gewisse emotionale Ignoranz von ihrer Kindheit her gewohnt war.

»Ich verstehe dich gut, meine Süße«, reagiert Beate einfühlsam.

Sofia blickte sie mit verquollenen Augen an.

»Meine Eltern haben seit Ewigkeiten nicht mehr mit mir gesprochen und es belastet mich sehr. Mir ist die Ausgeglichenheit meines Mannes wichtig. Auch wenn er in den letzten Jahren nicht sonderlich aufmerksam war. Ich dachte aber, dass er in letzter Zeit durch seine neue Vaterrolle ein wenig anders geworden wäre. Und jetzt das. Wie soll man einen Feind bekämpfen, der immer heimlich zu Besuch kommt und, den nur einer der Partner sehen kann? Wie kann man damit umgehen, dass jemand innere unterbewusste Konflikte bekämpft, die man nur teilweise nachfühlen oder nachvollziehen kann? Gerade auch, weil er so verschlossen ist. Es wird langsam einfach unerträglich.«

Beide blieben stehen. Sofia kämpfte gegen die laufenden Tränen und versuchte, sich den äußeren Ausdruck ihres inneren Zustandes aus den Augen zu reiben. Sie seufzte.

Beate nahm sich vor, eine Grenze zu überschreiten und mehr über die Hintergründe dessen in Erfahrung zu bringen, was ihre Freundin so bedrückte.

»Meine Liebe. Wir machen uns schon so lange Gedanken um euch, haben euch aber gemäß eurem Wunsch damit in Ruhe gelassen. Wenn du mir berichten möchtest, was los ist, dann habe ich ein offenes Ohr für dich.«

Meine Frau rang mit sich, da sie keine Geheimnisse offenbaren wollte, aber dann entschloss sie sich auf eine respektvolle Weise ihrer guten Freundin zu berichten, was geschehen war. Diese hörte mit ehrlichem Interesse zu. Nachdem Sofia alles berichtet hatte, sprach Beate ihr Mut zu und bot an, dass sie sich, jederzeit wieder aussprechen konnte.

»Ein Gutes hat das alles schon – liebe Beate – Frank hat sich irgendwie wirklich verändert. Er ist nicht mehr ganz so überheblich, sondern demütiger geworden. Ja, das ist das richtige Wort. Und er wirkt auch verständnisvoller. Ich hoffe nur, dass er die Kurve bekommen wird, sonst muss ich vieles fast alleine bewältigen. Und ich wünsche mir doch, dass er diese Zeit, in der sich ein so großer Wunsch unsererseits erfüllt, glücklich ist.«

Wie froh bin ich, dass Beate meiner Frau dieses Gespräch ermöglicht hatte. Sie musste dann auch ihrem Mann offenbart haben, was mit mir los war. Mittlerweile bin ich dankbar, dass sie sich daraufhin - ohne mein Wissen - intensiv über mich Gedanken machten und aus ihrem eigenen Erfahrungshintergrund heraus überlegten, was zu meinen Schwierigkeiten geführt haben konnte und was meine Erlebnisse bedeuten konnten.

In einer Sitzung mit meiner Therapeutin, von der ich mir viel erwartete, wollten wir intensiv über die Bedeutung der mir widerfahrenen Träume sprechen.

Ich saß ihr gegenüber auf der Couch und versuchte mich auf ihre Bitte hin ausführlich an die Bilder und Gefühle zu erinnern, die ich in diesen Nächten durchlebt hatte. Ich berichtete erneut alle Einzelheiten.

»Es war unglaublich real und andersartig, als die vielen tausend Träume, die ich sonst erlebt hatte. Ich denke, da waren schon viel schlimmere Albträume dabei, aber keiner hatte mich so dermaßen umgehauen.«

»Wissen Sie, ich bin keine ausgewiesene Traumexpertin, aber ich möchte versuchen, den Stand der Wissenschaft hierzu zusammenzufassen. Träume sind laut Freud ein Königsweg, um das eigene Unbewusste zu erforschen. Zum Unterbewusstsein haben wir im Wachzustand keinen Zugang, es speichert aber alle unsere Erfahrungen und beeinflusst dadurch wesentlich unsere Gefühle, Ängste, Wertungen, Vorurteile, Denk- und Verhaltensweisen. Im Traum werden nun solche Inhalten, aber auch aktuelle Erlebnisse, verarbeitet und ausgedrückt. Hierfür verwendet das Gehirn eine Art Symbolsprache. Träume besser zu verstehen ist - kurz gesagt -

ein Weg zur Selbsterkenntnis und kann die eigene Selbstverwirklichung befördern. Sie sind also eine große Chance. Die wissenschaftlich basierte Traumdeutung unserer Tage wurde von Forschern wie Freud und Jung begründet. Aber bereits in der Antike sprach man ihnen bereits Bedeutungen zu, bei denen oftmals göttliche und dämonische Quellen vorausgesetzt wurden. Nun gehe ich mal etwas ins Detail.

Es gibt ganz viele unterschiedliche Traumarten. Träume handeln von Angst, Panik, Freude, Liebe, Lust, sie weisen auf Schwierigkeiten oder Lösungen hin und haben im Grunde die Aufgabe der Verarbeitung aller eigenen Erfahrungen. Sie sind ein Weg zur Selbsterkenntnis, da sie Botschaften aus dem Unterbewusstsein vermitteln. Dabei enthalten sie bestimmte Muster, sowie wiederkehrende Inhalte und Symboliken. Jung sprach auch von Amplifikationen, also Elementen, die bei allen Menschen ähnlich als Symbole auftreten - wie Archetypen. Die Forschung beschäftigt sich mit diesen Mustern und Inhalten – aber nicht nur. Es geht auch um die Erlebnisform. Denn Träume sind nicht lediglich Bilder, die Menschen wie einen Film in der Nacht sehen, sie können auch interaktiv sein oder gar im Wachzustand auftreten. Die Traumdeutung folgt nicht einer festgelegten Methode oder irgendwelchen festen Dogmen. Man kann sie auch nicht nach schlichten Formeln berechnen. Sie funktioniert anders. Seine Träume zu deuten ist gewissermaßen ein Frage- und Antwortspiel.

Man beginnt in Anlehnung an Freud mit dem so genannten freien Assoziieren. Man geht von den Traumsymbolen aus und hält alles fest, was einem dazu in den Sinn kommt, auch wenn es auf den ersten Blick noch so absurd erscheinen mag. Traumsymbole kann man entgegen dem, was man im Internet so teilweise vorfindet, nicht in einem Lexikon nachschlagen, da es keine festgeschriebenen Definitionen geben kann. Alle Traumsymbole verfügen zwar über einen Bedeutungspool, aber es ist auch möglich, dass das Symbol in einem bestimmten Traum eine ganz andere Bedeutung hat. Ergibt keine der geläufigen Interpretationen Sinn, befindet sich die Antwort möglicherweise in einer zuvor absurd erschienenen Idee. Schauen Sie, ich habe Ihnen einen Ausdruck des Suchbegriffs Frau aus dem Internet von der Seite *traumdeutungtraumsymbole.de* erstellt.

Sie erkennen, dass es bei diesen überlieferten Symboldeutungen eine Unzahl an Varianten gibt und es schwer ist, hier eine klare Richtschnur abzuleiten. Weist die Frau, die sie sehen, auf unterdrückte weibliche Anteile Ihres Wesens hin? Oder auf unerfüllte sexuelle Wünsche? Sie hatten doch mal für sich aufgeschrieben, welche Begriffe ihnen spontan in den Sinn kommen, wenn Sie sich an die Bilder und die Wahrnehmung der Umgebung in den Träumen erinnern. Können Sie mir dies schildern? Schließen Sie bitte die Augen dabei und nehmen Sie sich Zeit.«

Ich hatte gespannt zugehört und kurz diese doch recht verwirrende Quelle quer gelesen. Nun konzentrierte ich mich auf ihre Frage und servierte die Begriffe mit merklichen Unterbrechungspausen.

»Vertrautheit... Neugierde... Rot und gelb... Schönheit... Liebe... Fürsorge... Mitgefühl... Und dann Bedrohung... Angst... Heimsuchung... Es war mir, als kannte ich den Ort. Ich konnte es zunächst mit keiner alltäglichen Situation verbinden. Später dachte ich an die Veränderungen durch die Vaterschaft oder auch, dass meine Ehe abgeflacht war und teilweise gefährdet zu sein schien. Aber ich bin mir fast sicher, dass es nichts damit zu tun hatte. Keine Ahnung weshalb.«

»Vielen Dank. Das sind schon ein paar gute Ansätze. Es sollte beim Deuten von Träumen auch auf Details geachtet werden, die ihre Bedeutung beeinflussen können. Träumt man von einem Tier, ist es als Symbol erstmal entscheidend. Hat das Tier allerdings etwas Ungewöhnliches an sich, wie zum Beispiel eine Farbe oder eine bestimmte Verhaltensweise, dann kann das für die Bedeutung interessant sein. Zu diesen wichtigen Details gehören ebenfalls alle weiteren groben Normabweichungen. Damit meine ich zum Beispiel plötzliche Zeit- und Ortswechsel, Wiederholungen und Widersprüche. An dieser Stelle kann man bereits eine erste grobe Traumdeutung erstellen. Wiederkehrende Träume, sind Träume, die in gleicher oder abgewandelter Weise immer wieder auftreten. Hierbei tauchen – wie bei Ihnen - Trauminhalte wieder und wieder auf. Dieser Trauminhalt kann auf immer wieder dieselbe Art und Weise ablaufen oder aber mit größeren oder kleineren Abweichungen. Das kommt sehr oft vor. Sie können sich über Tage, Wochen, Monate oder sogar Jahre hinweg ziehen und müssen dabei nicht unbedingt jede Nacht auftreten. Behandelt man solche Träume mit wiederkehrenden Mustern nicht, können sie jemanden lebenslang belasten. Der Psychoanalytiker und Traumforscher bezeichnet Wiederholungsträume als bedeutende Träume, da sie durch eine immer wiederkehrende psychische Situation des Träumers hervorgerufen werden. Aufgabe des Traums ist hier, die Aufarbeitung dieser besonderen Situation ins Bewusstsein zu rufen. Laut Jung enthalten die meisten Wiederholungsträume sogar bereits die Lösungsansätze. Nicht selten muss bei der Deutung allerdings tief in der persönlichen Erinnerung gegraben werden, denn der Auslöser für das spezielle Problem und der wiederkehrenden Traumabläufe liegen meist weit zurück in der Vergangenheit. Erst nach dem Bewusstwerden dieser einschneidenden Erfahrung lassen die Träume nach. Es handelt sich hierbei oftmals um sehr unangenehme Albräume. Interessant ist, dass bei unterschiedlichen Menschen oft die gleichen Traumsymbole vorkommen. Ein häufiges Beispiel für ein solches, ist das Gefangensein - beispielsweise in einem kleinen Raum oder einem großen Gebäude. Hiermit verbunden ist oft das Empfinden der Hilflosigkeit oder des Verlorenseins. Dies kann darauf hindeuten, dass man sich in der Wachwelt einer bestimmten Situation nicht gewachsen fühlt oder man sich schlichtweg in seiner derzeitigen Lebenssituation oder Beziehung eingesperrt fühlt. Man kann auch davon träumen, lebendig begraben zu werden, zu ertrinken, verfolgt oder, von großen Wellen überrollt zu werden. Hört man das, denkt man intuitiv an eine Form von Hilflosigkeit bzw. Hoffnungslosigkeit einer Person, die man unterbewusst empfindet und nicht gut kompensieren kann. Ein schwaches Selbstvertrauen oder mangelnde psychische Hygiene können der Grund dafür sein. Daran kann man arbeiten, wenn man diesen Zusammenhang mal verstanden hat. Träumt man vom Fallen, kann es um einen Mangel an Kontrolle oder eine zu schwache Basis im Leben gehen. Der Boden unter den Füßen geht verloren oder fehlt. Ein weiterer, häufig wiederkehrender Traum ist, verfolgt zu werden. Träumt man davon – wie es von Mozart bekannt ist - verfolgt zu werden, kann es bedeuten, dass man vor einer Angst wegläuft, der man sich eigentlich stellen und die man bewusst bekämpfen müsste. Andere träumen immer wieder vom Fliegen, was auf Kreativität hindeutet und eigentlich positiv ist. Ich hatte mal einen Patienten, der einen

Teil seiner Familie verloren hatte und immer wieder von Begegnungen mit ihnen träumte. Häufige Widerholungen können auf starke Sehnsüchte und Wünsche hindeuten. Hier kann man die Verbindung ziehen, dass jemand sich nach der Beziehung zu einem verlorenen Freund oder Verwandten zurücksehnt. Eine weitere Ursache für Wiederholungsträume können verdrängte und unverarbeitete Erfahrungen sein. Die traumatischen Erlebnisse oder negativen Erfahrungen können weit in der Vergangenheit – meist in der Kindheit - zurückliegen. Das können unterschiedlich starke Erfahrungen sein. Die extreme Variante sind posttraumatische Belastungsstörungen, die auf ganz schlimme Traumata wie Missbrauch oder Gewalterfahrungen zurückweisen. Auch Angstpatienten oder Menschen mit Zwangstörungen haben häufig wiederkehrende Träume. Man kann in jedem Fall festhalten, dass diese Art von nächtlichen Erlebnissen immer Botschaften enthalten. Um diese zu verstehen, muss man die im Traum auftretenden Bilder und Symbole zunächst entschlüsseln und anschließend mit innerer Offenheit versuchen zu interpretieren. Man muss das mentale und spirituelle Bewusstsein öffnen, um einen Schritt weiter zu kommen. Geht man nicht so an die Sache heran, dann wird man es nicht schaffen und hier – lieber Herr Saulus – haben Sie ganz besondere Fortschritte machen können. Mit hinreichender Selbstreflexion bemerkt man schnell, dass Ängste im Alltag bewusst und unbewusst verdrängt werden. Die Verarbeitung der Ängste findet im Unterbewusstsein statt, welches für unsere Träume verantwortlich ist. Angstträume, wie die Ihren, enthalten Warnungen und weisen also darauf hin, dass man sich mit seinen Ängsten auseinandersetzen sollte. Hierbei helfen bestimmte Fragen: Was hat mir im Traum Angst gemacht? Wie habe ich auf die Angst reagiert? Welche Auswirkungen hatte meine Reaktion? Was wären die Alternativen? Bestehen Zusammenhänge zwischen dem Angsttraum und Ängsten im Wachzustand? Warum hatte ich den Traum zu diesem Zeitpunkt? Habe ich die geträumte Angstsituation schon einmal erlebt? Hatte ich diesen Traum schon öfter? Wenn ja, wann? Was ich insbesondere bei Ihnen festgestellt habe ist, dass eine Person immer wieder auftauchte und eine Art Bedrohung oder Verfolgung darstellte. Wobei es eher intensive und wenige Wiederholungen waren. Es sollte vielleicht darauf hinwirken, dass sie gewissen Anteilen ihrer Persönlichkeit mehr Achtung und Konfrontation widmen. Ein Detail war mir in Ihren Berichten noch aufgefallen, den ich noch nachgelesen habe. Die Farbe Rot hat eine Reihe von potentiellen Bedeutungen. Allgemein steht sie für Leben und Leidenschaft. Das ist jedoch sehr von Zusammenhang abhängig. Da tauchen auch Begriffe wie Lebendigkeit, Macht, Kampf, Zorn, Wut, Hass und Liebe auf. Alles sehr starke Ausdrucksformen. Man unterscheidet nun zwischen der Intensität des Farbtones. Bei Ihnen deutet das auf Liebe und auch ein wenig auf eine Form von Kampf hin.«

Nach dieser Therapiesitzung war ich müde und erschöpft. Nie davor oder danach hatte sie so viel selbst gesprochen. An diesem Tag wollte Sie mir Informationen vermitteln, auf deren Basis ich das Thema Traum besser verstand, die ich so konkret nicht kannte und die mir helfen sollten, meine Erfahrungen besser zu analysieren. Sie erklärte mir letztlich recht plausibel, dass die Person, die mir in meinen Träumen begegnet war ein Bild war, dass mein Unterbewusstsein gewählt hat, um mir Mängel und intrinsische Probleme klar zu machen. Sie sollten mir helfen, mich auf andere Weise mit bisher vernachlässigten Teilen meines Innersten auseinanderzusetzen und auch bestimmte Gesichtspunkte der Beziehung mehr in den Fokus zu stellen. Darüber hinaus erläuterte Sie mir, dass ungewöhnliche Wahrnehmungen im Wachzustand wohl mal passieren können, wenn man unter besonderem Druck steht, seelisch erschöpft ist und innere Konflikte nicht gut bewältigt hat.

Was ich an jenem Tag lernte, arbeitete in mir und wirkte wie Medizin für meine Seele.

Kapitel 9

Mein Wohlbefinden stabilisierte sich im Laufe der Zeit und ich fühlte mich zunehmend wieder stärker. Die Vorsätze mehr über das nachzudenken, was in mir vorging und auch dem Aspekt der Offenheit in der Beziehung zu Sofia mehr Bedeutung zu schenken, trugen gute Früchte. Ich begann sogar, dankbar zu sein, dass mir das alles widerfahren war, denn es half mir – wenn auch auf eine einigermaßen rigide Art – einen positiven Entwicklungsschritt zu bewältigen.

Ich saß schließlich einigermaßen selbstsicher vor meiner Ärztin, die sich über meinen Fortschritt freute und mich gewinnend anlächelte. Sie saß in ihrem modebewussten Hosenanzug an ihrem Schreibtisch, die Ellenbogen auf der Tischplatte aufgestützt, als würde sie mir etwas Bedeutsames verkünden wollen.
»Herr Saulus, wie geht es Ihnen heute.«
»Danke der Nachfrage. Mir geht es viel besser. Ich danke Ihnen von Herzen.«
»Dies habe ich auch schon beobachtet. Ich denke wir können die Intervalle unserer Sitzungen verlängern. Wir sollten nicht gänzlich darauf verzichten, aber Sie haben keine akuten Probleme mehr. Ich bin allerdings überzeugt, dass wir uns weiter sehen sollten, denn Schwierigkeiten, die man im Laufe der Jahre aufbaut, können nicht in wenigen Wochen gänzlich verschwinden.«
Euphorisch verließ ich an jenem Dezembertag das Behandlungszimmer und rief Sofia an. Ich wollte das feiern. Gut essen. Gut trinken. Und diese Episode hinter mir lassen. Ein neuer Mensch war aus mir geworden, davon war ich überzeugt. Ich fühlte mich völlig gesund und schlief

fantastisch. Selbstvertrauen und geistige Gesundheit kehrte zurück und im Laufe der Zeit auch ein wenig der gute alte humorvolle heitere Frank.

Wie sehr ich mich doch getäuscht haben sollte. Denn dieser aus meiner damaligen Sicht so wesentliche Schritt der Behandlung war nur der Anfang einer Reise, die noch viel weiter führen sollte. Die Erkenntnisse der Therapie waren ausgesprochen positiv und ein erster Schritt zum Verständnis des noch kommenden, entsprachen meinem bisherigen ICH aber viel mehr als es gut war. Alles ergab einen logisch ableitbaren Sinn. Für diese Phase war das perfekt, denn weiter hätte ich seinerzeit noch nicht gehen können.

Ich begann wieder zu arbeiten, was nicht unbedingt einfach war, denn in meinem Job darf man eigentlich nicht für längere Zeit ausfallen und mangelnde Belastbarkeit nach außen demonstrieren. Meine neue Stabilität und Kraft in die Wagschale werfend, gewann ich schnell die Achtung meiner Vorgesetzten und Kollegen zurück. Zusätzlich wallte mir auch eine Woge der Sympathie von einigen entgegen, die meine Krankheit, die Schwächephase und den Weg hinaus als sympathisch empfanden.

An jenem Abend war ich seit längerer Zeit mal wieder mit Klaus verabredet. Wir trafen uns in einer Bar und redeten sehr lange. Ich erzählte offen, was mir widerfahren war. Er hörte sich mit Geduld den Verlauf des Erkenntnisgewinns aus meinen Therapiesitzungen an. Schließlich war es mir wichtig, einige aufrichtige Worte an ihn persönlich zu richten.

»Klaus, ich danke dir und deiner Frau für das Verständnis. Ich weiß, dass ich oftmals kein wirklich guter Freund und Gesprächspartner war in den vergangenen Jahren. In diesem Bereich brauchte ich etwas Nachhilfe. Ich hoffe, dass wir das nachholen können.«

»So schlimm ist es nicht, mein Lieber.« Er klopfte mir aufmunternd auf die Schultern.

Klaus ist ein kräftiger und ungeheuer sympathischer Mann. Seine positive zufriedene Ausstrahlung und sein Humor glichen denen von *Doug Heffernan* in der Fernsehserie *King of Queens*. Ein echter Kumpel. Und dabei alles andere als oberflächlich, denn seit vielen Jahren aktiver Buddhist. Etwas, was ich zwar wusste, aber worüber ich sehr lange nicht mehr mit ihm gesprochen hatte.

»Weißt du – Klaus - nach alledem, dass ich durchdenken musste, sehe ich eure religiöse Hingabe mit ganz anderen Augen. Ich verstehe nun etwas besser, dass ihr solchen Aspekten ständig mehr Raum in eurem Leben eingeräumt habt. Dies hätte ich auch tun sollen, dann wäre mir eine schmerzliche Lektion womöglich erspart geblieben. Wie kam es eigentlich einst dazu?«

»Weist du mein Freund. Wir haben vor vielen Jahren häufiger mal über solche Dinge diskutiert. Tatsächlich war das in der letzten Zeit mir dir nicht mehr sehr angenehm. Nun, meine Frau und ich wuchsen in Elternhäusern auf, die sich in den 60er und 70er Jahren mit der fernöstlichen Religion beschäftigten. War damals nicht selten der Fall. Dadurch waren wir vorbelastet. Aber dies ist nun nicht dein Weg. Du bist anders geprägt. Wer wir sind, hängt halt immer damit zusammen welchen Bedingungen wir ausgesetzt sind. Aber nun hast du doch eine Tiefphase dazu genutzt, seelisch klüger zu werden. Das ist super.« Zu diesem Satz klopfte er mir aufmunternd auf die Schulter und nahm danach einen kräftigen Schluck des frisch gezapften Bieres.

»Meine Ärztin spricht von Resilienz, also innerer Widerstandskraft, die man durch gewisse Sicht- und Verhaltensweisen stärken kann. Manchmal ist es wohl so, dass man eher am Schwächsten ist, wenn man immer stark wirken will.«

»Ich verstehe sehr gut, was du meinst.« Er freute sich sichtlich, dass man mit mir nunmehr nicht mehr nur über Fußball, Autos, Politik und ähnliches, sondern auch einmal über etwas Bedeutenderes sprechen konnte. »Wir sprechen im Buddhismus von einem bestimmen Pfad, der zur Erleuchtung führt und der ist besonders verbunden mit Meditation und der Achtsamkeitspraxis, sowie einer Geisteshaltung, die wir Erleuchtungsgeist nennen. Diese programmiert dich sozusagen, bei jeder Gelegenheit und Begegnung zum Wohle aller die eigene Erleuchtung voranzubringen.«

»Ja stimmt, ich erinnere mich an diese Gedankengänge. Schließlich hat mich das alles vor extrem langer Zeit auch mal interessiert. Allerdings kann ich wenig mit den ganzen Ritualen und den detaillierten und recht fremdartig anmutenden Lehrgebäuden anfangen. Diese Faktoren hatten mich letztlich auch von der Kirche abgestoßen, wobei mir diese von der Sozialisierung her eigentlich noch näher war.«

»Verstehe ich. Mir wurde im Laufe der Zeit klar, dass all die Rituale, Erklärweisen, Lehren, Interpretationen, Symbole und so weiter im Grunde nur dazu dienen sollen, eine einfache Botschaft klar zu machen und in Erinnerung zu rufen. Man soll lernen, permanent auf sein Befinden, das Wechselspiel der Gemütszustände, die eigenen Antriebe und innersten Gedanken zu achten. Außerdem geht es darum, negative Wertungen und Geisteszustände durch heilsamen zu ersetzen. Und diese Ansätze sind völlig unabhängig von dem Glauben an einen persönlichen Gott oder das Leben nach dem Tod.«

Wir stießen auf diese Worte an und gingen zum Billardtisch.

Das Gespräch verschob sich für einige Zeit in Richtung der Frauen. Sofias Babybauch. Vorkommnisse in Beates Job. Sie war Lehrerin.

Wir verbrachten einen rundum angenehmen und entspannenden Abend und tranken vielleicht auch ein, zwei Bier zu viel. Ich erinnere mich allerdings noch sehr intensiv an die Worte, die wir kurz vor der Verabschiedung außerhalb der Bar wechselten.

Uns eigentlich zum Abschied gegenüberstehend sammelte sich Klaus sichtlich und richtete noch ein paar Worte an mich. Es war ein milder Abend und wir beide wurden von der Straßenlaterne und dem Lichtschein aus der Kneipe nur dürftig angestrahlt. Eine gemütliche Atmosphäre, nach der man sich bei einem Männerabend sehnt und die in einem guten Mischungsverhältnis mit dem Einfluss des kühlen Bieres zu manch ungeahnten philosophischen Leistungen und zur Festigung mancher Freundschaft beitragen konnte.

»Frank, ich habe viel über dich nachgedacht. Du bist mein bester Freund. Ich freue mich, dass wir nun vielleicht auch in unserer Freundschaft eine neue Seite aufschlagen können. Weißt du, es drängt mich dir seit lange etwas zu sagen, denn über Beate erfuhr ich bereits vor längerem, aus welcher Richtung das Problem kommt. Es geht im Leben darum, Zusammenhänge zu begreifen und dazuzulernen. Und es geht um das Karma. Alles, was wir oder andere Menschen tun, hat

Folgen. Was DU entscheidest, hat Folgen für dich und andere und umgekehrt. Ich möchte dir einen freundschaftlichen Tipp geben... nein, es ist eher eine Bitte. Du hast einen Weg gefunden, all diese Erlebnisse, die doch sehr ungewöhnlich und erschreckend waren, einzusortieren. Ich empfehle dir, nach neuen Perspektiven zu suchen. Das Bewusstsein ist eine vielschichtige und äußerst komplexe Struktur. Manchmal glaubt man, eine Wahrheit erkannt zu haben und folgt doch nur einer Illusion. Du hast etwas über Träume berichtet und deine Frau hatte ja auch schon im Vorfeld angedeutet, dass solche bei deiner Krise ein wesentlicher Faktor waren. Und du hast mir auch berichtete, welche sicherlich sehr klugen Interpretationen und Einsichten du hierzu erlangt hast. Im Buddhismus spielen Träume eine große Rolle und man hat bereits klare Erkenntnisse dazu vermittelt, als die wissenschaftliche Betrachtung dessen noch in den Kinderschuhen steckte.«

Ich hakte ein. »Im Christentum bzw. in der Bibel gibt es – wie ich mittlerweile weiß – auch eine Menge bedeutsamer Bezüge auf Träume. Diese waren meistens prophetischer Natur. Ich finde es nach meinen eigenen Erlebnissen enorm bemerkenswert, dass ausgerechnet dieses Medium oftmals bei dem Transport von tieferen Botschaften eine Rolle spielte. Einen Bedeutsamen habe ich sogar gekannt, obwohl ich es erstmal nachlesen musste, um mir dessen bewusst zu werden. Ich meine die Weihnachtsgeschichte. Da hatte doch der Vater Jesu in einem Traum eine Warnung erhalten und ist aufgrund dessen mit seiner Familie nach Ägypten geflohen. Gleichzeitig wurden von dem König Herodes alle Babys in Israel umgebracht, weil er sich vor der Geburt des künftigen Königs der Juden, der ein Rivale hätte werden können, fürchtete. Sehr eindrucksvoll.«

»Ja, stimmt. Ich habe das alles noch mal bezogen auf meine Religion nachgelesen. Im Buddhismus geht man davon aus, dass Träume ideenbildende Aktivitäten des Geistes sind. Wie auch andere Religionen gehen wir davon aus, dass Träumen eine prophezeiende Wirkung und Bedeutung haben kann. Das gilt jetzt nicht für jeden Traum, aber für manche schon. Letztere können eine besondere Auswirkung auf dass Leben und das Verhalten haben. Im tibetischen Buddhismus wird im Speziellen davon ausgegangen, dass alles Erlebte nur Einbildung ist. Träume werden als eine Methode interpretiert, um die illusorischen Eigenschaften der Realität zu verstehen. Dabei wird aber nicht die reelle Welt als Illusion gewertet, sondern alleine die Empfindungen, die uns dazu antreiben, auf bestimmte Art und Weise zu agieren. Träume können uns nach dieser Auffassung von Illusionen befreien. Laut Buddhismus kann durch das Träumen die Komplexität von Emotionen wie Angst, Verlangen und weiteren tiefliegenden Gefühlen und Konzepten klar werden. Besonders bei Albträumen zeigt es sich, wie intensiv das wache Bewusstsein mit den inneren und tiefgehenden Gefühlen und Vorstellungen verknüpft ist. Im tibetischen Buddhismus wurden Träume auch genutzt, um von Schamanen Krankheiten und, um Beziehungen der Lebenden zu den Geistern der Ahnen zu deuten. Es gab früher mal Frauen, die selbständig als Traumdeuterinnen aktiv waren. Man bat sie zu Hofe, um Ratschläge in Sachen Politik und Wohlstand zu geben. Übrigens ist auch der Glaube an die Wiedergeburt fester Bestandteil unserer Überzeugung. Und es gibt sogar die Auffassung, dass Träume teilweise Erinnerungen aus einem früheren Leben darstellen können. Dies kann besonders dann der Fall sein, wenn sich die Träume sehr real anfühlen und man Personen oder Orte in allen Details sieht, die man aus dem eigenen aktuellen Leben gar nicht kennt. Also weißt du, ich finde diese etwas aus dem Rahmen der westlichen Psychologie heraus fallenden Aspekte sehr interessant und es lag mir schon länger am Herzen, dir das zu erzählen.«

Das empfand ich damals auch so. Nachdenklich und auch etwas verwirrt bedankte ich mich und fuhr nach Hause. Ich begriff immer mehr, dass es keine klare und einfache Methodik gab, dieses Mysterium der Träume und weiter gefasst, viele Prozesse, die in uns ablaufen, einzuordnen und zu beurteilen. Man musste sich herantasten und aus vielen Mosaiksteinchen langsam ein Gesamtverständnis entwickeln. Im Wesentlichen hielt ich mich in der Folgezeit an der Deutung meiner Therapeutin fest und fuhr auch eine Weile sehr gut damit. Ungeachtet dessen hielt ich die Worte meines guten Freundes fest und berücksichtigte seinen Rat in der Zukunft des Öfteren, denn ein Teil seiner Aussagen sollte mich noch auf damals ungeahnte Weise einholen.

Kapitel 10

Ich lief mit dem Hund den Waldweg entlang.

Es war hell. Die Sonne schien. Und es war angenehm warm.

Er lief voraus, tollte herum, vergnügte sich.

Da lagen keine Blätter auf dem Boden.

Eine Weggabelung und ein Schild. Wir bogen ab und folgten einer langen geraden Strecke. Auf beiden Seiten eingerahmt von dicht belaubten Bäumen.

Es wurde dunkler, denn die Laubdecke wurde immer dichter und hinderte die Lichtstrahlen zunehmend, die Erde zu erreichen.

Ein Paar kam uns von Weitem entgegen. Eine Mann und eine Frau. Ich konnte ihre Gesichter nicht erkennen.

Sie sprachen nicht miteinander, sondern schauten stoisch gerade aus. Ihre Bewegungsabläufe wirkten teilweise unwirklich. Abgehakt. Zunächst kamen sie uns ungewöhnlich schnell näher und dann wurde das Geschehen langsamer.

Sie passierten uns.

Ich grüßte sie.

Keine Reaktion. Sie gingen weiter.

Ich drehte mich noch einmal zu ihnen um.

Dann bot sich mir ein grausamer Anblick.

Bei dem Mann klaffte eine tiefe blutüberströmte tiefrote Wunde aus dem Hinterkopf.

Der Schreck durchfuhr meine Glieder.

Ich rannte reflexartig panisch los.

Immer schneller – so weit ich konnte.

Ein plötzlicher Szenenwechsel.

Es war fast dunkel.

Wir traten gemeinsam durch eine Baumreihe hindurch auf eine Lichtung.

Ein baufälliges Gebäude trat in unser Sichtfeld.

Ich kannte dieses, denn es war mir bei dem Spaziergang mit dem Hund, von dem ich berichtete, bereits begegnet.

Ein gräulicher dichter Nebel verdeckte die Sicht auf die meisten Teile der Umgebung und lenkte so meine Aufmerksamkeit in eine bestimmte Richtung.

Der Nebel breitete sich wabernd aus und würde so bald alles kriechend einhüllen.

Mein Blick wurde unweigerlich von dem vor mir liegenden hölzernen Gebilde angezogen, dessen Konturen kontrastreich und hart herausstachen. Als wäre es Teil des Bühnenbildes für einen Horrorklassiker. Aber da war noch etwas anderes.

Rechts hinter der seitlichen Wand konnte ich halb versteckt die Umrisse von etwas entdecken, dass mir zunächst nicht aufgefallen war. Ich fragte mich was es ist und versuchte, es zu erkennen. Aufgrund des sich ausbreitenden Nebels und der Dunkelheit wurde dies immer schwieriger.

Eine innere Stimme warnte mich davor, aber ich setzte mich in Bewegung und näherte mich der Hütte.

Ich konnte aber zunächst eigenartigerweise trotz meiner Bemühungen den Abstand nicht verringern.

Es war, als würde ich durch ein Teleobjektiv schauen und dieses so drehen, dass das anvisierte Objekt in der Wahrnehmung in die Ferne rückt.

Ich beschleunigte meinen Schritt. Meine Entschlossenheit wuchs herauszufinden, was sich dort halb versteckt hinter der Holzwand andeutete.

Kraft meines puren Willens kam ich dann doch voran.

Konnte mehr sehen. Genaueres sehen.

Da war etwas Helles. Etwas Weißes. Stoff?

Ein Kleidungsstück?

Stand da eine Person.

Ja, es war eine Person.

Ich stockte.

Denn ich vermutete bereits, dass es lediglich ein Wiedersehen sein würde.

Fürchtete mich ein wenig davor.

Sollte ich einfach zurückweichen.

Nein.

Ich setzte meinen Weg fort.

Es war eine Frau in einem weißen Kleid. Es sah heute aber mehr wie ein hellgraues Nachthemd aus.

Sie stand dort mir zugewandt aufrecht und unbeweglich wie eine Statue. Die Arme hatte sie symmetrisch am Körper angelehnt. Das dunkle lange Haar fiel mir auf. Kräftig und schön.

Ihr Gesicht war nur verschwommen erkennbar.

Ich rief ihr zu: »Wer bist du?«

Daraufhin vernahm ich ein Flüstern.

»Ich komme wieder.«

Ein weicher nahezu lieblicher Tonfall. Die Stimme drang durch mich durch und erreichte mein Herz.

Eine Pause.

Und dann erneut. Die Stimme kam nicht mehr aus ihrer Richtung, sondern ich vernahm sie nun eher, als würde sie im Inneren meines Kopfes entstehen.

»Ich komme wieder.«

Die Stimmlage klang verändert – weniger weich und zart - und senkte sich bedrohlich zum Schluss hin.

Dann beugte sie sich zu mir hin, formte ein für mich nun klar erkennbares zorniges Gesicht und stieß einen schneidenden Schrei aus. Schrill, wütend und mit explodierender Lautstärke.

Er glich dem, was einem Tier vor dem Schlachten von sich gab

»ICH KOMME WIEDER!« Der Abstand zu ihr schien sich einfach aufzulösen und die Umgebung zu implodieren.

Mein Körper reagierte auf dieses traumatische und schockierende Erlebnis, dass auf einen unterbewussten Zustand des offenen und neugierigen Erforschens dieser Gestalt folgte, indem er instinktiv und wie fremd gesteuert einen röhrenden Panikschrei ausstieß.

Nur langsam wurde ich mir dabei der Tatsache gewahr, dass dieser mit Luft aus meiner eigenen Lunge gespeist wurde. Und diese ging mir schließlich nach einer bemerkenswert langen Zeit aus.

Ein fröstelndes Zittern durchströmte meine Glieder und ich fühlte Übelkeit in meinen Eingeweiden, als wäre ich gerade von großer Höhe gesprungen.

Sofia musste sich zu Tode erschreckt haben und legte nachdem sie sich selbst gefangen hatte mitfühlend den linken Arm um mich.

»Hey Schatz, bist du wach? Du bist ja ganz durchgeschwitzt«, fragte sie mir rauem und empathischem Tonfall, der davon zeugte, dass sie selbst aus einer Phase des tiefen Schlafs gerissen wurde und sie versuchte nun eindringlich, mich zur vollen Klarheit zurückzuholen.

»Schatz! Schatz! Wach auf!«

Es war im Zimmer noch dunkel. Vor meinen geöffneten Augen tanzten eingebildete flimmernde Figuren, sowie ein Wirrwarr aus Konturen, Bildern und Schatten. Schleichend verschwand die Trübung des Bewusstseins und das Gewahrsein kehrte zurück. Ich fühlte mich wie durchgeschüttelt und fuhr fort, zu zittern. Meine Zunge klebte an meinem Gaumen. Wie ich da in meinem eigenen Schweiß lag, musste ich literweise Flüssigkeit verloren haben.

Jedes der gesehenen Traumbilder verblieb in allen Konturen und Texturen wie eingebrannt in meinem Gedächtnis.

Der Vorfall fühlte sich nach einem Rückschlag an.

Ohne einen vernünftigen Grund hatte ich Schuldgefühle – vor allem meiner Ehefrau gegenüber. Schon wieder hatte ich sie verschreckt und mitten in der Nacht aufgewühlt.

Ich richtete mich schließlich auf und es wurde mir bewusst, dass ich mein durchnässtes T-Shirt wechseln musste. Mein Herz schlug sehr heftig, als wäre ich mehrfach die Treppen herunter und wieder hinauf gelaufen. Meine Augen brannten. Ich dachte an ein Glas Wasser, setzte einen Fuß neben das Bett und stand auf, denn ich musste aus dem Raum hinaus, um die beklemmende Wirkung der Dunkelheit abzuschütteln und umgeben von Licht mein Gleichgewicht wiederzufinden.

»Mein Gott, deine Seite ist völlig nass…«, schickte mir meine Frau noch erstaunt und besorgt hinterher.

Tatsächlich tat es erstaunlich gut, in der Küche zu stehen und zu spüren, wie die kühle neutrale Flüssigkeit meine Kehle hinab lief. Es war beruhigend festzustellen, dass die Arbeit an den Mechanismen meines Seelenlebens offenkundig bewirkte, dass ich mich schneller fing und in eine konstruktive Art des Weiterdenkens überging.

Sofia stand mit ihren aufgewirbelten Haaren, nur notdürftig geöffneten Augen und ihrem vorgewölbten Bauch in der Tür, was ihrer Erscheinung etwas noch Liebenswerteres gab. Sie tat mir Leid. Sogar das ungeborene Baby tat mir Leid.

»Es tut mir so Leid, Sofia, so Leid.«

Konnte die Tränen nicht zurückhalten.

Sie kam augenblicklich auf mich zu und umarmte mich.

»Nein, Schatz, sag das nicht.«

»Ich muss noch tiefer graben«, sagte ich mit fester Stimme.

Sie blickte mich an und versuchte sich offenkundig, ein Bild über meinen Gemütszustand zu verschaffen.

»Du hast mich fast zu Tode erschreckt. Wie geht es dir denn?«

»Es geht mir eigentlich relativ gut« antwortete ich. »Vielleicht ein Rückfall. Ich habe einige Tage nicht ganz so viel geschlafen und recht viel gearbeitet. Dies könnte mich geschwächt haben. Frau Dr. Braumann hatte mal so etwas angedeutet und mich vorgewarnt.«

»Das kann sein.« Sie lief zum Kühlschrank und griff nach einem Päckchen Saft, dass sie öffnete und daraus trank. Dann erst kam mir wieder die erste brutalere Szene aus meinem wenige Minuten vorher stattgefundenen Traumerlebnis ins

»Ich habe es noch nicht so genau verstanden. Wie kann man damit Albträume bekämpfen? Und wie kann man willentlich bewusst träumen?«

»In der Regel geht es bei Albträumen um Ängste, die teilweise ganz tief in der Seele verborgen und vergraben wurden. Man setzt genau wie bei der sonstigen Behandlung von Ängsten auf Konfrontation. Und wir können auch einschränkende Ängste angehen, die Ihnen noch nicht einmal im wachen Zustand klar sind. In Albträumen zeigen sich schließlich Ängste, die der Träumende im Wachzustand möglicherweise überhaupt nicht bewusst erlebt, die ihn allerdings trotzdem psychisch belasten und in seinen Möglichkeiten einschränken. Stellen Sie sich das konkret vor. Sie können lernen, im Rahmen eines Traumes im Sinn zu denken, dass sie gerade träumen und sehen dann ein Symbol, dass ihnen normalerweise die Haare zu Berge stehen lässt. Vielleicht stehen sie einer Person aus ihrer Vergangenheit entgegen oder einem Menschen, der eine andere repräsentiert, vor der sie sich als Kind gefürchtet haben. Wenn Sie bewusst träumen, können Sie diese Person ansprechen und anstatt, wie als Teil eines Filmes von ihr Wegzulaufen und eventuell festzustellen, dass ihre Füße wie festgeschraubt sind. Sie bleiben stehen und sprechen mit dem Wesen. Angst entsteht immer nur im eigenen Kopf und kann auch dort abgelegt werden, auch wenn dies sehr schwer ist. Dies ist eine vereinfachte Beschreibung, aber man kann durch diese Methode bald feststellen, dass die entsprechenden Situationen oder Befürchtungen nicht mehr so schlimm sind, wie man sie sich immer ausgemalt hat oder wie man sie in der eigenen Seele empfindet. Es wird eine positive Erlebnisspirale in Gang gesetzt, an deren Ende die Albträume verschwinden können.

Besonders wiederkehrende Träume, die oftmals aufgrund gewisser Auslöser auftreten, können von Ihnen durchschaut werden.«

Ihre überzeugenden Ausführungen beeindruckten mich. Sie legte ihr Herz in ihre Tätigkeit und wirkte auf mich erfahren und Vertrauen erweckend.

»Aber wie werden wir praktisch vorgehen? Wie kann ich das erlernen?«, fragte ich die Spezialistin.

»Wir werden das im Einzelnen besprechen und ich werde Ihnen Techniken vermitteln. Sofern Sie sich entscheiden, diese Therapie mit Überzeugung anzugehen, da es sonst nicht funktionieren kann. Sie müssen sich im Wachzustand vorbereiten und sich Reaktionsszenarien zurechtlegen, an die Ihr Gehirn dann im träumenden Zustand gewöhnt ist. Berichten Sie mir doch bitte ausführlich von Ihren Albträumen und dann zeige ich Ihnen konkrete Strategien auf, die wir dann ausprobieren.«

Ich beschrieb ihr daraufhin freimütig alle Details meiner Träume. Sie fuhr dann fort und griff die erfahrenen Informationen gekonnt auf.

»Vielen Dank für Ihre Offenheit. Was Sie mir beschreiben, ist durchaus bemerkenswert, vor allem wenn ich daran denke, dass die Träume so eindrucksvoll waren, dass Sie sogar fast halluzinative Erfahrungen gemacht haben. Der Wunsch, in der kommenden Nacht den eigentlich verhassten Albtraum luzid zu erleben und diesen auch noch bewusst auszulösen, geht automatisch mit einem Gefühl der Stärke einher. Wenn Sie es schaffen, sich der Angst einflößenden Situation zu stellen, ist die Möglichkeit gegeben, dass Sie von dem Albtraum wieder heimgesucht werden. Der Unterschied zu dem normalen Auftreten des bestimmten Albtraums ist hierbei, dass man schon mit weniger Angst davor einschläft, was sich positiv auf die Bereitschaft auswirkt, die am Tag beschlossenen Verhaltensänderungen tatsächlich durchzuziehen. Grundsätzlich gibt es drei Möglichkeiten, in einem Traum auf eine Bedrohung zu reagieren: Die schlechteste Möglichkeit ist die Flucht, die bewirken kann, dass sich das Gefühl, einer realen Bedrohung ausgesetzt zu sein, manifestiert. Die Flucht beweist Schwäche und Hilflosigkeit. Die nächste Option ist der Einsatz von Gewalt. Tatsächlich kann Gewalt unter gewissen Umständen eine Lösung sein. Eine gute Idee kann das sein, wenn die Albträume durch ein konkretes Ereignis ausgelöst wurden, zum Beispiel durch einen Überfall. Man kann dann von dem Täter träumen und diesem in dem Fall dann mit voller Wucht ins Gesicht zu schlagen, kann helfen. Sie schlagen dann quasi Ihrer eigenen Angst ins Gesicht. Das kann besondere innere Energien auslösen. Wenn das Erscheinungsbild des Traums es zulässt, ist der Dialog die beste und effektivste Waffe gegen Albträume. Wir sollten uns fest vornehmen, dass sie die Frau ansprechen und konfrontieren, wenn sie das nächste Mal auftaucht. Sollten Sie wieder auf dieses Gebäude im Wald treffen, dann könnten Sie auf es zugehen, die Tür öffnen und hineingehen. Sie versuchen gewissermaßen mit den eigenen Ängsten ins Gespräch zu kommen. Um dies zu erreichen, werden Sie zunächst versuchen sie zu stoppen. Sie wenden sich ihr zu und sagen laut: *Halt!* oder *Stopp!*. Die Aussage darf keinen Spielraum für Ausweichreaktionen enthalten, es darf sich nicht um eine Frage oder Bitte handeln. In Erwartung einer positiven Reaktion fragen Sie sie dann: *Was willst du?* oder *Wer bist du?*. Ihr Unterbewusstsein muss darauf reagieren. Es kann seinen Film nicht mehr ohne weiteres abspielen. Sie werden zum aktiven Part und nicht mehr nur

Zuschauer oder gar Opfer des Traumgeschehens sein. Sie verhandeln auf einmal bewusst mit ihrer Angst und lernen erstaunliches über sich selbst.«

Das Gehörte machte mir Mut und ich stimmte dieser Form der Behandlung zu. Es sollte in wenigen Tagen der nächste Termin stattfinden, ab dem mir die Methoden vermittelt werden sollten, mit denen man diese Klarträume praktisch erlernen konnte.

Kapitel 11

In den kommenden Sitzungen erhielt ich kontinuierlich aufbauende Schulungen, wie man das bewusste Träumen erlernen konnte. Im Grunde träumt man jede Nacht. Am intensivsten in der REM-Schlafphase. Diese kann man durch bestimmte Schlafgewohnheiten verlängern. Es geht dann darum zu erlernen, innerhalb des Träumens zu merken, dass man eben schläft und nicht wach ist. Dies kann man sich zum Beispiel aneignen, indem man sich allgemein seiner Träume mit Hilfe eines Traumtagebuches mehr gewahr wird, Meditationstechniken erlernt und sein Gehirn an die automatische Frage gewöhnt, ob man träumt oder nicht. Wenn man träumt, sind meistens die Füße nicht zu sehen oder Seiten in Büchern, die man in der Hand hält, sind nicht oder ständig anders beschrieben. Außerdem treten oft wiederkehrende Symbole auf, die man erkennt, wenn man danach Ausschau hält. Man kann sich darauf programmieren eben dann, wenn man im Traum ist, nach solchen Merkmalen zu suchen und sich daran zu erinnern, dass man dann begreift: Ich träume. Eine andere Methode, luzide Träume zu befördern ist, mitten in der Nacht aufzustehen, dann eine Weile wach zu bleiben und danach wieder einzuschlafen, da dann die Chance, dass es funktioniert hoch ist. Oder wenn man nach einem Traum aufwacht, kann man sich wieder hinlegen und sich während des Einschlafens genau auf den soeben erlebten Traum konzentrieren. Sofern diese Techniken entschlossen angewandt nicht zum Ziel führen, kann man auch mit Hilfe von Medikamenten oder dem Einsatz eines Lichtweckers nachhelfen.

Frau Wollinger wollte mich einmal in der Woche treffen und mit mir darüber sprechen, wie es mir erging, welche

Fortschritte ich machte und ob ich in der Lage war, Erfolge zu bemerken.

Ich sprach offen und mit einer nicht zu leugnenden Faszination mit Sofia über alle erlernten Einzelheiten und Sie versprach mir, dass wir gemeinsam versuchen würden, im Laufe der Zeit an dieser Fähigkeit zu arbeiten. Sie hatte sogar für sich selbst Interesse daran, denn auch sie kämpfte immer wieder mit belastenden Erlebnissen aus ihrer Kindheit. Nachdem sie dies nebenbei erwähnte, fühlte ich mich unglaublich egoistisch, denn mir wurde klar, wie selbstlos und stark meine Frau war. Es motivierte mich noch mehr, meine Probleme zu lösen und mich dann mit voller Kraft auf sie zu konzentrieren. Darüber hinaus hatte meine Lage etwas Gutes. Durch meine bereicherte Wesensart würde ich viel intensiver auf sie eingehen können.

Wie die Therapeutin es andeutete, spendete mir alleine das Wissen um die Möglichkeit, das Traumgeschehen perspektivisch zu verändern und auch, die wachsenden Entschlossenheit, meinem speziellen Albtraum zu erleben und dann aktiv zu agieren, einen enormen Mut.

Ich arbeitete einige Wochen lang fleißig an einer geführten Meditation und achtete auf feste Zeiten, in denen ich zu Bett ging. Eine Stunde vorher trank ich nichts. Es war nicht so, dass ich nichts anderes träumte. Heute würde ich sagen, dass normale Träume durchaus - wie bei jedem anderen - Teil meines Alltags waren. Sie kommen und gingen. Durch das direkte Aufschreiben nach dem Aufwachen stellte ich jedoch fest, dass mir die Inhalte bewusster wurden. Man konnte das tatsächlich erlernen und ich würde jedem empfehlen, dies einmal für sich selbst auszutesten.

An einem Samstagmorgen erwachte ich relativ früh – es war gegen fünf am Morgen – und wusste, dass ich gerade einen Traum erlebt hatte, indem meine Eltern eine Rolle spielten. Die genauen Details wusste ich nicht mehr, aber ich befand mich bei meinen Eltern im Haus und war dort mit Sofia zu Besuch. Der Hund war auch anwesend. Mehr wusste ich schon Sekunden nach dem Wachwerden nicht mehr. Meine Frau bemerkte nichts davon. Ich war aus meinem Vorwissen über Klarträume heraus entschlossen, einige Minuten wach zu bleiben und dann erneute zu Bett zu gehen, da ich noch recht müde war. Als ich mich wieder hinlegte, schloss ich meine Augen mit dem festen Gedanken an die Traumbilder, an die ich mich entsann. Und ich war den ganzen Tag erfüllt von dem, was darauf folgte. Der Traum kehrte wieder, auch wenn es nur wenige Sequenzen waren. Und ich wusste es. Interagieren oder jemanden ansprechen konnte ich noch nicht, aber ich war im Traum und erinnerte mich daran, mit dem Vorsatz eingeschlafen zu sein, dass ich ihn wieder erwecken wollte. Und es klappte. Nach dem Aufstehen später trank ich mit Sofie noch lächelnd einen Kaffee am Bett und berichtet ihr begeistert von dem erzielten Fortschritt.

Im Laufe der nächsten Tage verließ mich der gewonnen Mut aber wieder, da ich zwar eine neue innere Beziehung zu meinem Träumen entwickelte, aber meinem eigentlichen Ziel, dem besonderen Traumdämon zu begegnen und dann damit zu arbeiten, kam ich nicht wirklich näher. So fantastisch sich die theoretischen Ausführungen meiner behandelnden Ärztinnen angehört hatten, so frustrierend war nun, dass es in meinem Alltag so gar nicht funktionierte.

Frau Wollinger begann, den Einsatz von unterstützender Medikation und Nächte im Schlaflabor in Erwägung zu ziehen und schickte mich mit der Bitte nach Hause, mich zu entspannen und darüber nachzudenken.

Meine Stimmung trübte sich von Tag zu Tag ein und ich schlitterte bereits wieder in eine schwache depressive Episode hinein. Ich versteifte mich auf mein Vorhaben einen bedeutsamen Klartraum zu erleben und es wirkte fast so, als würde sich meine Gegnerin hiervor verstecken.

Aber tatsächlich verhielt es sich eher so, dass meine unterbewusste Projektion dieser Schreckensgestalt meine Angst und Mutlosigkeit witterte und ich wurde schon bald wieder von ihr heimgesucht. Ich erinnere mich, dass es in einer Nacht an einem der Weihnachtsfeiertage geschah. Es begann zunächst mit einer kurzen Episode.

Ich lag auf dem Boden mit dem Blick nach oben. Es war heiß und die Farbe rot war allgegenwärtig. Dann richtete ich mich auf und sah vor mir einen Fluss. Eine bedrückende Gewissheit, dass sich hinter mir jemand befand stieg in mir auf, aber ich war unfähig mich umzudrehen. Ich wusste ganz genau, wer es war, nämlich die mir gut bekannte Figur einer jungen Frau.

Dann wachte ich auf. Es war dunkel im Raum und ich brauchte einige Momente um zu begreifen, dass ich im Bett lag und geträumt hatte. Und, dass ich den lange ersehnten nächtlichen Besuch erlebt hatte.

Ein Blick auf die Uhr. Es war 4:26.

Zunächst schrieb ich genau auf, was ich gesehen und gefühlt hatte. Wie bereits bei den Gelegenheiten zuvor, war dass bezogen auf diese Traumszenen nicht schwierig, da mir jedes Detail wie im Gedächtnis eingebrannt war.

In der Folge blieb ich absichtlich noch eine dreiviertel Stunde wach, dar hierdurch das Klarträumen befördert werden sollte.

Leicht nervös, aber durchaus noch recht erschöpft, legte ich mich dann erneut hin. An den Traum fest zu denken fiel mir aufgrund der noch deutlich nachwirkenden Empfindungen nicht schwer.

Schloss die Augen.

Atmete ruhig...

Ich lag erneut auf dem Boden mit dem Blick nach oben. Es war heiß und die Farbe rot wieder allgegenwärtig. Dann richtete ich mich auf und sah vor mir einen Fluss.

Alles ist rot.
(Nicht normal.)
(Dieser Ort ist mir bekannt.)
(Ich träume gerade)

Eine bedrückende Gewissheit, dass sich hinter mir jemand befand stieg in mir auf, aber ich war unfähig mich umzudrehen.

(Doch ich werde mich umdrehen. Ich kann es!)

Ich wusste ganz genau, wessen Gegenwart dort vorzufinden wäre, nämlich die mir gut bekannte Figur einer jungen Frau. Angst und Beklemmung erfüllten mich.

(Muss aufstehen. Mich umdrehen.)
Dann stand ich, den Blick noch auf den Fluss gerichtet.
Drehte mich um.
Sie stand direkt vor mir.

Ihre Augen waren verquollen und sie starrte mich wütend an. Die Arme streckte sie voller Zorn verkrampft nach unten, die Fäuste geballt. Das Kleid flatterte, wie eine Flagge Ich zitterte am ganzen Leib und befürchtete, dass sie mich angreifen würde. Dann spürte ich einen fast unerträglichen Drang wegzulaufen.
Flucht. Du musst fliehen.
(Nein!)
(Sofia.)
Ich dachte tatsächlich für einen Moment an meine Frau.
Mit fester lauter Stimme fragte ich: »Was willst du von mir? Mädchen. Was willst du von mir?«

Sie verharrte unverändert.
Erneut legte ich sämtliche Kraft in meine Frage an sie:
»Was willst du? Warum besuchst du mich? Lass mich in Ruhe!«
Ich schaffte es irgendwie Dank meines Willens, auf sie zuzugehen.

Sie riss daraufhin ängstlich die Augen auf.
Dann sackte sie in sich zusammen.
Ich stand nun unmittelbar vor ihr. Verharrte.
Nahm sie instinktiv in den Arm.
Vernahm ein Flüstern von ihr, konnte sie aber nicht verstehen.
»Was sagtest du?«

Sie sah mich direkt an. Traurige, wunderschöne Augen.

Der Schreck fuhr mir durch die Glieder, als ich erkannte, dass ihr Gesicht begann sich zu verändern. Falten bildeten sich und durchzogen ihr Antlitz, als würde man das Verwesen eines Apfels im Zeitraffer betrachten. Binnen kurzem schaute ich in das Gesicht einer sehr alten Frau.

»Johannes. Ich liebe dich.« Innige Wärme und Zärtlichkeit begleiteten ihre Worte.

Dann antwortete ich, ohne es kontrollieren zu können.
»Ich liebe dich auch. Ich habe immer nur dich geliebt.«

Dunkel. Schwarz.
Wach.
Schlug die Augen auf.
Wo bin ich?
In meinem Schlafzimmer.
Von der außergewöhnlichen Erfahrung, die ich gerade durchlebte, war ich völlig ergriffen. Sprachlos.
Wie hatte sie mich genannt?
Johannes?
Der Name meines verstorbenen Großvaters.

Sofia tat, wie sie mir später beschrieb, in der restlichen Nacht kein Auge mehr zu, währenddessen sogar ich nach einer Zeit der Aufgeregtheit unmerklich in einen erneuten Schlaf fiel, der allerdings nur bedingt erholsam war. Das von mir brühwarm an sie weitergegebene Erlebnis wühlte sie auf.

Sie fragte sich immer wieder nach dem tieferen Grund dafür. Ständig hatte sie dabei eine Ahnung, dass es eine verborgene Erinnerung aktivierte, die zu dieser Wendung der Ereignisse einen Bezug hatte. Aber die Lösung wollte ihr einfach nicht einfallen. Gegen fünf Uhr stand sie schlussendlich völlig übermüdet auf und versuchte sich abzulenken, indem sie sich unter die Dusche stellte und sich ein wenig in der Küche betätigte.

Das heiße Wasser prasselte angenehm über ihr nach oben gerichtetes Gesicht und das dadurch ausgelöste Wohlgefühl übertönte für eine Weile die brennenden Augen und das benommene Empfinden, dass durch die Schlaflosigkeit verursacht worden war. Ihre Gedanken wanderten – wenn auch mit der Beweglichkeit eines Löffels im Honigglas – zu den Verrichtungen, die sie an diesem Tag geplant hatte. Angesichts der hinzukommenden körperlichen Belastung der Schwangerschaft, zog sie in Erwägung sich einen Tag krank zu melden, um zu versuchen, ein paar Stunden Schlaf nachzuholen. Nach einer solchen Nacht konnte sie in den Morgenstunden zunächst keine Ruhe mehr finden. Wäre Sie aber bis zehn oder elf Uhr auf geblieben und hätte eventuell sogar einen kleinen Spaziergang an der frischen Luft unternommen, dann könnte sie gegen Mittag gut und gerne noch einmal einen erfolgversprechenden Einschlafversuch unternehmen.

Dann fiel es ihr siedend heiß ein.

Ian Stevenson.

Das war es.

So hieß der Professor an der University of Virginia in Charlottesville, der sich auf eine gewisse Weise wissenschaftlich mit der Thematik der Reinkarnation auseinandersetzte. Sofia war vor einer Reihe von Jahren einmal über einen Artikel gestolpert, der sich mit ihm auseinandersetzte und der Name ist ihr auch noch Mal in den Sinn gekommen, als sie über faszinierende Aspekte ihrer neuen Mutterrolle nachgegrübelt hatte. Also aus einem ganz anderen Grund heraus.

Rasch stieg sie aus der Dusche, schlüpfte in einen Bademantel und huschte durch den Flur ins Büro direkt zum Laptop. Nach wenigen Mausklicks fand sie Informationen über den Mann, dessen Geschichte und Aussagen mysteriös, einzigartig und gleichzeitig faszinierend waren.

Da Stevenson mit modernen Theorien, die immense Unterschiede in Verhalten und Begabung zwischen einzelnen Menschen allein auf die Gene zurückführen wollten, unzufrieden war, begann er, auf neue Art nach Antworten auf viele ungeklärte Fragen zu forschen. Im Jahr 1960 hörte er von einem Kind in Sri Lanka, das behauptete, sich an ein früheres Leben zu erinnern. Er befragte dieses Kind, seine Eltern und ebenso das Ehepaar gründlich, von dem das Kind behauptete, sie seien seine Eltern im vergangenen Leben gewesen. Auf Basis der verblüffenden und überzeugenden Erkenntnisse begann er, weitere Fälle zu erforschen. Je mehr solcher Fälle er untersuchte, desto stärker wurde seine Überzeugung, dass Reinkarnation möglicherweise der Wirklichkeit entsprach. Und desto größer wurde sein Wunsch, dieses bisher unbekannte Gebiet der Welt der Wissenschaft zugänglich zu machen. 1974 publizierte er sein erstes Buch *Reinkarnation – 20 überzeugende und wissenschaftlich bewiesene Fälle*. Darin beschrieb er Fälle aus Indien, Sri Lanka, Brasilien, Alaska und dem Libanon. Prof. Stevenson fand heraus, dass Kinder zum ersten Mal in sehr jungem Alter (zwischen 2 und 5 Jahren)

Aussagen über ein früheres Leben tätigten und die so angedeuteten Erinnerungen dann im mittleren Kindesalter in Vergessenheit geraten. Diese spontanen Erinnerungen von kleinen Kindern sind wissenschaftlich am relevantesten, da man Kindern nicht vorwerfen kann, sich ihr Wissen vor der Untersuchung des Falles aus historischen Quellen beschafft zu haben. In etwa der Hälfte der untersuchten Situationen wurde das Vorleben auf gewaltsame Weise beendet – mit entsprechenden Verletzungen des Körpers. Die physischen Spuren solcher Verletzungen traten in vielen Fällen im neuen Leben als Narben, Missbildungen und Muttermale wieder auf. Stevenson versuchte nun, solche körperlichen Merkmale im Vorleben der Betroffenen nachzuweisen. Die vielen Übereinstimmungen, die er fand, hielt er für objektive Indizien für das Vorliegen einer erneuten Verkörperung. Er begründete dies damit, dass Missbildungen bei Neugeborenen nur zum Teil auf Erbfaktoren, Virusinfektionen oder chemische Stoffe zurückgeführt werden konnten. Bei 43 bis 70 Prozent der Fälle waren die Ursachen medizinisch nicht herzuleiten. Kritiker werfen Ian Stevenson vor, seine Beispiele von Wiederverkörperung spielten sich nur in Asien ab, wo sie sich einer ernsthaften Überprüfung entzögen und vom Umfeld aufgrund religiöser Überzeugung ohnehin gefördert würden. Darauf entgegnete er in seinem neusten Buch *Reinkarnation in Europa*. Dort geht es um Personen aus England, Frankreich, Deutschland und anderen Ländern, obwohl teilweise das Weltbild dieser Menschen den Erfahrungen widersprach und sie selbst geschockt waren, angesichts ihrer Erfahrungen.

Danach las sich Sofia noch einige Beispiele von Fällen durch, in denen kleine Kinder von einer Zeit berichteten, in der sie mal *groß waren* oder sich über Einzelheiten ihres eigenen vergangenen Todes ausließen.

Sie gab nun in die Suchbegriffe die Kombination Stevenson, Reinkarnation und Träume ein.

Auf einer Seite wird erklärt, dass Erlebnisse aus früheren Leben gelegentlich in Träumen eine Rolle spielen, auch wenn dies dann durch dort vorkommende Symbole nicht leicht erkennbar war.

Die Publizisten Krippner und Berger hatten sogar Kriterien für solche Träume formuliert:

•*Sehr häufig sind es Alpträume, die um den Tod im früheren Leben kreisen.*

•*Sie werden vom Bewusstsein begleitet, dass der Trauminhalt mit einem früheren Leben zusammenhängt - auch wenn dies nicht dem Glauben des Träumers entspricht.*

•*Sie werden meist wiederholt geträumt.*

•*Sie werden nicht mehr vergessen.*

•*Sie gehen mit heftigen Emotionen einher.*

•*Sie werden als sehr wirklichkeitsnah und lebendig empfunden.*

•*Sie können die Lebenseinstellung ändern.*

Sofia hielt sich beim gebannten Lesen verblüfft die Hand vor den Mund und lehnte sich zurück, um den aberwitzigen Schluss, der sich in ihrem Geist anbot, selbst erstmal sacken zu lassen.

Franks Träume von dieser Frau kehren immer wieder. Sie fühlen sich für ihn außergewöhnlich real an und lösen heftige Emotionen aus und sie veranlassten sogar, dass in seinem Wesen Änderungsprozesse in Gang kamen. Könnte da ein Zusammenhang bestehen?

Dann erhob sie sich von ihrem Stuhl und ging zum Fenster. Schaute hinaus. Relativierte sich selbst und führte diese Intuition auf den Schlafmangel zurück, der sich doch sehr mitnahm. Aufgrund des berechtigten Zweifels und meines labilen Zustandes beschloss sie, zunächst einmal selbst hierüber zu schlafen und es zu einem geeigneten Zeitpunkt mit mir zu besprechen. Sie trank noch ein Glas Milch und legte sich erneut neben mich ins Bett.

Nicht lange Zeit später wachte ich von meinem Wecker auf und konnte neben mir meine friedlich schlafende Frau wahrnehmen. Ich stand noch voll unter dem Eindruck dessen auf, was ich in dieser Nacht beobachtet hatte und musste mich nun mühselig zunächst in eine sitzende und dann in die stehende Position aufraffen. Voller Spannung erwartete ich, wie meine Therapeutinnen diese bemerkenswerte neue Kleinigkeit in meinem Traumgeschehen interpretieren würden und ich selbst rätselte bereits, welche Rolle es spielen konnte, dass mein Unterbewusstsein dieses Bild einer Person produzierte, die den Namen meines Großvaters nannte.

Ich schleppte mich unter die Dusche, konzentrierte mich von nun an auf meinen Arbeitstag und schob das andere Thema weg. Als ich schon vollständig angekleidet war und mit meinem Kaffee ins Arbeitszimmer lief, um meine Tasche zu greifen, erkannte ich, dass der Laptop geöffnet war. Das wunderte mich, da ich mich nicht erinnerte, ihn benutzt zu haben. Ich schaltete ihn ein und nach wenigen Sekunden erschienen die von Sofia zuvor geöffneten und nicht wieder geschlossenen Seiten. Neugierde packte mich – obwohl diese Form von Kontrolle sonst nicht meine Art war – und ich las durch, wonach sie gesucht hatte. Zunächst begriff ich nicht, warum sie nach diesem Thema geforscht hatte. *Vielleicht ist sie durch eine Dokumentation oder einen Film darüber gestolpert und wollte sich näher informieren?* Trotz meines Schubes in Richtung Spiritualität und Tiefgang war dies ein Themenkomplex, mit dem ich herzlich wenig anfangen konnte. Ich stand auf und wollte den Laptop wieder schließen, ohne alles durchgegangen zu sein. Dann jedoch musste ich mich erneut hinsetzen. Nun dämmerte mir angesichts der geschilderten Überlegungen dort langsam, warum sie auf diese Idee gekommen sein konnte. Niemals zuvor hatte ich etwas über eine Kombination von Wiedergeburt und dem Träumen gelesen. Ich war perplex, dass meine Frau auch nur in Erwägung zog, dass sich hier eine Erklärungsoption anbot. Dass Menschen mit ungewöhnlicher Sicherheit Orte beschreiben könnten, an denen Sie nie zuvor waren, oder ihnen Erinnerungsfetzen in den Sinn kamen, davon hatte ich bereits gehört. Aber davon träumen?

Ein Gedanke - sei er noch so abwegig und erscheint er noch so verboten - kann sich wie ein Virus im Sinn festsetzen und richtiggehend vor sich hin brüten und eine nagende Wirkung entfalten. Als ich einige Zeit später im Büro saß, wanderten die aufgenommenen Sätze permanent durch meinen Kopf.

Kann ich das den Therapeutinnen offenbaren? Klingt es nicht zu abwegig?

Mir kam in den Sinn, wie außergewöhnlich wirklichkeitsnah mir die im Traum erschienenen Orte waren. Da war der Fluss, eigentümliche Sträucher, der imposante große Baum und auch die Person, die mir mittlerweile wie eine gute Bekannte vorkam. Das all das ein reines Produkt meiner Phantasie war, stellte mein Verständnisvermögen bereits seit einiger Zeit vor eine Herausforderung. Immer hatten wir auf eine sehr lineare und rationelle Art gedacht. Mir kamen die Worte meines Freundes Klaus in den Sinn, der mich gebeten hatte keine zu eindimensionale Interpretation durchzuführen, sondern quer zu denken und mich für neue Lebensperspektiven und Gedanken zu öffnen, die meinem vorgeprägten Geist vielleicht anfänglich skurril erscheinen sollten. Ich entschied mich in diesem Sinne und auch aufgrund meines positiven Transformationsprozesses der letzten Monate, diesen Aspekt nicht komplett zu verwerfen, allerdings schob ich ihn beiseite, da es ein kaum auszuhaltender Bewusstseinszustand war, sich selbst mit einer anderen und sogar nahestehenden Person eins zu fühlen. Alles, was ich bisher über das Konzept einer unsterblichen Seele gelernt und gehört hatte, beruhte auf einer in der christlich-abendländischen Kultur entwickelten Exegese heiliger Schriften und Implementierung historischer und externer spiritueller Einflüsse. Daher klang für mich das Konzept der Wiedergeburt und des Karmas zwar intellektuell durchaus reizvoll und gar nicht so lebensfern, aber in letzter Konsequenz war mir nicht begreiflich, welcher genaue Teil einer Person auf welche Art nach dem Tod in ein anderes Lebewesen übergehen könnte und wodurch das gesteuert würde. Aber natürlich war mir auch klar, dass ich die meisten Mysterien und Zusammenhänge des Lebens nicht im Ansatz durchschaute. Mit starrem Blick auf meinen Bildschirm wagte ich schließlich ein einziges Mal den Gedanken in Klarheit zuzulassen, der unangenehm war, wie der ungeschützte Griff in einen dornigen Strauch.

Konnte mein Großvater auf irgendeine andere Art in meinem Unterbewusstsein eine Spur hinterlassen haben? Einem Echo gleich, das auf mein Leben einwirkte? Hatte ich bloß Erzählungen als Kind aufgeschnappt, die tief in mir verborgen und nun durch irgendeinen auslösenden Faktor geweckt wurden? Konnte man denn so Träume vererben? Oder war ich etwa – ähnlich wie einige Berichte von Stevenson es nahelegten - die Reinkarnation meines eigenen Großvaters? Lebte irgendetwas von ihm in mir fort?

Mir wurde abwechselnd heiß und kalt bei diesen Fragen, da mein Verstand sich nicht vollständig dagegen wehren konnte, sie mir aber gänzlich irrational erschienen.

Schließlich empfand ich das starke Bedürfnis meine Mutter anzurufen und sie am selben Tag noch, um ein Gespräch zu bitten. Mich zog insbesondere das neue Bewusstsein für meinen Großvater zu ihr, über den wir schon eine Reihe von Jahren kein Wort mehr verloren hatten. Er war nach langer Abwesenheit auf eine spezielle Art wieder in mein Leben getreten, nämlich dadurch, dass diese Projektion innerhalb meines Traumes MIR seinen Namen gegeben hatte.

Bei aller Verwirrung war ich klar in meiner Entschlossenheit, diesem Hinweis nachzugeben, den mir verborgenen Anteile meines Innersten auf diese Art vermittelt hatten.

Kapitel 12

Meine Mutter stand schließlich am Abend mit einem freundlichen Lächeln vor unserer Wohnungstür. Sofia war noch nicht zu Hause.

Ich kochte Kaffee und wir saßen uns schließlich mit zwei dampfenden Tassen am Wohnzimmertisch gegenüber.

Da waren so viele Worte und Fragen in meinem Kopf, die ich an sie richten wollte. Aber eine Blockade, die alter Gewohnheit entsprach, verhinderte, dass ich einfach losprudelte. Schließlich fragte sie einfühlsam und eloquent nach meiner Frau und ihrer Schwangerschaft und ein flüssiges Gespräch kam auf Basis dieses unverfänglichen Themas zu Stande.

Dann fragte sie mich, was mir außerdem noch am Herzen lag und ich fing zögerlich an, ihr alles zu berichten.

Von Anfang an. Jedes Detail. Der richtige Zeitpunkt hierfür war nun einfach gekommen und es tat gut.

Bis hin zu der Frau im Traum, die mich beim Namen meines Großvaters genannt hat. Ergriffen und dankbar folgte sie meinen Worten. Sie hatte scheinbar einen neuen, viel reiferen und offenen Menschen vor sich sitzen.

»Ich bemerkte mit Sorge, dass du ein Tief durchgemacht und dich irgendwie verändert hast. Dabei hoffte ich sehr, dass du alles gut bewältigen kannst und wieder auf die Beine kommst. Das dies die Ursachen waren und was du da berichtest, ist bemerkenswert.« Replizierte sie.

»Mir ist klar, dass ich bisher nicht so recht offen war, da ich Zeit brauchte, damit erst einmal selbst klar zu kommen. Aufgrund dessen, was dann aber gestern geschah, hatte ich das starke Bedürfnis mit dir zu sprechen. Da ist eine – wie auch immer geartete - Verbindung zu Opa. Ich weiß nicht viel über ihn. Du sicherlich mehr. Ich hoffe, dass wir dieses Rätsel gemeinsam angehen können.«

»Hm, also ich weiß ehrlich gesagt über meinen Vater ebenfalls nur verhältnismäßig wenig. Er war im Krieg in Polen eingesetzt. Als er zurückkam war er ein gebrochener Mann. Niemals sprach er über das, was er dort im Einzelnen erlebt oder durchlebt hatte. Das war übrigens ganz normal bei den Vertretern seiner Generation. Meine Mutter lernte er bei einer Tanzveranstaltung nach dem Krieg kennen. Ihre Ehe war alles andere als glücklich. Da war keine Liebe in ihrer Beziehung und sie lebten eher neben einander her. Seine Arbeit und sein Kleingarten hielten in permanent beschäftigt und er war immer irgendwie abwesend. Niemals konnte ich zu ihm eine emotionale und persönliche Beziehung aufbauen, da er sehr verschlossen, streng und oftmals muffelig war. Das hat mich sehr belastet. Schließlich starb er kurz bevor du geboren wurdest.«

»Wo war er denn genau in Polen eingesetzt?«

»Ich weiß, dass er zu Beginn in Krakau war und dann von dort aus mehrfach versetzt wurde.«

Ihre Kenntnis war tatsächlich begrenzt und ich kam ins Grübeln, wie ich mehr Licht ins Dunkel bringen konnte. Ich war traurig, dass wir bisher niemals über dieses Thema gesprochen hatten und verspürte erstmals Mitgefühl mit ihr, das ihr Verhältnis zu ihrem Vater sich auf diese Weise darstellte. In wievielen Familien mochte das genauso sein, dass durch das Schweigen der Älteren so einiges verschüttet wird, dass die historische Linie und damit das aktuelle Leben der Menschen mehr prägte, als jene das ahnen können.

Sie wirkte auf einmal nachdenklich und kaute kurz auf einem Fingernagel.

»Hatte ich dir nicht einmal eine Truhe von meinen Eltern gegeben?«, fuhr sie überraschend fort.

Tatsächlich fiel mir ein, dass ich eine Truhe oder Kiste von ihr erhalten hatte, in der Gegenstände meiner Großeltern verborgen waren. Ich hatte sie einfach verdrängt. Niemals hatte ich mir diese näher angesehen, da bisher kein großes Interesse an diesen Dingen in mir aufgekommen war. *Wo hatte ich sie nur verstaut?*

Plötzlich fiel mir wieder ein, dass ich in der Kammer neben dem Schlafzimmer ein Regal angebracht hatte, auf dem unter anderem eine Menge Kram und Erinnerungsstücke untergebracht waren.

Neben dem Schlafzimmer? In der Nähe meines Bettes? Solche kuriosen Zusammenhänge fielen mir in letzter Zeit auf und ich bemühte mich, keinen weiteren irrationalen Schluss hieraus zu ziehen. Dass ein Gegenstand auf mysteriöse Weise auf mein Traumleben einwirken konnte, hielt ich tatsächlich für zu weit hergeholt.

Wir suchten das Räumchen auf und forschten nach der Kiste, die sich schließlich unter einigen alten Büchern, Bilderrahmen und Aufbewahrungsboxen auffinden ließ.

Nach kurzer Zeit befreiten wir die alte hölzerne Box und schleppten sie zum Wohnzimmertisch.

Sie war von Staub und Spinnenweben bedeckt, den ich grob mit dem Unterarm wegwischte. Kurzzeitig vermutete ich, dass ich niesen musste. Wir öffneten ihren metallenen Verschluss und nahmen den Deckel ab.

Es roch alt und modrig.

In ihr lagen eine Menge lange unangetastete Bilder und Mappen, die wir vorsichtig herausnahmen und auf dem Tisch verteilten.

Auch für meine Mutter scheint dies ein besonderer Moment zu sein, denn sie hatte sich durch das schwierige Verhältnis zu ihm davor gescheut, sich selbst mit diesen Erinnerungen zu befassen, was aber doch gerade für eine Tochter so wichtig ist, ging mir durch den Sinn. Sie wurde tatsächlich still und nachdenklich.

Ich blickte sie verständnisvoll an. Sie erwiderte meinen Blick, strich kurz über meine Hand und nickte.

Daraufhin gingen wir zunächst wortlos die einzelnen Fundstücke durch und begannen sie irgendwie einzuordnen. Bilder von bekannten Verwandten und unbekannten Personen. Urkunden. Alte Zeugnisse. Ein Kindheitsbild meiner Mutter fiel ihr in die Hände, sie betrachtete es intensiv und hielt es mir dann mit einem freudigen Lächeln hin. Ich spiegelte dieses.

Hiernach stießen wir auf Fotos aus einer ganz frühen Phase. Mein Großvater in Uniform. Mit Kameraden. Er war ein gutaussehender Mann mit gütigen Augen gewesen.

Ich stellte mir diesen jungen idealistischen Mann vor, der damals noch voller Träume und Wünsche gewesen sein musste und wie viele seiner Altersgenossen in eine grausame und unmenschliche Episode der menschlichen Geschichte verschleppt wurde. Aus diesem Gedanken wurde ich durch einen wichtigen Fund herausgerissen.

»Schau mal hier.«

Meine Mutter hielt eine unbeschriftete alte Mappe in den Händen und öffnete sie.

Hierin befanden sich weitere Bilder und eine Anzahl handgeschriebener Briefe.

Der Inhalt dieser Mappe überwältigte uns.
Das sind Liebesbriefe, dachte ich.
Wir blätterten sie zunächst flüchtig durch, da fiel ein zwischen zwei Briefen eingeschobenes Foto heraus und flatterte auf den Boden.
Es lag dort auf dem Rücken.
Ich bückte mich, um es aufzuheben.

Dann traf es mich wie ein Blitz und zog mir fast den Boden unter den Füssen weg.
Da war eine junge lächelnde Frau auf dem Bild abgebildet.
Sie hatte lange dunkle Haare.
Sie ist es. Das gibt es doch nicht.
Ich kannte sie. Und zwar sehr gut.
Eine Bekanntschaft aus meinen Träumen.

Mein Herz schlug wie wild und alles um mich herum begann, sich karussellartig zu drehen. Meine Hände zitterten und ich ließ die Fotografie auf den Boden fallen, als wäre sie kochend heiß. Mein Atem wurde flacher und in mir krampfte sich alles zusammen, als hätte ich ein schreckliches Ereignis gesehen. Panik stieg auf. Einem Impuls folgend lief ich hektisch aus dem Raum heraus.
Meine Mutter rief mir erschrocken nach, ob es mir nicht gut sei.
Ich brauchte frische Luft und beim Hinauslaufen auf die Straße öffnete ich fahrig die obersten Knöpfe meines Hemdes. Überforderung und Verwirrung dominierten mich.
Nur langsam konnte ich durch die frische kühle Luft in meinen Lungen Beruhigung finden.
Wie kann das alles nur möglich sein.

Es muss doch eine Erklärung geben. Auf eine vernünftige Weise.

Habe ich diese Kiste vielleicht doch schon einmal durchgesehen und es womöglich vergessen? Vielleicht als Kind? Woher sonst soll ich ihr Aussehen kennen? Ja, das könnte sein. Aber warum kramt mein Gehirn dann diese Bilden ausgerechnet jetzt so vehement aus meinem Gedächtnis heraus und penetriert mich regelrecht damit?

Eine halbe Stunde später betrat ich wieder meine Wohnung und fand meine Mutter am Tisch sitzend vor. Sie hatte besorgt auf mich gewartet und reichte mir direkt ein Glas kaltes Wasser.

Ich musste ihr nicht erläutern, wen ich auf dem Bild gesehen hatte. Sie zeigte mir wortlos die Rückseite des gezackten Fotopapiers. Darauf stand handschriftlich: *Olga Nowak, 39.*

Nachdem ich mich noch etwas mehr gesammelt hatte, gingen wir noch die Briefe durch, da nun die Neugierde überwog. Meine Mutter war sichtlich bewegt, da so eine Seite ihres Vaters offenbart wurde, die sie selbst niemals kennengelernt hatte.

Lieber Johannes,

ich möchte mich bei dir bedanken, dass du dich um mich sorgst und mir das Gefühl gibst, dass nicht alles dunkel und schwarz ist. Ich träume davon, dich ganz bald wieder sehen und hoffe, dass dieser Traum in Erfüllung geht.

Mit lieben Grüßen
Olga

Liebste Olga,

der gestrige Tag mir dir war so wundervoll. Mein Herz sehnt sich danach, dich wieder zu sehen.
Deine liebevollen Augen blicken mich an, sobald ich zum Einschlafen meine schließe. Ich wache manchmal tief in der Nacht auf und kann deine Berührungen und Umarmungen spüren.
Meine Liebe zu dir verzehrt mich dann und ich wünschte, ich könnte einfach aufstehen und zu dir gehen. Ich freue mich auf den Moment, in dem ich dich wiedersehen und ein paar friedliche Stunden mit dir verbringen kann.
Du bist mein Trost und meine einzige Freude hier.

Dein Johannes

Mein geliebter Johannes,

da wir uns nun einige Tage nicht mehr sehen können, habe ich dir diese Zeilen geschrieben.

Ich denke immerzu an dich und lächele, obwohl in diesen Tagen hier kaum noch jemandem danach ist. Wie kann nur eine solche Zeit für mich solches Glück bedeutet haben. Durch dich glaube ich noch an die Menschen. So viele schlimme Dinge passieren hier dauernd. Sollte nicht immerzu Furcht in meinem Herzen sein? Und ja, ich fürchte mich. Auch um meine Familie und Freunde. Aber gleichzeitig hat Gott dich mir als Hoffnungsschimmer geschickt. Und ich sehne mich danach, dass eines Tages wieder Frieden und Freiheit in unser Leben treten und du dann immer noch bei mir bist. Damit du mich nicht vergisst, habe ich dir dieses Bild von mir beigelegt. So kannst du jeden Abend in meine Augen schauen, wenn du zu Bett gehst und für einen Moment vergessen, warum du eigentlich hier bist.

In fortdauernder Liebe
Olga

Liebste Olga,

ich schreibe dir dies, obwohl ich weiß, dass ich dir diesen Brief nicht mehr persönlich übergeben kann.

Es tut mir unendlich Leid, dass die Dinge diese Wendung genommen haben und du dieses traurige Erlebnis haben musstest. Meine Sehnsucht ist danach, dass ich irgendwie wieder in deine Nähe versetzt werde und wir uns wiedersehen. Bis dahin bitte ich dich darum, voller Mut und Zuversicht zu bleiben. Ich werde dich immerzu in meinem Herzen bewahren und Kraft aus der Hoffnung saugen, dass uns das Schicksal nicht zusammengeführt hat, um uns dann wieder auf Dauer zu trennen.

Daher schreibe ich:
Bis bald.

In ewiger Liebe
Dein Johannes

Liebste Olga,

so lange verzehre ich mich schon nach dir. Ich ertrage nicht, was ich hier erleben und sehen muss. Und jedes Mal wurde ich weiter von dir entfernt. Ob du diese Zeilen jemals erhalten hast und ob du überhaupt noch am Leben bist, weiß ich nicht. Ich wurde zunächst nach Auschwitz versetzt. In eines der Lager. Gestern wurde ich Zeuge eines Grauens, das ich nicht beschreiben kann. Ich glaube nicht mehr an die Menschen. Wie kann eine Sache gut sein, wenn man Menschen gleichzeitig so etwas antut. Und es wird immer schlimmer. Viele von uns hassen das, was getan wird und wer uns dazu treibt, dieses zu tun. Niemals werden wir uns das verzeihen können. Und niemals wird Gott uns verzeihen.

Einige von uns fürchten des Nachts die Rache der Menschen, die wir überfallen und denen wir den Frieden genommen haben.

Mein Herz ist allezeit nur bei dir

In ewiger Liebe
Dein Johannes

Meiner Mutter und mir liefen tief bewegt die Tränen über die Wangen, als wir diese zärtlichen und bewegenden Worte lasen. Wir waren sehr ergriffen. Weitere Antworten auf meine Fragen hatte ich erhalten. Auf mysteriöse und überwältigende Weise erzeugte diese Liebe ein Echo in meinem Leben – so viel war klar. So viele neue Fragen wurden gleichzeitig aufgeworfen: *Wer war diese Olga? Wo traf er sie? Mein Großvater musste sie von Herzen geliebt haben? Warum wurden sie getrennt und haben sie sich nach dem Krieg wieder gesehen? Von welchem besonderen Ereignis, dass auch Olga erlebt hatte, war die Rede?*

Meine Mutter verabschiedete sich, ohne viele weitere Worte mit mir zu wechseln, denn sie musste zunächst einmal für sich einen Weg finden, diese neuen Erkenntnisse zu begreifen und damit umzugehen. Niemand wusste vor diesem Tag, dass sich mein Großvater als Soldat in eine einheimische Frau verliebt hatte und, dass er zumindest zeitweise im Konzentrationslager Auschwitz-Birkenau - oder in einem der Nebenlager - eingesetzt war.

In mir schrie alles danach, mehr zu erfahren.

Lebt diese Olga noch? Sie müsste ungefähr in ihre 90ern sein. Ich muss versuchen, sie aufzusuchen. Es muss einen Grund dafür geben, dass diese Ereignisse sich auf eine unergründliche und geradezu paranormale Weise Zugang zu mir verschafft haben und ich muss herausfinden, warum es dazu gekommen ist. Das will mir doch etwas mitteilen!

Unverzüglich begann ich, Sofia in einem Brief zu schildern, was geschehen war und, sie um Verständnis zu bitten, dass ich dieser Sache auf den Grund gehen musste. In meinen letzten

Worten versicherte ich ihr, dass ich sie über alles liebte. Ich packte einige Kleidung zusammen und setzte mich in mein Auto. Dann fuhr ich ohne genaueren Plan und getrieben von einer inneren Stimme in Richtung Osten. Was sollte mich dort erwarten? Welche Geheimnisse würde ich lüften könnten?

Ich fuhr fünf Stunden durch, bis mir vor Müdigkeit fast die Augen zufielen. Dann bog ich in der Nähe von Chemnitz in einen Rasthof ab, um für einige Stunden zu schlafen. Mir kam es wie ein Augenschlag vor, da wachte ich vom Tageslicht wieder auf dem Fahrersitz sitzend wieder auf. Nachdem ich mir einen frischen Kaffee besorgt habe, setzte ich ein wenig ausgeruht meine ungewisse Fahrt fort.

Vormittags kam ich in Krakau an und beschloss zunächst ein Hotel zu suchen. Dann rief ich auf der Arbeit an und bat meinen Chef um ein paar Tage Urlaub, unter dem Vorwand, dass ich eine familiäre Angelegenheit klären musste. Widerstrebend stimmte er zu. Seine Reaktion war mir gleichgültig. Meine Suche hatte Vorrang.

Einige Zeit später fand ich das Sheratonhotel und checkte mit Hilfe meiner Kreditkarte ein. Mir fiel das qualitativ hohe Niveau des Fünf-Sterne-Hotels auf, das eine beeindruckende Aussicht auf den Weichselboulevard und das Königsschloss auf der Wawel bot. Die Lobby befand sich in einer pompösen Halle mit Glasdach, das Restaurant war vielversprechend, sowie die Zimmer gepflegt und hochwertig. Sofia hatte bereits drei Nachrichten auf meiner Mailbox hinterlassen. Ich hörte diese ab und hoffte, dass sie einigermaßen Verständnis hätte. Ihre Stimme klang deutlich verheult und verzweifelt, was mir schwer auf der Seele lag, aber mich nicht zur Umkehr bewegen konnte.

»Hey Frank, ich habe deine Nachricht gelesen. Was du da geschrieben hast, ist unglaublich. Aber du kannst doch nicht einfach so abhauen? Ich machen mir riesige Sorgen. Bitte melde dich bei mir.«

Ich faste mir ein Herz, klingelte durch und sie nahm fast unverzüglich ab.

»Hey Sofia, mir geht es gut, ich bin im Sheratonhotel in Krakau. Ich muss der Sache einfach nachgehen. Es tut mir Leid«

Sie antwortete bestürzt. Angesichts meiner total untypischen flatterhaft wirkenden Handlungsweise konnte ich das auch sehr gut verstehen. »Aber, aber du kannst doch nicht einfach so abhauen? Das alles ist über 70 Jahre her. Was ist, wenn sie gar nicht mehr lebt oder nicht mehr dort lebt? Warum haben wir das nicht noch mal besprochen? Soll ich zu dir kommen?«

»Sofia, bitte verstehe mich. Mir geht's gut. Komme nicht her. Ich werde mich melden. Ich muss dem einfach auf den Grund gehen. Da ist etwas, dass mich antreibt. Das alles ist doch kein Zufall. In mit ist ein Gefühl, dass ich etwas Bedeutsames erfahre. Auch für mein – für unser – Leben. Ich weiß, dass ich dich an jede Grenze bringe. Aber ich glaube, dass alles hier einen Anfang nahm und auch einen Abschluss finden kann. Bitte gehe nur noch diesen Weg gemeinsam mit mir und vertraue mir.«

Sie akzeptierte diese Erklärung zähneknirschend und wir beschlossen das Gespräch. Ich lief Gefahr, ihre Geduld zu überreizen und sie zu verlieren. Den Gedanken daran verwarf ich schnell, denn das war das Schlimmste, das ich mir vorstellen konnte.

Kapitel 13

Krakau hätte mich bei einem entspannten Wochenendtrip noch weit mehr beeindruckt. Die Stadt an der Weichsel gilt als die Kulturhauptstadt Polens, deren Altstadt vom 2. Weltkrieg weitgehend verschont blieb, wodurch viele Baudenkmäler gut erhalten waren. Ich begriff, dass das ehemalige Konzentrationslager Auschwitz-Birkenau unweit entfernt war. Leider konnte ich mir keine Zeit nehmen die Marienkirche, die Tuchhallen oder das gotische Königsschloss Wawel zu besuchen.

Wie suche ich in dieser Stadt nach einer Person, von der ich nicht weiß, ob sie noch existierte und von der ich nur ein Bild besaß, das über 70 Jahre alt war. Diese Aufgabe stellte ich mir, während ich in der Lobby einen Kaffee trank.

Das Bild kann ich nur Menschen im ähnlichen Alter oder direkten Verwandten zeigen. Vielleicht wird es mir eine Hilfe sein, wenn ich bereits eine Spur zu Menschen aufgenommen habe, die Olga Nowak heißen. Wobei ich nicht weiß, ob sie nicht nach dem Krieg wieder geheiratet hat und nun völlig anders heißt, oder, ob sie überhaupt noch lebt.

Schließlich suchte ich bewaffnet mit meinem Laptop und dem Smartphone schlicht nach dem Namen Olga Nowak im Telefonbuch und im Internet. In Facebook und linkedin erzielte ich eine Reihe von Treffern, jedoch vermutete ich sie dort eher nicht. *Wahrscheinlich wäre es klüger, Altenheime abzusuchen oder einen Weg zu finden, über offizielle Wege die Person ausfindig zu machen,* analysierte ich.

Nach einigen Stunden fiebriger Aktivität wurde mir klar, dass ich eine Sisyphusarbeit begonnen hatte, die mich offenkundig noch unendlich beschäftigen und aufreiben konnte. Aber ich hatte nicht so viel Zeit. Ich tätigte eine Reihe von Anrufen und konnte mich teilweise weder auf Englisch oder Deutsch verständigen, noch auch nur einen kleinen Schritt vorankommen. Wenn mich jemand verstand, musste ich mir Zeit nehmen, zumindest in gewissem Umfang zu erklären, warum ich nach dieser Person suchte. Ich gab vor, dass sie eine nahe Bekannte war, die ich vom Tod meines Vaters informieren wollte. Bald begann mir klar zu werden, dass ich diese Suchaktion sehr plötzlich und überstürzt angegangen war. Der erste Tag neigte sich - geprägt von fruchtlosen und halbherzigen Suchvorgängen - bereits seinem Ende zu. Letztlich erschien es mir noch vergleichsweise aussichtsreich, Adressen von Alten- und Pflegeheimen, sowie der Einwohnermeldeämter herauszusuchen.

An diesem Abend ging ich - nach einem kleinen Snack und einem kurzen Telefonat mit Sofia - früh ins Bett, da ich den ganzen nächsten Tag für eine großangelegte Suchaktion nutzen wollte. Die kommenden zwei Tage fuhr ich durch die Stadt, steuerte mehrere Altersheime an, versuchte erfolglos Informationen auf Ämtern einzuholen, Besuchte einige Familien mit dem Namen Nowak und ging zum Ende hin sogar dazu über, das Bild von Olga jedem älteren Menschen zu zeigen, der mir über den Weg lief. Meine Anstrengungen kamen mir zunehmend wie ein Kampf gegen Windmühlen vor.

Müde, frustriert und ausgehungert begab ich mich am Ende meines dritten Tages des Aufenthaltes in dieser Großstadt in das hochwertige Hotelrestaurant, um eine Kleinigkeit zu essen und danach zog es mich in die Hotelbar. Dort setzte ich mich an die Theke und startete mit einem einfachen kühlen Pils, wobei ich bereits absah, dass ich der Neigung nachgeben würde, mehr als üblich zu trinken.

Es saßen nicht allzu viele Personen dort, so dass der Barkeeper mich freundlich ansprach, während er mir das dritte

Bier zusammen mit einem Büffelgras-Wodga brachte. Er beherrschte ein gutes Deutsch. Sein Akzent war kaum herauszuhören.

»Was führt sie eigentlich hierher? Der Beruf?«

Ich schaute zu dem gut aussehenden und elegant gekleideten Mann auf, der hinter der aus edlem Holz gestalteten imposanten Bar seinen Dienst tat. Mein Bewusstsein war vom Alkohol und zusätzlich begünstigt durch meine verringerte Nahrungszufuhr an dem Tag bereits ein wenig benebelt.

»Nein, ich bin aus privaten Gründen hier.«

»Aus privaten Gründen? Darf ich erfragen warum?«

»Ich suche nach einer Person, die meiner Familie nahesteht.«

»Sie suchen nach einer Person? Klingt ja, wie in einem Film.«

»Ja, so könnte man es tatsächlich beschreiben.« Ich hob daraufhin mit einem ironischen Lächeln mein Glas.

»Wie meinen Sie das genau, dass die Person Ihnen nahe steht?«

»Ach, ich bin auf eine Geschichte gestoßen, die sich vor sehr vielen Jahren abspielte.«

»Also, Sie sehen, dass ich wenig zu tun habe. Wenn ich Ihnen einen weiteren Schnaps ausgebe, dann erzählen Sie mir vielleicht ihre Geschichte. Dadurch könnte meine Nacht schneller vorüber gehen.«

Das Angebot klang durchaus ansprechend und es konnte mir gut tun, mein Problem mit einer neutralen Person zu besprechen. Und war das nicht der Grund, warum man in eine Bar ging und sich dort zuweilen mit fremden Personen unterhielt. So nahm ich einen auskömmlichen Schluck und begann die weniger verfänglichen Teile der Geschichte zu erzählen, die mich letztlich an diesen Ort geführt hatte. Ich ließ den Abschnitt mit den Träumen aus, beschrieb aber durchaus, dass ich einen Prozess durchmachte und darauf gestoßen war, dass der Vater meiner Mutter in Krakau eingesetzt war und wir herausfanden, dass er hier seine große Liebe kennenlernte, aber auch verloren zu haben schien. Der Angestellte des Hotels hörte aufmerksam zu und meine Erzählung schien eine ausgesprochen willkommene Abwechselung für ihn zu sein.

»Wow, das ist eine packende Geschichte, die Sie da mitgebracht haben. Und wissen Sie, es ist ein Themenbereich, der viele Menschen hierher führt.«

Ich verstand nicht recht, was er meinte.

»Na, dadurch, dass Auschwitz nicht weit weg ist und viele Schulklassen, Einzelpersonen, Journalisten und so weiter sich diesen Ort, der zum Symbol für den Holocaust geworden ist, ansehen wollen. Und von hier aus ist das ein Tagesausflug. Daher habe ich bereits häufiger Gespräche mit angehört, die davon handelten, dass sich Menschen zurückversetzen und in persönliche Beziehung zu diesem außergewöhnlichen Ort und dieser außergewöhnlichen Zeit zu treten versuchen. So wie nun auch Sie, auf Ihre ganz eigene Art.«

»Okay, ich verstehe nun, was Sie meinen. Dass mein Opa auch zeitweilig dorthin versetzt wurde, hat bis vor wenigen Tagen keiner von uns gewusst. Allerdings zieht mich nicht dieser Aspekt hierher, sondern eine für ihn besonders prägende Figur, an die er wohl sein Herz verloren hatte und, dass er wohl niemals wieder zurückerhielt.«

Mein Zuhörer schien berührt zu sein. Kurzzeitig musste er den Platz mir gegenüber verlassen, um einen anderen Kunden zu bedienen, dann kehrte er zurück.

»Und, was wissen Sie über diese Frau?«

»Praktisch fast nichts. Nur ihren Namen und ihr Aussehen vor so vielen Jahren.«

Ich griff in meine Jackentasche und zog das augenscheinlich historische Foto heraus, um es ihm zu zeigen.

Er betrachtete es exakt, ließ es auf sich wirken und gab es mir zurück, als wäre es ein kostbares Schmuckstück.

»Wissen Sie, vor ein paar Tagen hatte ich ein ganz ähnliches Gespräch mit einem Deutschen. Mir fällt das ein, weil sein Grund für eine Reise in diese Stadt eine Ähnlichkeit zu Ihrem aufweist, aber er war durch und durch negativ.«

»Wie meinen Sie negativ?«

Das Gespräch war interessant und ich entspannte mich von den Mühen meiner von einer krampfhaften Suche geprägten Tage.

»Er war auch auf der Suche nach der Geschichte seines Großvaters. Der war auch in der Kriegszeit hier eingesetzt und ist verstorben.«

»Das sind ja leider viele. Er war aber auch Wehrmachtssoldat?«

»Ja, das war er. Allerdings kam er nicht im Rahmen einer Kriegshandlung um, sondern er wurde von einem Kameraden ermordet. So hatte der Herr es jedenfalls kürzlich erfahren.«

»Ach so, und ist er denn fündig geworden?«

»Ja, er hatte nach einigen Tagen der Suche den Namen des Soldaten herausgefunden, der seinen Opa auf dem Gewissen hatte. Das erzählte er mir noch und dann reiste er zügig ab. Mehr konnte er nicht in Erfahrung bringen.«

»Wie hatte er denn das erreicht?«

»Genau weiß ich das nicht, aber er fand wohl einen älteren Mann, der damals im Verwaltungsbereich gearbeitet hatte und seinen Großvater kannte. Er schien sich, bereits vor seiner Reise hierher etwas vorbereitet zu haben und konnte danach gezielter suchen. Gegenüber dem einheimischen Mann hatte sein Großvater den Namen einer verfeindeten Person erwähnt, die dann zu seinem Mörder geworden war.«

»Eine unglaubliche Geschichte und ja, es ist eine ganz andere Motivation. Ich folge einer lange verflossenen Liebe nach und er dem Tot. Gerne würde ich mich mit ihm austauschen. Eventuell könnte sein Informant auch mich weiterbringen.«

Ungeachtet dessen vermittelte mir diese Anekdote eine gewisse Zuversicht.

Eine Gruppe von Personen betrat die Bar und mein Gesprächspartner verabschiedete sich zeitweilig mit einer Handbewegung.

Ich nahm einen weiteren Schluck und rieb mir die Augen.

Die Sehnsucht nach einer genialen Idee oder einer kleinen Portion Glück beherrschten mich. Nüchtern musste ich zugeben, dass ich diese überstürzte Suche nicht mehr viele Tage so weiterführen konnte und die Wahrscheinlichkeit hoch war, dass ich bald unverrichteter Dinge abreisen musste. Mit Beklemmung stellte ich mir vor, dass ich mein Bedürfnis nach größerer Einsicht in die Umstände, die mich so beschäftigten, auf diese Art begraben müsste.

Dann beschloss ich, auf meinem Zimmer noch ein wenig fernzusehen, um meinen Kopf zeitweilig abzulenken und so etwas Erholung zu finden.

Als ich dann dem Barkeeper bereits zum Abschied winkte, bedeutete er mir, dass ich noch einen kurzen Moment warten solle. Er kam schließlich an meinen Tisch und eröffnete mir eine völlig neue Chance.

»Hören Sie, ihre positive Geschichte hat mich beeindruckt. Ich habe eine Idee. Mir ist ein Moderator des hiesigen Radiosenders RMF FM bekannt, da er sich hier des Öfteren mit Gesprächspartnern trifft. Er moderiert morgens eine Sendung, in der er auch Freiheiten hat, interessante tagesaktuelle Storys über interessante Menschen und Ereignisse einzuflechten. Er ist immer donnerstags hier – also Morgen. Ich würde Sie gerne mit ihm bekannt machen.«

Diese völlig unerwartete Nachricht klang in meinen Ohren wie Musik. Ich sagte zu und war gespannt, ob dies ein Flop oder der Durchbruch sein könnte. Zumindest war es ein begründeter Hoffnungsschimmer. Ein Strohhalm, den ich auf jeden Fall ergreifen musste.

Tags darauf konnte ich das Herannahen des Abends kaum erwarten. Ich unterbrach meine Suche bis dorthin und legte nach dem Frühstück den zehnminütigen Fußweg zum Hauptmarkt zurück. Dann streifte ich etwas durch die Gassen, setzte mich für mehrere Stunden in zwei verschiedene Cafés, aß Kleinigkeiten und beobachtete die an mir vorbeieilenden oder mit gegenübersitzenden Menschen.

Mir gingen die vielen Ereignisse durch den Kopf, die mich hierhergeführt hatten, da ich mir nun wieder etwas Muße zur Reflektion gewährte. Dann stiegen eine gewisse Sorge, Zweifel und ein schlechtes Gewissen in mir auf. Meine Arbeit vernachlässigte ich und meiner Frau schenkte ich nicht die Aufmerksamkeit, die sie angesichts ihrer Schwangerschaft eigentlich verdiente. *Ich belaste sie unnötig. Aber ich kann nicht anders, als diesem inneren Drang nachzugehen, mehr zu erfahren,* ging mir durch den Sinn. *Sie ist eine fantastische und liebenswerte Frau, wie sie zu mir hält und mich trotz allem ohne großartige Vorwürfe unterstützt. Ich muss einen Abschluss für diese Angelegenheit finden, damit ich mich dann voll auf meine neue Rolle und unser neues Leben konzentrieren kann.*

Ich beobachtete, wie vor mir ein junges Paar mit strahlenden Gesichtern die Straße entlang schlenderte. Der Mann trug einen Säugling wie einen ungekehrten Rucksack direkt am Herzen. *Wie man das wohl nennt? Das sollte ich mir auch anschaffen,* dachte ich. Meine Gedanken wanderten zu einer Vorstellung von Sofia und mir, wie wir einen Kinderwagen schieben, wie wir das Kinderzimmer gemeinsam gestalten und welche Abenteuer dieser neue Abschnitt mit sich bringen wird. Dann wechselt mein Geist zu Situationen, Gesichtern und Problemen, die mit meiner Arbeit in Zusammenhang standen. *Wie werden sich die Dinge in nächster Zeit entwickeln? Werden mir ganz andere Teile des Lebens wichtig sein? Sollte ich mein Engagement etwas herunterschrauben?* Für Fragen, wie diese es waren, nahm ich mir an diesem ereignislosen Tag Zeit. Je näher der Abend und meine vorgesehene Verabredung kamen, desto rastloser wurde ich innerlich, denn ich war gespannt auf die mir avisierte Person und darauf, ob er die Geschichte tatsächlich in irgendeiner Art öffentlich machen würde.

So saß ich einige Stunden später auf einem bequemen Ledersessel in der Lobby des Hotels, in der man sich wie unter dem Dach einer Kathedrale fühlte. Das Warten verkürzte ich mir mit einer würzigen Tasse Kaffee. Meine Hände lagen auf meinen Beinen und mein rechter Fuß wippte unkontrolliert nervös auf und ab. Der Hotelmitarbeiter, der mir im Gespräch näher gekommen war, hatte dort ein Treffen zwischen dem Radiostar und meiner Person vereinbart. Dieser schien auf erste Erklärungen hin auch gespannt zu sein, mich zu treffen.

Ich war gerade in Gedanken, da tippte jemand von der Seite meine Schulter an. Ein Mann im Alter von ca. 35 Jahren stand mir gegenüber. Er hatte eine Glatze, trug eine auffälligen Ohrring und einen Dreitagebart. Sein Outfit war nicht so leger, wie ich erwartet hatte, denn seine Kleidung bestand aus einem eng geschnittenen hellblauen Hemd und einer Stoffhose. Als ich seine Stimme bei der Begrüßung vernahm, wurde mir klar, warum er für seinen Job geeignet war, denn sie klang kräftig, rauchig und ausdrucksvoll. Sein deutsch war fast akzentfrei. Wie ich später erfuhr, hatte er einige Jahre in Berlin gelebt.

Nach einem kurzen Smalltalk bestellte er sich ein Glas Chardonnay und kam direkt zur Sache.

»Herr Saulus, mein Freund Marius, den Sie hier kennenlernten, hat mir verraten, dass Sie aus einem besonderen Grund in der Stadt sind?«

Ich hatte fest vor, meine Geschichte nicht zu untertreiben, denn ich wollte nicht, dass er mich schließlich vertrösten und weiterziehen würde.

»Mich hat die Suche nach einer bestimmten Person in diese schöne Stadt geführt. Sie bedeutete meinem Großvater nämlich eine ganze Menge und niemand in der Familie hatte irgendetwas davon gewusst…«

Dadurch begünstigt, dass ich nicht in Deutschland befand beschloss ich, ihm in etwas abgeschwächter Form sogar von meinen Träumen zu erzählen. Würde meine so intime Geschichte hier öffentlich werden, wäre es deutlich weniger peinlich. Ich erzählte ihm schließlich, dass ich Träume hatte, in denen eine junge Frau und dann auch noch der Vater meiner Mutter eine Rolle spielte und, dass wir dann auf lange verschollene Briefe und das Bild gestoßen sind, das ich ihm dann auch zeigte.

»Sie waren vorher noch nie in Polen?«

»Nein, niemals. Ich hoffe, dass es mal eine Gelegenheit geben wird, sich diese Stadt und gegebenenfalls auch die hier in der Nähe gelegene Gedenkstädte ansehen zu können.«

»Da haben Sie sich zumindest schon mal eines der besseren Hotels ausgesucht.«

Wir lächelten beide.

Er betrachtete das Bild eingehend.

»Sie war eine unglaublich schöne Frau. Dieses Leuchten in den Augen. Was für eine Zeit muss das gewesen sein. Auf einmal wird die eigene Stadt von einer fremden beängstigenden Macht überrollt. Totale Unsicherheit verdrängt ein geregeltes Leben. Bezugspunkte gehen verloren. Rechtlosigkeit entsteht. Und in einer solchen Phase verliebte sich eine junge hoffnungsvolle Frau in einen Vertreter der feindlichen Macht. Eine fantastische Geschichte.«

Mein Gegenüber versuchte sich in die Story hineinzufühlen und zu eruieren, welche Gefühle dabei bei ihm selbst wach wurden. Diese Beobachtung schien er dann, auf seine regelmäßige Zuhörerschaft zu übertragen und auf Basis dessen zu entscheiden, ob er sie weiterverfolgte oder nicht. Das war kalkulierend, aber mir Recht, denn es konnte auch meinem Ziel dienen.

Auf einmal streckte er mir die Hand entgegen und ich ging davon aus, dass er sich verabschieden wollte.

»Okay, ich würde Sie und Ihre Suche gerne erwähnen. Vielleicht finden wir diese Dame ja gemeinsam und ich kann sie gar interviewen. Wie heißt sie eigentlich?«

»Wie sie heißt? Olga Nowak. So heißt sie.«

Einige Kilometer entfernt am nächsten Morgen saß eine examinierte Altenpflegerin kurz nach dem Antritt ihrer Schicht im Büro, um die Dokumentation zu erledigen. Gerade hatte Sie sich eine heiße Tasse schwarzen Tee aufgebrüht, als sie ihren Lieblingsmoderator im Radio hörte, der eine außergewöhnliche und romantische Geschichte gekonnt wiedergab. Sie handelte von einer lange vergangenen Liebe und einem Enkel, der in die Stadt gekommen war, um den Spuren der Vergangenheit zu folgen. Als dann der Name dieser nun betagten Frau genannt wurde merkte sie auf. *Olga Nowak.* Sie kannte eine Frau mit diesem Namen. Nämlich die, welche im Ostflügel das Zimmer 55 bewohnte. Die Stimme im Radio erwähnte, dass auf der Internetseite ein Jugendbild der Person veröffentlicht werden sollte. Die Angestellte des Pflegeheimes setzte sich an den PC und klickte auf den Internet Explorer. Schnell fand sie die Seite von RMF FM und das dort eingestellte Foto. Erstaunt stellte sie fest, wie ähnlich die Dame aus Zimmer 55 dieser jungen lebensfrohen Frau auf dem Schwarzweißbild war – trotz ihres hohen Alters. Fast unverändert wirkte das Strahlen in ihren Augen.

Sie griff zum Telefon und rief beim Sender an.

Kapitel 14

Ich betrat ihr Zimmer und stand noch für einen Moment beobachtend in der Tür, ohne mich direkt gemeldet zu haben. Sie saß in einem Sessel, der dem Fenster nach draußen zugewandt war. Kräftige Sonnenstrahlen durchdrangen das Glas und erfüllten den Raum mit Wärme und Leben. Sie hatte sich ein wenig nach vorne gebeugt, eine Tasse gefüllt mit Tee von der Untertasse - begleitet durch leichtes Scheppern - angehoben und führte sie bedächtig zum Mund. Dann unterbrach sie die Bewegung auf halbem Weg. Verharrte. Drehte den Kopf geringfügig nach rechts. Sie hatte meine Gegenwart wahrgenommen. Stellt die Tasse zurück. Dreht den Kopf nun deutlich zur Seite, so dass ich ihr Profil erkennen konnte. Meine Spannung war unbeschreiblich groß. Ihre Aura hatte mich bereits erfasst.

»Bist du das?« Ihre Stimme klang erstaunlich warm und melodisch. Feminin. Sie berührte direkt mein Herz.

»Mein Name ist Frank Saulus. Sie sind Frau Nowak? Ich möchte Sie nicht stören.«

Nun drehte die Frau im hohen Alter mit gewisser Mühe ihren Körper, so dass sie einen Einblick in den Raum hinter hier erhaschen konnte.

»Kommen Sie bitte näher«, gebot sie mir freundlich.

Ich gehorchte, stellte mich direkt vor sie und streckte ihr freundlich meine Hand entgegen.

Ihr Blick traf dann direkt den meinen. Es war als würde diese Verbindung Funken versprühen.

Sie musterte die Person vor ihr mit wachsendem Interesse, ohne auch nur den Hauch einer Reaktion zu zeigen.

Der Ausdruck in ihrem Gesicht veränderte sich. Von wahrnehmend, über interessiert, zu gefesselt. Und dann verblüfft. Kein Blinzeln. Sie schluckte. Hielt den Hand unwillkürlich vor den vor Überraschung geöffneten Mund. Meine Gegenwart berührte sie offenkunde auf eine Weise tief.

»Das kann doch nicht wahr sein«, hauchte sie.

Ihre Augen wurden augenblicklich feucht.

Normalerweise hätte ich nun reagieren und die Situation angesichts der Tatsache, dass ich einer fremden Person in einem anderen Land gegenübersaß, irgendwie auflockern müssen.

Allerdings muss ich nun versuchen in Worte zu fassen was ich fühlte. Während ich die ihr zur Begrüßung entgegengestreckte Hand wieder herabsinken ließ, begann ich mich selbst auf meine Eindrücke von dieser Frau zu konzentrieren. In meinem Herzen entstand ein wohliges und vertrautes Gefühl. Ich verlor mich in ihren gütigen und lebendigen Augen. Die Zeit war selbstverständlich nicht an ihr vorübergezogen, aber ihre Züge waren genauer betrachtet fein und weiblich. Je länger ich sie ansah, desto mehr blendete ich die Zeugnisse des vorgerückten Alters aus und sie verwandelte sich in meiner Wahrnehmung in eine junge Frau. Ihre Augen glänzten. Unweigerlich musste ich ihr ein wortloses Lächeln schenken. Sie erwiderte es. Da lag eine atemberaubende Magie in diesem Moment.

»Johannes? Bist du es Johannes?« Sie flüsterte fast atemlos. Jeder einzelne Buchstabe ihrer Worte löste in mir eine Gänsehaut aus. Ich war unfähig direkt zu antworten. Diese Erfahrung überwältigte mich. Hier begegneten wir zwei Menschen uns, als würden wir uns jahrelang kennen, als wären unsere Seelen bereits Jahrhunderte wie magnetisch verbunden, als würde uns eine höhere Kraft anziehen, als hätten wir jede Sekunde unseres Lebens einander gewidmet. Sie war mir, wie meine Mutter, Großmutter, Urgroßmutter und Geliebte gleichzeitig.

Ich versuchte mich zu sammeln und beschloss mich auf den Sessel neben den ihren zu setzen.

»Mein Name ist Frank Saulus.«

Ihr Blick klebte an jeder meiner Bewegungen. Tränen der tiefen Freude liefen über ihre Wangen. Ihre Augen lachten. Eine Woge des Glücks und der Erleichterung schien, sie zu durchströmen.

»Frank Saulus? Dein Name ist Saulus?« Sie sah sich offensichtlich nicht im Stande richtig zu sich zu kommen, obwohl sie sich augenscheinlich darum bemühte.

»Johannes, war mein Großvater.«

»Dein Großvater?« Ihr Mund war vor tiefem Erstaunen geöffnet.

»Ja, mein Großvater.« Meine Stimme war tief und sanft und ich lächelte sie beruhigend an.

»Das ist ja unfassbar«, sagte sie glucksend und lachte nun laut und freudig auf. Ich erwiderte ihr Verhalten. Es war fast, als würden wir miteinander flirten. Sie schien wie zurückversetzt in eine lange vergessene Phase der Jugend.

Ich versuchte etwas Gleichmut in die Situation einzuführen, indem ich ihr banale Fragen stellte. Sie erwies sich als außerordentlich feinsinnige und intelligente Gesprächspartnerin und ließ sich darauf ein. Wir sprachen über das komfortable Zimmer in der günstig gelegenen Einrichtung. Ich erfuhr, dass sie keine Angehörigen mehr hatte, dass sie gerne Kräutertee trank, aber für besondere Momente auch eine Flasche Cognac in einem Schränkchen versteckt hatte. Und dies wäre ein Solcher. Sie dirigierte mich dorthin und bat mich, diese Flasche und zwei passende und gefüllte Gläser für uns beide zu organisieren und auf den Tisch zu stellen. Dann frage sie mich nach meiner Lebenslage aus und war entzückt, als sie erfuhr, dass meine Frau in Bälde mein erstes Kind erwartete. Sie fragte mich wo meine Frau sich aufhielt und ich erläuterte, dass sie zu Hause geblieben war. Dann ließ sie sich ein Bild von Sofia zeigen.

Bereits zwei Stunden waren durch das Gespräch vergangen, da interessierte sie sich für den Grund dafür, dass ich sie aufsuchte.

Ich zögerte aufgrund eines gewissen Skrupels meinerseits, ihr bereits die ganze Geschichte zu offenbaren.

Sie spürte dies voller Empathie.

Mit Verweis auf ihre Müdigkeit und die Notwendigkeit unsere sehr erfreuliche Begegnung zu verarbeiten, verabschiedete sie sich und bat mich, am nächsten Tag wieder auf einen Besuch bei ihr vorbeizuschauen.

Meinen Weg zurück ins Hotel legte ich wie in Trance zurück. Meine Seele war erfüllt von dieser Begegnung, zu der ich wie von einer unsichtbaren lenkenden Hand über längere Zeit hinweg geführt worden war.

Ich öffnete mir ein Bier aus dem Kühlschrank und fiel auf das Bett. Schloss die Augen.

Meine Gedanken wanderten zurück zu den ersten Sekunden, in denen sie mich erblickt hatte. *Was fühlte ich da? Oder besser gefragte, wie fühlte es sich an? Wie ein lange ersehntes Wiedersehen? Ihre Augen verrieten das. Und wie war mein Empfinden? War es überhaupt mein Empfinden? Sah ich sie aus meinen Augen? Oder sah ich sie mit den Augen eines anderen? Meines Großvaters? Warum wirkt genau diese Schlussfolgerung so völlig unausweichlich für mich. So logisch. So richtig.*

Was waren das nur für außergewöhnliche Erlebnisse. Außerhalb jeder allgemein anerkannten Grenze der Normalität. Ein Knoten bildete sich in meinem Kopf. *Manchmal bestätigt einen eine innere Stimme auf einem Weg, der jedem Muster widersprach, dass man sein ganzes Leben lang als rationell und vernünftig angenommen hatte. Und trotzdem treibt es einen regelrecht diesen Weg weiterzuverfolgen. Was ist das für ein innerer Kompass, auf dem Norden plötzlich zum Süden wird und der einen veranlasst, bereitwillig eine Klippe hinabzuspringen. Was verband einen auf fast paranormale Weise mit fremden Menschen. Wiesen solche Erfahrungen einen auf ein spirituelles Segment des menschlichen Daseins hin? Auf im Unterbewusstsein tief programmierte übersinnliche Strömungen des Lebens? Auf besondere Verbindungen zuwischen Schicksalslinien verschiedener Seele? Hatten Menschen in früheren kulturellen Epochen hierfür noch mehr Offenheit, als wir heute? War dies DAS Schicksal? Oder trafen hier Schlüsselerfahrungen aus früheren Leben auf die aktuelle materielle Manifestation der Seele?*

Ein Wirrwarr aus Gedanken, die erstaunlich inspirierend waren, durchströmte meinen Geist. *Nichts im Leben ist linear und gleichförmig. Nichts verläuft plangemäß. Das Leben ist ein Mysterium. Vielleicht geht es nicht um das Finden einfacher Antworten, sondern eher darum, diese Wesenheit des Daseins zu begreifen und anzunehmen. Ist dies eventuell die eigentliche Lektion? Und die daraus unweigerlich folgende Demut? Uns alle verbindet, dass wir durch dieses Labyrinth irren.*

Positiv erschöpft schlief ich irgendwann ein.

Den Tag darauf wachte ich mit einer bemerkenswerten seelischen Ruhe und Ausgeglichenheit auf. Ich ging kurz hinaus auf den Balkon und sog dankbar die frische Luft in meine Lungen ein. Eine einsame Amsel sang ein melodisches Lied. Kleinigkeiten schienen mir mehr aufzufallen. Mich mehr zu berühren. Mein Herz schlug gleichmäßig. Meine Atmung war rhythmisch. Eine angenehme Energie erfüllte mich.

Nach dem Frühstück begab ich mich entschlossen, auf den Weg zu einer Person, der ich zwar erst einmal begegnet war, die aber bereits zu einer der wichtigsten Menschen in meinem Leben geworden war.

Ich betrachtete Olga Nowak genau. Sie ging bereits auf die 100 Lebensjahre zu. Trotzdem erkannte man an der Art, wie sie sich kleidete und ihr Haar zurechtmachte, dass sie einmal eine außergewöhnlich schöne junge Frau war, in die man sich leicht verlieben konnte. Die nun alte elegante Frau nahm meine Hand. Ich saß direkt neben ihr auf einer Couch und spürte, dass sie nun bereit war, mir Einblicke in Begebenheiten zu geben, die vor rund 70 Jahren geschehen waren. Ich verzichtete darauf, ihr zuerst meine ganze Vorgeschichte und, was mich zu ihr führte zu berichten und lauschte gespannt ihren Worten.

»Dein Großvater Johannes kam als Soldat der deutschen Wehrmacht nach Krakau. Es war Anfang September 1939 - ungefähr eine Woche nachdem Polen von den Deutschen überfallen wurde. Unser Leben als einheimische Bevölkerung sollte sich von nun an drastisch verändern. Es war eine brutale Eroberung. Eine Heimsuchung von bösartigen Dämonen. Man erfuhr von Verhaftungen und Verschleppungen der führenden Köpfe aus Wissenschaft und Kultur. Ich begann schnell, die deutschen Soldaten zu fürchten und zu hassen. Die Juden wurden in einem Ghetto zusammengefasst und ich glaube, dass nahezu keiner von ihnen überlebte. Darunter war auch eine befreundete Familie von uns. Auch ein junges Mädchen namens Annemarie, mit der ich gut befreundet war. Ich sah sie niemals wieder. Meine Familie hatte übrigens deutsche Wurzeln, was manches Mal von Vorteil war, auch da ich gut deutsch sprechen konnte. Unser Leben wurde dominiert von ihrer Präsenz und ihren Regel. Man konnte sich aber auf Letztere nie komplett verlassen. Sie waren häufig unberechenbar und brutal. Es war ihre Methode, mit Hilfe von Terror zu herrschen. Folgte man nicht ihren Anweisungen oder schaute man sie nur schief an, dann konnte man schnell Prügel oder sogar schlimmeres ernten.

Dies blühte mir fast eines Tages. Ich war ein junges hübsches Ding. Da waren einige deutsche Soldaten, die wie übermütige und junge Hunde durch die Straße streiften. Sie kamen mir entgegen und ich wich ihren Blicken aus, als würde ich sie gar nicht wahrnehmen. Aber sie rochen meine Angst und überzogen mich mit abfälligen und unsittlichen Bemerkungen. Mir rutschte das Herz vor Angst in die Hose und ich wünschte mir einfach nur, dass sie weitergehen und mich in Ruhe ließen. Aber leider entschlossen sie sich, das Gegenteil zu tun und meine Ignoranz als Frechheit zu werten. Es waren drei Männer. Zwei von Ihnen forderten mich auf, stehen zu bleiben. Sie wollten meine Papiere sehen. Der eine kam mir sehr nahe und fasste mich an. Er legte seine Hand an meinem Nacken, was sich anfühlte, als würde jemand mir einen gefrorenen Eisblock auf jenen legen. Ich erstarrte und mir wurde übel. Dann griff mir der andere an mein Gesäß und kommentierte es auf übelste Weise. Es war ekelhaft. Ich musste nun mit dem Schlimmsten rechnen. Der Dritte war aber anders. In seinen Augen lag etwas, dass ich am wenigsten von einem Vertreter seiner Art erwartet hatte. Mitgefühl. Er versuchte, die anderen zu beruhigen: *Lasst sie in Ruhe. Wir müssen weiter*, sagte er. Irgendwie schaffte er es, sie von mir abzubringen und die Wogen zu glätten. Dieser gütige Soldat hatte meine Papiere genau gelesen und gab sie mir zurück. Die drei liefen weiter. Er warf mir noch einen Blick zu. Ein Lächeln und nicken, dass mir sagte, dass er froh war, dass mir nichts Böses geschehen war. Ich spürte, dass er mich als Mensch wahrgenommen hatte. Es war ein in diesen Tagen seltenes Aufblitzen von Menschlichkeit. Zwei Tage später stand dieser junge Soldat Johannes vor unserer Wohnungstür. Meine Mutter war geschockt. Er sprach sie respektvoll an, als wäre er ein Polizist und wir ein Teil der von ihm betreuten Bevölkerung, beschwichtigte sie und fragte nach mir. Ich warf noch einen Blick in den Spiegel und ging schüchtern zur Tür. Er entschuldigte sich erneut offiziell für seine Kollegen. Dann wirkte er auf einmal niedlich unsicher, als hätte er eigentlich geplant, noch etwas zu sagen, aber er verabschiedete sich. Dieser Junge war richtig adrett und attraktiv. Von nun an war es mir, als hätte ich einen persönlichen Schutzengel. Einige Tage später stand er erneut vor der Tür. Er hatte eine Rose mitgebracht und fragte höflich nach mir. Meine Eltern waren verständlicherweise feindselig, aber ich konnte nicht verhindern, hinter der Uniform den jungen und feschen Mann zu erkennen, der mich ganz persönlich beachtete und besuchte. Ich blendete aus, warum er sich in dieser Stadt aufhielt und sagte schließlich zu, mit ihm an seinem freien Tag einen heimlichen Ausflug zu unternehmen. Da waren eine Unzahl blutjunger Männer in der Stadt und viele besiegte junge Frauen. Eindeutige Kontakte waren nicht unüblich, aber selten standen sie unter solch romantischen und irgendwie normalen Vorzeichen. Wie verliebten uns. Wenn er freie Tage hatte, holte er mich ab und wir fuhren mit dem Fahrrad an eine besondere Stelle an der Weichsel. Es war sehr romantisch. Wir saßen nur gemeinsam am Wasser, lachten und taten einfach so, als gäbe es keinen Krieg, keine Grausamkeit, keine Verschleppungen, keine Morde und keinen Hass. Wir feierten das Leben in einer Zeit, in der Hass der Erdboden war, indem das meiste gepflanzt wurde. Die Deutschen exportierten ihn in die halbe Welt und er sollte später unbarmherzig auf ihre eigenen Städte und Menschen zurückschlagen.

Ich kann dir diese Stelle an der Weichsel zeigen, wenn du möchtest.«

Ich folgte ihrem Bericht total gebannt, stellte mir diese beiden jungen lebensfrohen Jugendlichen vor und wollte nichts mehr, als diese Stelle sehen. Sie zog eine Karte aus einer Schublade und zeigte nach kurzer Suche mit dem faltigen Zeigefinger auf eine Stelle, die ich mir gut einprägte. Ein Teil von mir vermutete bereits jetzt, dass ich das lauschige Plätzchen an diesem Gewässer bereits kannte und gesehen hatte, nämlich in einigen meiner Träume.

»Was geschah dann weiter?«, fragte ich sie.

Sie nahm einen Schluck aus ihrer Teetasse und ihre Augen zeigten, dass sie im Geiste wieder in eine lange vergangene und verwelkte Zeit zurückkehrte.

»Da war dieser eine wundervolle sonnige Tag im gerade erwachten Frühling des Jahres 1940. Wir saßen wortlos eng umschlungen am Wasser, genossen die Nähe des anderen und küssten uns. Ich bemerkte, dass Johannes ein wenig nervös war. Er sprach mich an und kündigte an, dass er mir eine Frage stellen wollte. Und dann kam der glücklichste Moment meines Lebens. Er kniete sich vor mich auf dem Boden nieder und mir traten direkt Tränen der Freude in die Augen. Dann fragte er mich, ob ich seine Frau werden wollte. Und schenkte mir einen einfachen stählernen Ring, den er für mich angefertigt hatte. Ich bejahte es. Dann zog er eine Flasche roten Wein aus der Tasche und wir stießen auf diesen Tag an. Wir fühlten uns unverwundbar und überglücklich. Keiner hatte eine Ahnung, wie die Zukunft verlaufen würde und uns beide interessierte es auch nicht. Irgendwie und auf irgendeine Weise würden wir uns eine Zukunft bauen. Es war die Liebe unseres Lebens. Und es war ein Beweis, dass Liebe immer und überall einen Weg findet, ihre Spuren auf der Welt zu hinterlassen.«

Sie unterbrach ihren Bericht, denn sie wollte auf dieser Wolke des Glücks noch eine Weile schweben. Dann beugte sie sich zu einer Schublade vor, zog sie auf und kramte etwas hervor, das sie mir zeigen wollte. Es war dieser alte Ring, der ihr die Welt bedeuten musste.

Ich vermutete bereits, dass die Schilderung der darauf folgenden Ereignisse weniger erfreuliche Aspekte offenbaren würden. Geduldig wartete ich darauf, dass sie sich bereit fühlte fortzufahren. Sie atmete tief durch und ihr Ausdruck verdunkelte sich angesichts der folgenden Ausführungen, deren Details schließlich sicherlich auch mich bis zum Ende meines eigenen Lebens begleiten werden, da sie wie durch Gottes Hand auch in meine eigene Seele programmiert worden waren, um auf besondere Weise in meinem Bewusstsein zum Leben erweckt zu werden. Und sie hatten mich auf meine Suche geschickt, die mich hier in dieses Zimmer führte.

»Natürlich hatten Johannes Kameraden Wind davon bekommen, dass er sich mit einem Untermenschen eingelassen hatte. Eigentlich war das gar nicht so dramatisch, da entgegen der heuten teilweise Auffassung die meisten Soldaten gar keine Nazis, sondern nur einfach junge unbedarfte Männer waren. Da war allerdings ein Kamerad von Johannes, auf den letzteres nicht zutraf. Sein Name war Heinrich Hanninger. Er war ein grober und fieser Mensch, der meinen Gefährten damals regelmäßig verspottete und mit Bemerkungen provozierte. Heinrich forderte Johannes auf, seine Schlampe – so war seine Wortwahl - mit ihm zuteilen, sonst würde er schon herausfinden, dass ich teilweise unarisch war. Wie auch immer schaffte Johannes es eine Zeit lang, sich nicht provozieren zu lassen und es zu verhindern, dass man so genau wusste, wer ich war und wo ich wohnte. Er war äußerst umsichtig. Doch Heinrich folgte uns eines Tages und wusste fortan, wo ich wohnte.

Eines Tages stand er vor meiner Tür und verlangte nach mir. Zunächst versuchte er es auf eine unaufrichtig freundliche Art. Er dachte scheinbar tatsächlich, dass ich mich nur verdingte und konnte nicht viel mit dem Begriff Liebe anfangen. Zurückweisung war erträglich für diesen Grobian. Er wusste, wann Johannes Dienst hatte und passte einen Tag ab, an dem ich somit keinen Schutz hatte. Er stand vor meiner Tür und forderte mich mit der Behauptung, dass ich im Gouvernement erwartet wurde auf, mit ihm zu kommen. Ich fühlte mich direkt durchdrungen von Angst und einer sehr dunklen Vorahnung und funktionierte nur wie eine Maschine. Er forderte mich auf, mit ihm in einen Wagen zu steigen, was ich nicht ablehnen durfte. Wortlos saß ich neben ihm. Jeder Muskel meines Körpers war total verkrampft. Noch hatte ich

Hoffnung, dass dieser Tag vorübergehen würde, ohne dass mich das schreckliche Schicksal so vieler Millionen Frauen ereilen würde, die während der Kriegsjahre brutal ihrer weiblichen Würde beraubt worden waren. Übrigens eine Form von Grausamkeit, die zu jedem Krieg gehört und die keine Grenzen, Rassen, Altersgruppen und auch kaum Erbarmen kennt. Nach einigen Minuten des Fahrens, verdunstete meine Hoffnung, als seine kalte Hand auf meinem Bein landete. Ekel stieg in mir hoch. Aber die allgegenwärtige Einschüchterung der letzten Monate nahm mir jeden Mut, auch nur eine Silbe von mir zu geben. Ich versuchte einfach im Geiste aus mir herauszutreten und stellte mir einen andern Ort vor, dachte an meinen Geliebten und daran, dass er mir die Wahrheit gezeigt hatte, an die ich glauben wollte.

Heinrich fuhr weit aus der Stadt hinaus und bog in einen Waldweg ein. Das Auto holperte über den unbefestigten Untergrund. Mir kam es wie eine Ewigkeit vor und ich blickte mit leeren Augen aus meinem Fenster. Er versuchte nicht einmal, ein Gespräch mit mir zu führen. Sein Verhalten wies einen erbärmlichen Respekt vor Frauen und vor anderen Menschen auf, ohne dass er auf nur ein verächtliches Wort von sich geben musste. Wir kamen zu einer Art Lichtung, auf der eine alte hölzerne Hütte stand, die einem Förster als Unterstand und zur Aufbewahrung von Geräten dienen mochte und parkten direkt davor. Dann seine ersten Worte an mich: »Aussteigen!« Ich gehorchte und hasste mich für meine nicht vorhandene Gegenwahr und Mutlosigkeit.

Er stieß mich grob in Richtung der Eingangstür zu dem Gebäude. Da ich mich nur zögerlich in Bewegung setzte, packte er rücksichtslos meine Hand und zog mich hinter sich her in Richtung der von mir befürchteten Folterkammer. »Na los, nicht so schüchtern.« Er richtete seinen hasserfüllten Blick auf mich. »Bei anderen bist du doch auch offener?« Nach dieser bissigen Bemerkung lachte er auf eine teuflische Weise.

Heinrich setzte einen rostigen verbogenen Schlüssel ein, betätigte den alten metallischen Türgriff und die Tür knarrte beim Öffnen. Es war dunkel und kalt in der Waldhütte. Da standen einige schlichte Nutzmöbel und ein Bett in einer Ecke. Meine Vermutung war, dass dieser Ort nicht ganz zufällig gewählt wurde und häufiger Mal für ähnliche Zwecke genutzt wurde. Ich wurde rücksichtslos auf das Bett gestoßen, verschränkte die Arme vor der Brust und hielt meinen Blick verängstigt auf den Boden gerichtet. Bei der Vorstellung ihn direkt anzusehen, gefror mir das Blut in den Adern. Mein Herz schlug heftig. Niemals werde ich die Hilflosigkeit und Panik vergessen, die ich in diesen Minuten empfand. Ohne meinen Zustand auch nur im Mindesten zu berücksichtigen, zog er seine Jacke aus und begann sein Hemd aufzuknöpfen.

»Hast du heute schon etwas zu fressen bekommen? Du wirst gleich etwas ganz fantastisches im Maul haben.« Er lachte spöttisch auf.

Ich zuckte bei diesen Worten vor Ekel und Angst zusammen.

»Bitte nicht.« Meine ersten schwächlichen Worte. Viel zu leise und so kleinlaut, dass sie ihn sicherlich nur weiter angespornt hatten. Dann stand er plötzlich mit freiem Oberkörper vor mir und beschloss scheinbar, dass ich ihn gleich des Restes seiner Klamotten entledigen sollte.

»Zieh dich aus!«, befahl er mir schroff und ohne jeglichen Widerspruch zu dulden.

Ich reagierte nicht.

»Na los!«, schrie er mich an, worauf ich erneut zusammenzuckte.

»Bitte nicht«, flehte ich erneut und konnte die Tränen nicht mehr zurückhalten.

Mit zwei langen Schritten sprang er auf mich zu und versetzte mir eine schallende Ohrfeige, die mich auf das Bett zurückwarf. Mein Kopf tat so weh. Und in meinen Ohren pfiff es. Ich dachte an Johannes und schämte mich vor ihm - keine Ahnung warum.

Heinrich beugte sich über mich und riss mir brutal das Baumwollkleid und gleichzeitig den Büstenhalter auf. Meine Brüste lagen vor ihm frei. Wie ein gieriges Tier, das mich auffressen wollte, fiel er auf mich und küsste meinen Hals und meine Brüste. Die Demütigung war unerträglich. Seine ekelhafte glitschige Zunge spüre ich noch immer mit Abscheu auf meiner Haut. Und seinen schweißigen Geruch. Instinktiv versuchte ich ihn nun, von mir wegzustoßen. Aber es war für den schweren Mann ein leichtes, meine beiden Unterarme mit einer Hand zu greifen und hinter meinem Kopf zu fixieren. Mit der anderen riss er mein Kleid weiter nach untern herunter. Mir wird übel, wenn ich beschreibe, dass ich seine erregte Männlichkeit bereits durch seine Hose an meinen Beinen spürte. Wie oft hatte ich mir später gewünscht, ich hätte sie mit der Axt meines Vaters genüsslich abtrennen können. Ich schrie auf, als er meine Unterhose aufriss. Daraufhin erntete ich einen frontalen Faustschlag auf die Nase, die direkt zu bluten begann. Ich war benommen und zu keiner wesentlichen Gegenwehr mehr fähig.

Er öffnete seine Hose. Ohnmacht kündigte sich bei mir an. Sehnte mich regelrecht danach.

Ich schloss meine Augen und wünschte mich im Geiste ganz weit weg. Das wäre die Chance gewesen, der Lage zu entkommen und alles nur als Albtraum zu werten.

Der boshafte Soldat wütete auf mir und ich nahm wie aus weiter Entfernung wie betäubt wahr, dass er ungeschickt stochernd versuchte, in mich einzudringen. Mein Körper wies ihn jedoch ab.

Einfach wegtreten. Nicht mehr hier sein. Das war mein innigster Wunsch.

Wie unter einer Glocke hörte ich, dass die Holztür aufgerissen wurde und eine Person in das Gebäude hineinstolperte. Hielt kurz inne und sprang binnen einer Sekunde auf das Bett zu. Heinrich konnte aufgrund der körperlich eingenommenen Lage nicht schnell genug reagieren.

Ein heftiger dumpfer Schlag.

Mein Peiniger sackte schwer auf meinem Körper zusammen.

Drohte mich zu erdrücken.

Eine Flüssigkeit war mir ins Gesicht und in die Augen gespritzt.

Sie schmeckte salzig. Es war Blut.

Heinrichs Körper wurde von mir weggerissen, wie ein Kartoffelsack zur Seite gehievt und plumpste laut auf den Boden.

Olga? Olga, komm zu dir! Ich bin es. Johannes.

Er hatte mich gerettet. Hob mich hoch. Legte seine Jacke um mich und trug mich zum Auto. Fuhr mich nach Hause. Rief von dort aus einen polnischen Arzt.

Meine Eltern warfen ihn aus der Wohnung, was er verstand.«

Wie gebannt hatte ich an den Lippen dieser bewundernswerten alten Dame geklebt und musste mehrfach selbst schlucken. Meine eigenen Emotionen überwältigten mich und ich umarmte sie. Küsste ihre Stirn. Während sie sprach traten mir lebhafte Bilder in den Sinn. Vor allem von einem der beschriebenen Orte, existierte bereits eine Imagination in meinem Sinn. Damit meine ich das tief im Wald verborgene Gebäude.

Danach erzählte sie mir noch, dass Johannes ihr später an diesem Tag berichtet hatte, was sie gerettet hatte.

»Er legte offen, dass Heinrich damit geprahlt hatte, auch mit mir etwas Schlimmes im Schilde zu führen. Wohin er mit seinen Opfern regelmäßig fuhr, konnte er Mitsoldaten entlocken, bei denen Heinrich nicht unbedingt beliebt war. Dann fuhr er dem grausamen Kerl nach und fand ihn mit seiner Geliebten vor. Voller Wut erschlug er ihn mit nur einem Gewehrhieb.

Später wurde Johannes von seinen Vorgesetzten vernommen, denen er die ganze Begebenheit darlegten musste. Man glaubte ihm, da Heinrich für dieses Verhaltensmuster bekannt war. Da gleichwohl seine Beziehung zu diesem polnischen Mädchen – trotz ihrer deutschen Wurzeln - alles andere als angemessen war, wurde mein Geliebter versetzt.

Ich sah ihn nach diesem Tag nie mehr wieder.

Bis ich ihn in dir gesehen habe.

Und ich habe mit niemandem bisher in solcher Ausführlichkeit über dies alles gesprochen.«

Ich nahm zärtlich ihre Hand und streichelte ihre Wangen. Dann küsste ich sie erneut auf die Stirn – da war keine Fremdheit zu spüren - und dankte ihr für ihre Offenheit, die sie in diese Zeit zurückversetzte, wodurch sie auch gewisse Qualen noch einmal durchleben musste.

Nun war ich am Ziel angekommen. Es schloss sich ein weiter Kreis. Ich begriff nun all die Bilder, die mich seit einiger Zeit verfolgten. Es gab keine rationelle Erklärung hierfür, aber ich träumte die Erinnerungen eines anderen. Es waren die Erinnerungen meines Großvaters, die er auf irgendeine unbegreifliche Weise an mich vererbt hatte. Für ihn bedeutete diese Zeit das Verschmelzen von Jugend, Krieg, Gewalt, Heimatferne, Sehnsucht, Liebe, Glück und Schmerz – eine Erfahrung, die er mit Millionen Menschen seiner Zeit teilte und die er wohl niemals mehr verarbeiten konnte.

Danach wechselten wir nicht mehr viele Worte, denn wir waren beide erschöpft. Ich beschloss, sie am nächsten Tag erneut aufzusuchen, um das Besprochene zu vertiefen, ihr meine Geschichte zu berichten und mich auf gemütlichere Weise zu verabschieden.

Als ich wie vereinbart wiederkehrte, wurde ich bereits von einer Pflegerin empfangen. Olga Nowak war im Laufe der Nacht friedlich eingeschlafen. Ihr lebloser Köper war schon abgeholt worden. Eine tiefe Trauer vernebelte mein Herz. Mir wurde die Erlaubnis erteilt, ihr Zimmer noch einmal aufzusuchen. Ich stand dort vor dem Sessel, in dem sie noch am Vortag gesessen und mir die bewegtesten Momente ihres Lebens offenbart hatte. Gerne hätte ich noch mehr über sie erfahren. Wie es ihr danach ergangen war und warum es nie mehr ein Wiedersehen mit meinem Großvater gegeben hatte.

So viele Fragen waren in mir. *Hatte sie ihm das Weggehen verübelt? Lag es am eisernen Vorhang, dass sie nicht mehr in Kontakt kamen? Oder lag es an meinem Großvater, der immerhin nach dem Krieg eine andere Frau geheiratet hatte?*

Für einige Minuten wollte ich mich noch in ihren Sessel hinsetzen und ihrer Gedenken. Mein Blick richtete sich aus dem Fenster heraus. Das war über Jahre ihre Perspektive gewesen. Tiefe Trauer legte sich wie ein Schleier über mich.

Da sah ich auf dem Tisch einen kleinen Gegenstand liegen, den sie dort für mich als Erinnerungsstück platziert zu haben schien. Es war der von meinem Großvater gefertigte einfache Ring aus Stahl. Ich nahm ihn an mich und betrachtete ihn eingehend. Dann ließ ich ihn in meine Jackentasche fallen und verließ den Raum und das Gebäude für immer.

Später im Auto sitzend verspürte ich das Bedürfnis, mich zunächst zu sammeln. Noch immer war ich bedrückt. Mein Besuch schien für sie so etwas wie eine Verabschiedung oder eine Versöhnung gewesen zu sein. Manche Menschen können dann erst loslassen und in Frieden aus dem jetzigen Leben treten.

Dann fasste ich einen Entschluss, legte den Gang ein und fuhr los.

Nach einiger Suche hatte ich die richtige Ausfahrt gefunden, die mich zu einem Parkplatz führte. Von dort aus mussten es noch vielleicht dreißig Minuten Fußweg sein.

Dort angekommen stieg ich aus und wanderte in Richtung des Flusses.

Es war ein von hohen Pappeln gesäumter Weg. Ich stellte mir vor, dass mein Großvater voller Träume und Gefühlen der Verliebtheit wie im Rausch hier auf den Fahrrad mit Olga gefahren sein musste.

Je länger ich unterwegs war, desto mehr kam mir jede Kurve, jeder Farn und jeder Busch, denn ich erblickte bekannt vor, als wäre ich selbst schon unzählige Male hier entlang gewandelt.

Dann hörte ich bereits das Rauschen des fließenden Wassers, ohne das Gewässer mit eigenen Augen zu sehen. Und nachdem ich noch einige weitere Meter zurückgelegt hatte, wusste ich es einfach. Genau hier war der richtige Ort. Ich sah mich eingehend um. In meinem Inneren entstand eine Erregung. Mein Herz begann, schneller zu pochen. Ich atmete flacher. Mir wurde heiß. Dort drüben erkannte ich das ewig in Bewegung bleibende Wasser wieder. Ich schritt auf das Ufer zu. *Das ist die Stelle.* Mein Blick wanderte fahrig ringsherum und ich sog die Umgebung in mich auf.

Erinnerungen schossen in meinen Sinn. Sie waren rötlich gefärbt.

Der Boden wankte unter meinen Füssen. Mein Kreislauf sackte wahrscheinlich aufgrund des emotionalen Stresses ab. Ich musste mich hinknien. Dann wanderte meine Aufmerksamkeit die Anhöhe hinter mir herauf. Da stand ein Baum. Eine riesige Trauerweide. Mir stockte bei dieser Entdeckung kurz der Atem. Mein Magen krampfte sich zusammen. Starker Schwindel überkam mich. Ich stützte mich mit den Armen auf dem Boden auf. In meinem Sehfeld bildeten sich Schatten und es begann sich einzutrüben. Die Luft, die ich einatmete reichte mich mehr aus. Dann schloss ich meine Augen, versuchte ruhiger zu atmen und zu mir zu kommen. Alles in mir war im Aufruhr. Es ging mir nicht gut.

Dann hob ich meine Augenlieder wieder und schaute wieder hinauf zu dem imposanten Baum.

Da sah ich sie.

Die wallenden dunklen vollen Haare.

Breit lachend.

Ich rieb mir die Augen, da ich meinem Verstand nicht traute. Sie stand immer noch dort. Deutlich erkennbar. Hob ihre rechte Hand. Winkte nach mir. Meine Umgebung drehte sich, wie in einem Karussell.

Ich schloss meine Augen und sackte zusammen.

Der Boden war eiskalt.

Kurz verlor ich das Bewusstsein. Es war zu viel.

Nach wenigen Minuten stabilisierte sich mein Befinden, meine Körperfunktionen und Wahrnehmungen waren wie gewohnt und ich konnte mich wieder sicher aufrichten.

Rasch drehte ich mich um, damit ich die Anhöhe überblicken konnte. Da stand nur noch der Baum und die Zweige bewegten sich unbeeindruckt im Wind.

Außer mir ist niemand hier.

Ich saß noch eine Weile am Wasser und betrachtete sein endloses fließen, schäumen, plätschern und säuseln.

Fühlte mich viel besser. Frieden und Gleichgewicht kehrten zurück.

Wie lange ich schließlich noch dort saß, kann ich nicht mehr beschreiben. Irgendwann begann es leicht zu regnen, während ich all die Ereignisse und Umwälzungen der letzten

Monate, die Begegnung mit Olga und die gewonnenen Erkenntnisse über meinen Großvater überdachte.

Dann spürte ich, dass mein Besuch dort nun beendet war. Es war die wichtige Verabschiedung von einem Stück Erde, in dem die Seele meines Großvaters für immer ihre Spuren hinterlassen hatte und nun auch meine Seele.

Ich stand auf.

Bevor ich ging, nahm ich den Ring aus der Tasche, blickte ihn noch einmal an, küsste ihn und warf ihn genau dort ins Wasser.

Er sank direkt hinunter.

Der Traum von diesem Ort und der jungen Frau kehrte von diesem Tag an niemals mehr wieder.

Nicht ein einziges Mal.

Kapitel 15

Nun saßen wir also diesem Mann gegenüber und mein Kopf brummte, da ich mir langsam sicher war, dass er in irgendeiner Form mit dem Geschehen, von dem ich in Krakau erfahren hatte, zu tun hatte.

Jetzt erst in DIESEM Moment schloss sich in Wirklichkeit der Kreis. Ich erinnerte mich an die Worte meiner Therapeutin, die Worte meines Freundes Klaus und an die Ahnung, die sich seit geraumer Zeit immer intensiver in mir formte. Menschen haben Träumen schon seit jeher eine prophetische Kraft zugeschrieben. Berichte von Vorahnungen bezüglich böser dramatischer Ereignisse und kommender Schicksaalschläge ziehen sich durch die Schriften, die jede Kultur auf diesem Planeten prägen. Immer noch wehrte sich der von Rationalität dominierte Teil meines Verstandes gegen jegliche Form einer solchen Schlussfolgerung, aber ich hatte bei klarem Bewusstsein einen aus mehreren Phasen bestehenden Erkenntnisprozess hinter mich gebracht, der auf Zusammenhänge hindeuteten, welche mit linearer Rationalität kaum erklärbar waren.

Nun galt es keinen philosophischen Gedankenspielen nachzugehen, sondern es war an der Zeit sich voll auf die Lösung des gefährlichen Problems zu fokussieren.

Jemand, der vorgewarnt war und eine Bedrohung vorgeahnt hatte, verfügte über einen wesentlichen Vorteil. Auch wenn mir dieser noch nicht völlig klar war, wollte ich von nun an darauf bedacht sein, diesen zu wittern, wenn er sich denn offenbarte.

Erst jetzt kam mir die Frage hoch, wo eigentlich der Hund war. Da er keinen Laut von sich gab, was völlig ungewöhnlich war, ging ich davon aus, dass der zur Gewalt neigende Eindringling ihn ausgeschaltet hatte. Ich musste diesen schwächenden Gedanken verdrängen, da ich an dem Tier sehr hang und ich konzentrierte mich auf eine klare Analyse der Lage.

Die letzten Worte des ungepflegten Mannes an mich waren: »Sie kommen nicht drauf? Wissen Sie, ich habe in der letzten Zeit viel über die Vergangenheit erfahren. Genauer gesagt, die Vergangenheit meiner Familie. Was weißt du denn über deine Vergangenheit, Frank?«

Nachdem ich die Begebenheiten, die ich gerade so ausführlich beschrieben habe, innerhalb weniger Sekunden vor meinem geistigen Auge vorüberziehen ließ, verließ ich mich auf meine Intuition. Keinesfalls war ich sicher, dass diese Taktik zu einem positiven Ziel führen würde. Ich blickte ihn selbstsicher an und sprach mit fester Stimme.

»Ich denke, dass ich weiß, worauf Sie hinauswollen.«

Er formte die Andeutung eines Lächelns mit seinen Lippen.

»Ach ja? Sie wissen es? Und was denken Sie denn, worauf ich hinaus will?«

»Kann es sein, dass Ihr Großvater im Krieg in Polen eingesetzt war?«

Er war sichtlich erstaunt. Möglicherweise war sein Plan eher gewesen, uns einige Zeit mit Ungewissheit und einer Tirade aus Andeutungen und langsamen Offenbarungen zu quälen. Ja, ich war sicher, dass genau dies sein Ziel war. Sein Blick sank zu Boden. Meine Worte schienen ihn zumindest teilweise, aus dem Konzept gebracht zu haben. Ich war mir nicht wirklich sicher, ob das unbedingt zuträglich war. Dann ließ er sich von seinen Impulsen leiten und redete einfach mit einem selbstmitleidigen und vorwurfsvollen Tonfall darauf los.

»Mein Leben war die Hölle. Von den Jahren meiner ersten Erinnerungen an - bis heute. Alles stand scheinbar unter einem bösen Fluch. Und wie lange musste ich mich von Pflegefamilie zu Pflegefamilie und später von Sozialstunden, über das Bewährungsverfahren, bis hin zur Gefängniszelle schleppen. Niemals gelang es mir, aus diesem verheerenden Strudel zu entkommen. Liebe und Wärme waren Fremdwörter für mich. Mein Erzeuger hatte meine Mutter kurz vor meiner Geburt verlassen. Sie war noch keine 18 Jahre alt und wurde als nicht fähig eingeschätzt, für mich zu sorgen. In jeder Pflegefamilie, die ich dann mit regelmäßigem Wechsel erlebte, wurde ich geschlagen und einmal sogar mit sexuellem Bezug missbraucht. In den ersten Jahren konnte ich noch Weinen und illusorische Hoffnung darauf spüren, dass der Albtraum irgendwann vorüber gehen konnte. Andere Kinder lebten ganz offensichtlich anders. Sie wurden gemocht und geschätzt, vielleicht sogar manchmal verwöhnt. Das beobachtete ich. Dann aber hatte ich irgendwann keine Ahnung mehr, wie sich dieses Gefühl der Hoffnung anfühlte. Da war in den ahnungslosesten, hilfsbedürftigsten und orientierungslosesten Jahren meines Lebens kein Helfer, kein Anwalt, kein Fürsprecher, der mir hindurch half oder Halt gab. Ich lernte aus mir herauszutreten und meine eigentlichen Empfindungen wegzusperren. Nichts zu erwarten. Dadurch war es zumindest möglich, von Zeit zu Zeit Lust zu spüren. Pervers ist, dass erst, wenn du innerlich Tot bist und die Außenwelt so rücksichtslos behandelst, wie du eben gerade willst und wie sie letztlich auch immer mit dir umging, die Menschen anfangen Individuen auf dich anzusetzen, die mit viel Mühe auf dich eingehen. Sozialhelfer, Psychiater. Völlig nutzlos. Sie versuchen, dir Formeln zu vermitteln, an die du absolut nicht glauben kannst, da deine Erfahrungswelt das Gegenteil beweist. All diese systematischen Bemühungen wirkten nur lächerlich auf mich.

Wobei es durchaus half, bis zu einem Grad mitzuspielen und ihre idealistischen Erwartungen augenscheinlich zu erfüllen, damit ich etwas mehr Luft hatte, da dann in Bezug auf kriminelle Aktionen und den Verbleib in der Haft günstigere Gutachten entstanden. Ich stolperte schließlich von einer kleinen Scheinwelt zum Nächsten – mit zunehmendem kriminellem Potential -, in denen ich erstmals so etwas wie Bestätigung oder Bedeutung erlebte. Betäubte mich mit Drogen, Alkohol, rücksichtslosem Sex. Ich zerstörte mich immer mehr. Laugte mich aus. War letztlich leblos. Krank. Vegetierte immer weiter vor mich hin. Irgendwann als ich auf diese Weise die 20er und 30er Lebensjahre durchlebt hatte und mich meinem vierzigsten Lebensjahr näherte, schaffte ich es, zumindest meine äußeren Gewohnheiten etwas aus dem Extrembereich zu bewegen. Ich lebte von Sozialhilfe und gelegentlichen kleinen Nebenjobs.

Dann erhielt ich von den Behörden vor einigen Monaten eine Benachrichtigung. Mein Vater war verstorben. Es ging um eine Erbschaftsangelegenheit. Ich wollte aber nichts von ihm haben und auch nichts mehr von ihm wissen. Tief in mir hatte ich immer ihm die wesentliche Schuld an meinem Schicksal zugewiesen und meine Mutter insgeheim entlastet, da ich ihr Alter bei meiner Geburt berücksichtigte und nun ja auch meine Erfahrungen mit Behörden und dem Leben an sich gemacht hatte. Für meine Mutter war scheinbar durch seinen Tot ein Kapital abgeschlossen und sie versuchte, mit mir in Kontakt zu treten. Sie schrieb mich an. Ich antwortete. Das ging eine Weile hin und her. Dann willigte ich einem Treffen ein.

So kam es, dass sie mich in meiner versifften und nach Alkohol riechenden Wohnung aufsuchte. Wir unterhielten uns zunächst, als wären wir komplett Fremde. Sie erzählte mir vieles über sich und die Anfangsjahre meines Lebens, was ich äußerlich unbeeindruckt, aber trotzdem innerlich wie ein Schwamm aufsog. Was sollte das bringen? Schließlich versuchte sie mir ein versöhnliches Bild von meinem Vater zu zeichnen, worauf ich zunächst aggressiv reagierte. Ihre Erklärungen hierzu wollte ich eigentlich gar nicht hören, da es für mich auf der ganzen Welt keine mögliche Entschuldigung für sein verantwortungsloses Verhalten geben konnte. Was sie mir dann berichtete veränderte mein Leben. Es eröffnete mir einen ganz neuen Blickwinkel. Es ging um Ereignisse, die sich vor vielen Jahren während des 2. Weltkrieges um seinen eigenen Vater abspielten und sie eröffnete mir, wie verheerend das meinen alten Herrn geprägt hatte. Ich konnte ihm nicht mehr die volle Schuld zuweisen. Einerseits versöhnte mich das mit ihm, andererseits entstand ein furchtbares Vakuum. Mein Hass hatte keinen Bezug mehr. Aber ich wurde mir auch gewahr, dass da eine neue Quelle des Ansporns in mir entstand. Denn es gab einen anderen Schuldigen.

Nach wenigen Tagen des quälenden Grübelns, die schließlich jeweils in einem Zustand der Wodkatrunkenheit endete, fasste ich einen Entschluss, der mich elektrisierte. Ich musste der Sache nachgehen und die Schuld begleichen. Erstmals hatte ich ein klares Ziel, dass mir so etwas wie Energie gab. Ich musste alles herausfinden über diesen Menschen, der durch sein Handeln letztlich auch mein Leben verpfuscht hatte. Wie verlief sein Leben, wer war seine Brut. Er hatte alles ausgelöst und damit verschuldet.

Zunächst lernte ich, mich zu fangen. Weniger Alkohol. Kein gelegentlicher Drogenkonsum. Mein Geist musste daran gewöhnt werden, auf ein Ziel hin zu arbeiten und sich zu konzentrieren. Ich recherchierte im Internet, erarbeitete mir

Fragestellungen und befragte meine Mutter. Während ich tätig war, kanalisierte ich meinen ganzen Frust und Schmerz auf diesen einen Gedanken, dass sich an uns jemand versündigt hat. Ein großes Unrecht ist geschehen. Dadurch ist alles so gekommen. Ohne direkt an die Konsequenzen zu denken, die ich ziehen würde, gab es mir Kraft, diesen Weg zu verfolgen. Ich versöhnte mich in meinem Herzen mit meinem Vater.

Mein Opa war im Krieg in Krakau eingesetzt. Er war einige Jahre älter, als die Meisten seiner Mitsoldaten. Ein Berufsoffizier, der bereits verheiratet war und einen kleinen neugeborenen Sohn hatte. Meine Mutter eröffnete mir, dass er im Krieg gestorben war. Dies geschah aber nicht durch die Hand des Feindes. Er wurde kaltblütig von einem seiner Kameraden ermordet. Meine Großmutter erfuhr von seinem Tot, kurz nachdem sie seinen Sohn gestillt hatte. Sie wurde aber zunächst in dem Glauben gelassen, dass er bei einer Kampfhandlung getötet worden war. Erst später wurde ihr mitgeteilt, dass sich das alles ganz anders zugetragen hatte, und dass ein Kamerad ihn nach einem Streit erschlagen hatte. Das Dramatische war, dass mein Vater es aufgrund seiner Verdienste, seines Alters und seines Ansehens als Mitglied der NSDAP geschafft hatte, im Rahmen der Besatzung in einem relativ ungefährlichen Bereich eingesetzt zu werden. Er wäre nicht direkt an die Front gekommen. Später, als Russland zurückschlug, kann man es nicht wissen, aber die Möglichkeit, dass er den Krieg überlebt hätte, war hoch.

Meine Oma war nun eine zarte Person, die diese Nachricht weit schlechter verkraftete, als viele andere Kriegswitwen. Sie neigte zu brutalen Männern und verfiel nach dem Krieg einem herrschsüchtigen Arschloch. Mein Vater wuchs aufgrund dessen in einem gewalttätigen Klima auf. Dieser Mann war unfruchtbar und bestrafte meinen Vater dafür.

All das wäre nicht passiert, wenn mein Opa zurückgekehrt worden wäre, was nicht ein Pole oder Russe verhindert hatte, sondern ein betrunkener junger Deutscher.

Ich erfuhr die Einzelheiten über diese Begebenheiten, da ich vor nicht allzu langer Zeit nach Krakau fuhr und dort nach Hinweisen suchte, wer damals der Übeltäter gewesen war. Dort wurde ich fündig und jemand, der damals in der Verwaltung aktiv war, gab mir den Namen. Johannes Saulus.

Und nun bin ich schließlich am Ende meiner Reise angekommen. Ich habe dich endlich gefunden. Frank Saulus. Der Enkel eines Mörders. Was für ein Name. Du bist verheiratet. Sofia heißt sie. Ihr lebt im Schwarzwald. Von dem Moment an warst du – Frank - und deine große Liebe Objekte meines Interesses. Alles, was ich über dich im Netz und anderweitig in Erfahrung zu bringen konnte, wollte ich sammeln. Wie lange habe ich nach dir gesucht. Jemand auf den ich alles richten kann, dass so bohrend und quälend an mir nagt. Jemand der Schuld trägt. Als ich vor dem Fenster unten stand und dich beobachtet, kannte ich dich schon recht genau. Und du blicktest aus deinem warmen und modernen Haus auf mich herab. Ich dürstete nach Vergeltung. Beobachtete dich wie ein Raubtier. Und der Tag sollte kommen, an dem ich dir vor die Augen treten und rächen werde, was von deinem Vorfahren meinem Vorfahren angetan wurde und dass mein Leben unter die dunkelsten Vorzeichen gestellt hatte, die man sich denken konnte.«

Er musste die Person gewesen sein, von welcher der Barkeeper in Krakau berichtet hatte. So nahe waren wir uns bereits gekommen. Ich überlegte krampfhaft, wie ich nun am klügsten antworten würde. *Soll ich ihm die Wahrheit offenbaren? Nein, er würde es als billigen Täuschungsversuch werten. Offensichtlich hatte er durch seine Version der Geschichte nicht nach Olga gesucht, sonst wäre ihr wahrscheinlich auch etwas Furchtbares widerfahren.*

»Das ist alles ganz schlimm und tut uns Leid, aber was können wir denn dafür?«, schaltete sich Sofia mit brüchiger Stimme in das Gespräch ein.

Er wandte sich ihr zu und in seinen Augen lag absolutes Unverständnis.

»Was ihr dafür könnt? Was ihr dafür könnt?« Die letzten Silben sprach er mit ansteigender Wut aus. Dann fuhr er hoch, brüllte und schlug mit dem Brecheisen mit voller Wucht auf den Tisch, auf dem er die meiste Zeit gesessen hatte.

»Was ihr dafür könnt? ALLES!«

Die im Tisch eingefasste gläserne Platte zerbarst krachend und die beiden dort stehenden Gläser flogen in tausend Teilen durch den Raum. Durch den Schreck schoss das Adrenalin durch unsere Körper.

Instinktiv legte ich meinen rechten Arm schützend vor meine Frau. Sie schnaufte schwer, hielt die Hand schützend vor den Bauch und hatte sichtlich Mühe die Fassung zu behalten. Wir erstarrten eingeschüchtert unter dem Eindruck dieses groben Gewaltaktes.

Im nächsten Augenblick wirkte er wieder vollständig ruhig und war in seinen eigenen Gedanken versunken. Dieser Mensch funktionierte nach seinen eigenen Regeln und war nicht, wie die meisten anderen, berechenbar. Es wäre ein

Fehler gewesen, ihn zu provozieren oder anzuklagen – darauf reagierte er stets mir impulsiver Brutalität. *Was genau sucht dieser Verrückte hier? Was treibt ihn an? Geht es nur simpel um Rache? Definitiv folgt er keinem klaren Drehbuch. Er wirkt diffus, impulsiv, labil. Hat zwar auf einer Ebene scheinbar ein Ziel, fällt aber immer wieder in einen Zustand des Zweifels und er Verwirrung. Da ist kein Plan, den er mit kühler Berechnung ausführt. Ich sehe auch keine taktische, genau abgemessene Kontrolle, die er behalten will, um einen solchen umzusetzen. Er sitzt uns wie ein Besucher gegenüber und will, dass wir nicht verschwinden, da er noch nicht weiß, was er genau tun soll. Ja, er spürt Hass, aber wie sollte das hier genau ausgehen? Das wusste er noch gar nicht. Ist da nicht eher ein hilfloser Versuch, uns im Zaum zu halten, damit er genug Zeit hat, dies zu herauszufinden. Daher reagiert er - denke ich - auch so extrem und unangemessen aggressiv, wenn etwas seinem Findungsprozess stört. Aber eben nur mit Warnschüssen und nicht mit vollendender gegen uns gerichtet Gewalt – noch nicht. Er hatte zuviel von sich preisgegeben. Dadurch verstehe ich, dass ich keinen Mensch mit gewachsener charakterlicher Struktur vor mir sitzen hatte, sondern eher einen getriebenen und geprügelten. Sein Halt war die Projektion eines von ihm selbst nicht durchschauten und reflektierten Hasses auf mich und meine Frau. Wie konnte ich diese Einschätzung nutzen? Konnte ich ihm eventuell einen Plan suggerieren? Er kannte weder uns als reelle Personen, noch den genauen Verlauf des Vorkommnisses, dass er als großen Auslöser betrachtete. Das waren einige meiner Vorteile.*

Ich nahm mir auf Basis meiner Analyse vor, auf eine ganz andere Art die Initiative und vielleicht Kontrolle über die Lage zu gewinnen.

Bemüht um eine gleichmäßige und neutrale Stimmlage, sprach ich ihn nach einer Weile erneut an.

»Wie heißen Sie eigentlich?«

Seine Reaktion war perplex und glücklicherweise unaufgeregt.

»Wie ich heiße?«

»Ja, ich würde gerne wissen, wie Sie heißen. Unsere Namen sind Ihnen ja bekannt.«

Er kratzte sich kurz am Kopf.

»Mein Name ist Rudolf Hanninger.«

Den Nachnamen hatte ich mir ja denken können.

»Vielen Dank.«

Er nickte.

»Meine Frau ist hochschwanger. Darf ich ihr ein Glas Wasser holen?«

Daraufhin blinzelte er, da nun einzuschätzen war, ob dies ein fieser Trick war.

»Ich bin wirklich nur besorgt um sie. Bitte.«

Wieder nur ein Nicken.

»Aber machen Sie keinen Unsinn! Und direkt wieder zurückkommen!«

»Natürlich. Wollen Sie auch ein Glas?«

Er hielt kurz inne.

»Ja!«

Kurz Zeit später hatten wir drei Gläser auf dem Boden vor uns stehen. Es war die Perversion eines Kurzbesuches, bei dem man mit einen Getränk am Tisch saß.

Dieser Mann war in sich versunken und hatte den Faden verloren.

Trotzdem mussten wir zwangsweise an unserem Platz verharren. Jeder Schachzug konnte eine unerwartete und vielleicht tragische Handlung auslösen.

Sofia war sichtlich übel, sie hatte aber die erste Panik überwunden und verschaffte sich etwas Mut, indem sie ihre Beine an die Meinen drückte, um meine Nähe zu spüren.

Ich beobachtete Sofia. Sie war und ist eine kluge Frau, die sich aus ihrer ersten Paralyse herausschälte und um eine eigene Einschätzung unserer Lage bemühte. Außerdem bemerkte ich, dass sie mir meine Beurteilung aus dem Gesicht ablesen wollte, um möglichst aus einem unausgesprochenen gegenseitigen Gefühl heraus eine einheitliche Taktik ableiten zu können. Ihre nächsten Worte verrieten mir, dass sie für diesen Mann eine vergleichbare Einschätzung entwickelt hatte.

»Wie heißt ihre Mutter eigentlich? Und wo wohnt sie?«

Er wurde durch diese Ansprache kurz aus seinem in sich gekehrten Zustand aufgerüttelt und sah sie verwundert an, wie ein Kind, das gerade aus einem Nickerchen aufgewacht war.

»Meine Mutter? Sie heißt Waltraut und lebt bei Köln, wie auch ich.«

»Ah okay schöner Name«, erwiderte sie zugewandt. »Sie leben in Köln? Schön.«

Meine Frau musterte ihn genauestens und bemerkte rascher als ich, dass er sich bei seiner letzten Attacke auf unseren Wohnzimmertisch eine Verletzung an der Hand zugezogen hatte. Ursache war möglicherweise ein Glassplitter, der aufgewirbelt worden war.

»Soll ich mir ihre Hand mal ansehen? Das muss doch schmerzen?«

Seine Augen blinzelten und verrieten einen glücklicherweise nicht allzu starken Ausdruck von Skepsis. Dann betrachtete er seine Hand und reagierte auf das hinab rinnende Blut mit einem Schreck. Mit ungewöhnlich heller Stimmlage lamentierte er: »Oh Mann, wie ist das denn passiert.«

Auch ich bemerkte nun, dass sein Benehmen im Kern mehr dem eines kleinen Kindes glich, denn dem eines furchterregenden Verbrechers. Sofia richtete sich auf – eine Veränderung der Körpersprache, die psychologisch einen neuen Trend setzte – und griff nach etwas für den Eindringling Unsichtbares hinter der Couch. Seine Augen funkelten alarmiert.

»Moment, was soll das!« Direkt lag eine schneidende Schärfe in seiner Stimme.

Sie reagiert mütterlich und beschwichtigend, behielt aber - wenn auch langsamer - ihre Bewegung bei und griff nach einem Päckchen Mullbinden. »Keine Sorge, ich möchte sie nur verarzten.«

Er erkannte zum Glück schneller, was sie da in der Hand hielt, als er irgendeinem eskalierenden Impuls nachgeben konnte. Sie hielt ihm den Gegenstand fragend entgegen und erntete ein Nicken. Ich bewunderte den Mut, mit dem diese hochschwangere Frau sich auf ihn zubewegte, um mit einer bemerkenswerten Zärtlichkeit einen Verband um seine Wunde zu wickeln. Blendete ich meine eigene Angst und Verwirrung aus, dann musste diese Szene auf mich wirken, als würde eine Mutter ihrem verletzten und weinenden Sohn, der gerade vom Spielen draußen hereingekommen war, tröstend den Arm verbinden. Er wirkte irgendwie entwaffnet, obwohl er nach wie vor mit der anderen Hand mit festem Griff das Brecheisen festhielt, dessen verheerende Wirkung bereits mehrfach von ihm unter Beweis gestellt worden war. Nachdem Sofia ihre Arbeit beendet hatte, setzte sie sich auf die Kante der Couch, um direkt zu signalisieren, dass sie bereit war wieder aufzustehen, um einer wie auch immer gearteten Verrichtung nachzugehen. Ich überließ ihr für den Moment geduldig die Manege, da ich vermutete, dass die sanftere Wirkung ihrer Weiblichkeit ihn gegebenenfalls weniger anstacheln würde. Dass der Moment noch kommen würde, an dem ich gefragt war, war mir mit unangenehmer Sicherheit klar. Durch ihr Agieren hatten wir möglicherweise Freiheitsgrade gewonnen, sicher konnte ich mir dieser Vermutung jedoch nicht sein.

Durch das angespannte Sitzen, fingen mein Nacken und mein Rücken an zu schmerzen. Ich lehnte mich vorsichtig zurück und versuchte so, meine Muskeln zu entspannen. Der Mann, der in unser Leben eingefallen war, saß vor uns zusammengesunken und starrte auf den gerade von Sofia angebrachten Verband. Dann legte er das Brecheisen auf das, was von dem Couchtisch übrig geblieben war. Müde rieb er sich die Augen und atmete mehrmals tief ein und aus. Er war sichtlich erschöpft und konnte den inneren Überdruck, den er aufgebaut hatte und, der ihn hier zu uns getrieben hatte, nicht dauerhaft aufrechterhalten. Hätte er es besser durchziehen und abhauen sollen? Es wirkte auf mich so, als könnte er den persönlichen Kontakt mit uns und die dabei unweigerliche menschliche Seite, die er von uns wahrnahm, nicht kompensieren. Was genau sein eigentlicher Plan gewesen war, mochte ich mir gar nicht ausdenken. Diese groteske Szene fügte sich gut ein in das Bild eines Mannes ein, der abends bei Schnee stundenlang vor einem Haus steht, während in seinem Bewusstsein ein innerer Film abläuft und die Zeit wie im Nu vergeht.

»Sie sehen müde aus«, wagte sich meine Frau vor. Ein kurzer Blick zu herüber mir. Ich schenkte ihr den Hauch eines Nickens als Bestätigung. »Haben sie Hunger?«

Zunächst zuckte er nicht einmal.

»Ich könnte ihnen etwas zu essen und zu trinken zurechtmachen. Und wir könnten auch etwas gebrauchen.«

Ihr Mut und ihre Kraft waren bewundernswert. Außerdem glaubte ich auch, dass sie mit ihrem Einfühlen in ihn richtig lag. Ihr Ziel war es, zu seiner weiteren Beruhigung Elemente ins Spiel zu bringen, die nicht aufpeitschen oder eine noch extremere Situation herbeiführten, sondern solche, die Normalität und Ablenkung suggerierten.

Aber er lehnte sich in ihre Richtung vor und antwortete auf eine vorwurfsvolle und herausfordernde Weise: »Ich weiß doch, was Sie vorhaben.«

Sie behielt die Fassung.

»Nein, nein, das möchte ich nicht. Bitte glauben Sie mir. Ich möchte einfach nur, etwas zu essen vorbereiten. Das ist alles.«

Dann nahm alles auf eine stille, schlichte und gleichzeitig gräuliche Art eine hässliche Wendung. Er stand bedächtig auf. Forderte sie mit einer Handbewegung auf, sich zu erheben. Sie tat es, woraufhin er sich neben mich setzte. Dann zog er ein

Klappmesser aus der Jackentasche, ließ es herausschnellen und legte es an meinen Hals.

Sofias Beherrschung war dahin und sie flehte ihn an: »Bitte nicht. Ich wollte doch wirklich nur helfen.«

Seine Reaktion klang gleichmütig: »Ja, das mag ja sein. Ich möchte Sie nur motivieren, in der Küche keinen Unsinn zu veranstalten und nicht zu telefonieren, oder so. Dagegen hätten wir doch was, oder Frank?«

Mir rutschte das Herz fast in die Hose vor Angst. Die kratzige scharfe Metallkante des Messers lag direkt an meiner Kehle an, die mir in diesem Moment so verletzlich und empfindlich wie ein Stück Seide vorkam. Ein wenig Druck und eine kurze Bewegung seiner Hand nach hinten und mein Leben wäre in wenigen Momenten ausgehaucht gewesen. Ich nickte zustimmend und versuchte, sämtliche sonstigen Gefühlsäußerungen oder Bewegungen zu unterdrücken. Etwas, dass eine solche außergewöhnliche Stresssituation nur noch verstärkt.

Sofia fixierte für einen Moment voller Sorge meine Augen. Ich blinzelte ihr zu. Danach begab sie sich in Richtung Küche.

Sobald sie außer Sichtweite war, nahm er das Messer herunter, hielt es aber weiterhin auf mich gerichtet.

»Danke«, fuhr aus mir heraus, was ihn zu einem bösartigen Grinsen veranlasste. Die Macht über mich gefiel ihm.

Seine Gemütswandlungen waren ein Albtraum. Jedoch glaubte ich nach wie vor, dass unser reflektiertes Vorgehen möglicherweise bereits unser Leben verlängert hatte und ich ihn richtig einschätzte.

»Du sagtest, dass du wüsstest, warum ich hier bin?« Nun war ich gefordert und ich mutmaßte, dass eine verbale

Kettenreaktion in Gang kommen konnte, deren Ausgang völlig ungewiss war.

»Ja, ich denke, dass die Geschichte unsere Großväter an einer Stelle zusammenführte.«

»Zusammenführte?« Antwortete er süffisant und herablassend. »Das ist aber wahnsinnig nett ausgedrückt.«

Ich verzichtete auf eine direkte Antwort. Er nahm den Faden auf anklagende Weise weiter auf.

»Ihr Großvater hat die Wirrungen des Krieges genutzt und ist mit einem Verbrechen davon gekommen! So sieht es aus.«

»Was wissen Sie denn über die Vorfälle damals?«

»Ich weiß, wie - beziehungsweise durch wen - er umgekommen ist.«

»Die Information, dass mein Großvater ihn getötet hat, habe ich auch. Das gebe ich zu. Aber Sie haben sich doch sicherlich gefragt, was ihn dazu getrieben hat?«

Er sah mich erstaunt an, stand auf und fing an unruhig vor mir umherzulaufen. Es war das Risiko, ihm sein Narrativ zu nehmen, dass ich eigentlich scheute.

»Das weiß ich nicht. Es ist mir aber auch gleich. Durch seinen Tod hat alles angefangen. Er lag wie ein Fluch über unserer Familie und ihr Großvater hat diesen verursacht.«

»Damals sind sehr viele Menschen umgekommen.« Diese Antwort erschien mir am neutralsten. Ich täuschte mich.

Dann beugte er sich bedrohlich zu mir herunter und fuchtelte beim Gestikulieren mit dem Messer vor meiner Nase herum.

»Was soll das heißen? Es ist doch wohl ein Unterschied, ob man durch Feindeshand, oder durch die Hand eines Kameraden durch Mord das Leben verliert?«

»Sie haben Recht und es tut mir durchaus Leid, dass er damals auf diese Weise umgekommen war«, ruderte ich zurück. Hier ging es nicht um das Recht haben, sondern um Deeskalation. Mir war seine Logik nicht klar und ich bemühte mich, sie nachzuvollziehen: In Bezug auf jene Zeit, in der viele Menschen Waisen wurden und ungeahntes Leid über Familien und Einzelne gebracht wurde, kann man doch nicht den Tot eines Vorfahren für den weiteren Schicksalsverlauf Jahrzehnte später verantwortlich machen. Aber er tickte völlig anders. Er sieht nicht den großen Kontext. Möglicherweise weiß er gar nicht so viel über den 2. Weltkrieg und das ganze Ausmaß des Schreckens. Für ihn war dies eine Einzeltat, als wäre sie in der heutigen Zeit vollzogen wurden. Und es war eine willkommene Information, die ihm selbst jegliche Verantwortung für eigenes Scheitern nahm, wobei sein Schicksal zugegebenermaßen wirklich dramatisch war. Ich sollte nicht versuchen einen Denkfehler aufzudecken, sondern eine andere Taktik finden.

»Ich verstehe sie und wünschte, dass das damals nicht so geschehen wäre. Sie haben sicher viele schlimme Dinge mitgemacht. Mein Opa war übrigens auch sein Leben lang ein sehr verbitterter Mann. Dies hing sicher auch mit dem damaligen Vorfall zusammen.«

»Ja, es wäre besser nicht passiert. Und nun sehe ich mich hier um und erkenne, dass das Schicksaal für die Familie des Mörders scheinbar ganz andere Pläne vorgesehen hatte!« Wut stieg in ihm auf. *Wie er das Wort Schicksal ständig bemüht? Die Sprache von Opfermenschen. Niemals kann das eigene Verhalten und mangelndes Bemühen ursächlich sein. Nein, sie waren machtlos gegen die Strafe und Gehässigkeit des ewigen*

Schicksals. Ich schüttelte innerlich den Kopf über diese Karikatur eines Menschen, der vor mir stand.

Ich wollte ihn jedoch angesichts seiner Gemütsverfassung überraschen und beschloss einen Trumpf aus dem Ärmel zu ziehen.

»Wissen Sie, ich war dort. Vor kurzem.«

Er drehte sich konsterniert zu mir um, da ich erneut nicht erwartungsgemäß auf seine Angriffe reagierte. »Wie, dort? Wo denn?«

»In Krakau. Ich war vor kurzem dort. Auf der Suche, nach genau dieser Vergangenheit.«

»In Krakau?« Es funktionierte. Seine Aufmerksamkeit richtete sich nun auf diese neue Information.

»Ich traf dort eine alte Frau. Sie ist mittlerweile gestorben.«

»Eine alte Frau? Warum das denn?« Der Mann ließ sich neben mich auf die Couch fallen.

»Ihr Name war Olga. Mein Großvater kannte sie. Sie war damals seine Freundin.«

»Seine Freundin?«

Sollte ich es doch wagen? Worauf will ich eigentlich hinaus? Ich konnte die Kurve jetzt nicht mehr bekommen. Sofia braucht sehr lange, fiel mir zwischendurch auf. Er scheint das aber durch meine Andeutung gar nicht zu bemerken. *Sicher lauscht sie exakt dem Verlauf des Gesprächs und wäre im Eskalationsfall sofort wieder da, um abzulenken oder einzuschreiten,* sagte ich mir. Dann hatte ich einen Einfall, der riskant war, aber vielleicht funktionierte es.

»Unsere Großväter waren dort nach dem Einmarsch in Polen stationiert und dienten dem Gouvernement. Beide kannten diese Frau. Und das führte letztlich zu diesem schlimmen Vorkommnis.«

Ich werde lügen, beschloss ich. Es ist jetzt ohnehin egal und geht nur darum, dass wir aus dieser Lage entkommen.

»Ihr Großvater war mit ihr unterwegs und meiner fuhr ihnen hinterher. Er dachte, dass ihr Großvater Olga etwas antun wollte und schlug auf ihn ein. Er wollte ihn nicht töten. Es geschah aber doch. Es war alles nur ein Missverständnis, dass nicht mehr wieder gutzumachen war.«

Nun war es raus und ich hielt den Atem an, wie er auf diese Neuigkeit reagieren würde. Hanningers Blick war voller Erstaunen und Verwirrung.

Er fixierte mich unangenehm lange und Gedanken schossen ihm offenbar durch den Sinn. Sichtlich rang er nach einer Einordnung und Bewertung des Gehörten. Bisher hatte er sich bestimmt nicht um Motive oder Einzelheiten dieser Art gekümmert. Er kratzte sich nervös – fast neurotisch - am Kopf.

Der Plan ging schief. Der großgewachsene Mann sprang von jetzt auf hier energisch auf und explodierte förmlich. Lief auf und ab und brüllte mir die folgenden Sätze entgegen.

»Was für eine infame Lüge? Mein Großvater war ein dekorierter ehrenvoller Soldat – im Gegensatz zu ihrem. So kann es sich nicht zugetragen haben. Sie Lügner. Lügenfamilie. Lügen. Lügen. Lügen.«

Dann polterte er auf mich zu und holte mit dem Messer aus. Stieß zu.

Es war als hätte mir jemand heftig gegen den Bauch geschlagen. Schmerz spürte ich erstmal kaum. Eher einen

Druck. Etwas Warmes sammelte sich auf meinem Bauch. Mir wurde schwindelig.

Dann zog er das Messer aus mir heraus und hielt es mir an die Kehle.

Er stieß laut und rüde heraus: »Ich werde dir jetzt die Kehle durchschneiden, wie einem Stück Vieh.«

Ich hatte nicht mehr viel Energie und mein Kreislauf würde jeden Moment zusammensacken. Mein Bewusstsein reichte nur noch für einen einzigen Zug. Er beugte sich bedrohlich über mich und die Hand mit dem Messer bewegte sich langsam auf meinen Hals zu. Seine Augen funkelten hasserfüllt. Niemals werde ich dieses Bild vergessen.

Ich folgte einer blitzartigen Eingebung und formte mit klarer Stimme, die er auf keinen Fall überhören durfte.

»Nein, lass das Heinrich! Hör auf Heinrich!«

Er riss durch die Nennung dieses Namens seine Augen voller Panik und Schrecken auf und unterbrach, was er gerade vorhatte zu tun, nämlich mir den endgültigen Todesstreich zu verpassen.

Dies nutzte Sofia, welche die Szene beobachtet hatte.

Sie sprang aus der Küche auf ihn zu. Ein lauter Schlag.

Es riss ihn zur Seite, ließ ihn zusammensacken und er kauerte benommen neben mir.

Sie machte einen weiteren Satz und schlug erneut heftig zu. Mit einer schweren gusseisernen Pfanne.

Er bewegte sich nun nicht mehr und Blut rann ihm über die Stirn.

Das ist meine letzte Erinnerung, dann fiel die Dunkelheit über mich her und ich wurde ohnmächtig.

Epilog

Ich wachte auf der Intensivstation des Krankenhauses wieder auf. Das Messer hatte mich im Bauchraum getroffen, aber keine schwerwiegenden Verletzungen verursacht.

Glücklicherweise erholte ich mich rasch und konnte nach einer Reihe von Tagen das Krankenhaus wieder verlassen. Dadurch war es mir möglich, rechtzeitig wieder bei meiner Frau zu sein, denn der errechnete Geburtstermin unseres neuen Familienmitgliedes stand direkt vor der Tür.

Fünf Tage war das ermittelte Datum überschritten, da begannen die Wehen an einem Freitagabend. Unsere kleine Tochter Marina wurde geboren. Es war einer der glücklichsten Momente meines Lebens, als ich dieses kleine zarte Bündel in meinen Händen halten durfte und meine Frau wurde mit einer Fülle von Liebe belohnt, was ich ihr angesichts der jüngsten Belastungen und Wechselfälle sehr gönnte.

Die Kleine war gesund und entwickelte sich prächtig. Auch mein Herz heilte trotz der vor allem nächtlichen Belastungen, welche die Fürsorge für unser kleines Mädchen mit sich brachten.

Rudolf Hanniger erholte sich von dem Schlag, den Sofia ihm zugefügt hatte. Sie hatte kurz darauf den Notruf angerufen und wenige Minuten später waren die Polizei und ein Krankenwaren eingetroffen. Leider gab es noch einen tragischen Umstand, welcher uns erst später bewusst wurde. Der Mann, der an jenem Abend wie eine Plage über uns gekommen war, hatte unseren kleinen Hund vergiftet. Sofia hatte die Tür geöffnet. Daraufhin bedrohte er sie mit seinem Messer und zwang sie, keinen Laut von sich zu geben, da er ohne Aufsehen in die Wohnung gelangen wollte. Da ihm der Hund bei seiner Beobachtung meiner Person auffiel und er ihn als nervigen Störfaktor betrachtete, hatte er bereits ein vergiftetes Stück Wurst mitgebracht. Kurz bevor er meine Frau in die Küche befohlen hatte, musste er dem Kleinen dieses zugeworfen haben. Dann war er laut ihr für einen Moment nicht im Raum, um sie umzusehen. In der Zeit hatte er wohl Jackies Leiche notdürftig beseitigt. Meine Frau verharrte unter Schock in der Küche, ohne Alarm zu schlagen. Alles ging blitzschnell.

Er wurde angeklagt und zu einer langjährigen Gefängnisstrafe verurteilt. Bei der Gerichtsverhandlung mussten wir ihm erneut gegenübertreten. Alle Umstände des Falles kamen zur Sprache, allerdings wollte Hanninger eine Reihe von Fakten nicht akzeptieren. In der Urteilsbegründung fügte der Richter verbal dem juristischen Text hinzu, dass dieser Fall durch die Begleitumstände, die auf eine nahezu schicksalhafte Verbindung zwischen dem Kölner und mir hinwiesen, in die Rechtsgeschichte eingehen würde. Bisher lehnte ich Angebote von Autoren ab, die eine Story aus den Erlebnissen machen wollten. Letztlich beschloss ich die Begebenheiten selbst niederzuschreiben.

Ich veränderte mich durch all diese Geschehnisse grundlegend. Ruhe kehrte in mein Leben zurück. Meine Beziehung zu meinem Innersten und den tiefgehenden Aspekten des Lebens wurde intensiver und meine Existenz erfüllter. Meine Freundschaften entwickelten sich deutlich intensiver und befriedigender und alte Kontakte konnte ich teilweise wieder reaktivieren. Unsere Ehe fühlte sich gefestigt an.

Sie fragen sich vielleicht woran ich im Nachhinein betrachtet glaube und wie ich all dies in mein aktuelles Weltbild einsortiert habe. Die Erlebnisse führten mich an sämtliche Grenzen des Begreifens und teilweise darüber hinaus. Und ich nahm während der Evolution meines spirituellen Bewusstseins jede allgemein bekannte Perspektive ein, die Ungläubige, die Arrogante, die Überforderte, die Verdrängende, die Verzweifelte, die Wissenschaftliche, die Esoterische, die Religiöse, die Romantische, die Politische und die Väterliche. So unangenehm die Vielzahl an Wirrungen, Wendungen und nagenden Fragen war, so umfangreich waren auch die Lehren, die ich aus jenem Zeitabschnitt ziehen konnte. Dafür bin ich unendlich dankbar. Es bleibt ein Geheimnis, wie es möglich war, dass vom Leben meines Vorfahren eine Art Echo bis zu mir hinüberreichte. Aber ich akzeptiere, dass es Verbindungen zwischen Menschen geben kann, die man kaum in Wort kleiden kann, weil man sie nicht wirklich versteht. Ich kann auch nicht sagen, dass ich nun an die Lehre der Wiedergeburt glaube oder eine andere Wahrheit als für mich gültig übernommen habe. Eine solche Denkungsweise ist mir immer noch nicht zu Eigen. Aber ich glaube fest, dass jede Erfahrung, die mit dem Dasein verbunden ist, irgendeinen Sinn macht, und, dass das Leben einer Art Schulung gleicht, die Lektionen für jeden bereithält, der sich dafür öffnen kann. Ich wünsche es auch Ihnen.

Marina ist mittlerweile fast fünf Jahre alt. Letzte Woche beschlossen Sofia und ich übrigens, in dem Flur unserer Wohnung an der Wand auf dekorative Weise Bilder unserer Familienangehörigen und Freunde anzubringen. Von den Eltern, der Schwester, von Klaus, von Beate und weiteren.

Marina beobachtete uns dabei neugierig.

Nachdem wir fertig waren, richtete sich ihr Blick starr auf eines der vielen Bilder.

»Wo siehst du hin, Kleines?«, fragte ich sie.

Sie lief auf ein Bild meines Vaters zu.
Den Blick fest darauf gerichtet.
Sie lächelte auf eine erstaunliche Weise.
Streckte ihre Hand aus.
Berührte das Gesicht des Mannes auf dem Bild.
Schaute mich an.

Erstaunt betrachtete ich in ihre Gesichtszüge und dann die meines verstorbenen Vaters auf dem Jugendbild von ihm.

Und mir fiel auf, dass beide sich sehr, sehr ähnlich sehen...

Die Zeitenwende

Von Alexander Herz

Deutschland, im Jahr 2030. André lebt mit seiner Frau Sina und seinem Sohn Jakob in einer besonderen Zeit. Einer Zeit fast gänzlich ohne Geheimnisse oder Privatsphäre. Das Leben der Menschen ist nahezu vollständig digitalisiert und vernetzt. Die Wenigsten stören sich noch an der Welt, die sich so gebildet hat. Sina und André gehören nicht zu dieser Minderheit. Das Leben der jungen Familie verläuft bequem und erfolgreich. Alles verändert sich als Andrés Bruder Martin in seiner Wohnung ermordet aufgefunden wird. Martin hatte Verbindung zu einer revolutionären Gruppe, die dem Zeitgeist kritisch gegenübersteht. Sie sehnen sich nach der Wiedergewinnung einer vergessenen Freiheit. Und sie planen, dem vorherrschenden System auf empfindliche Weise zu schaden. Sie setzen ihren Plan um und es beginnen packende Ereignisse.

BOD Verlag
ISBN: 978-3-7412-6727-7